KB232479

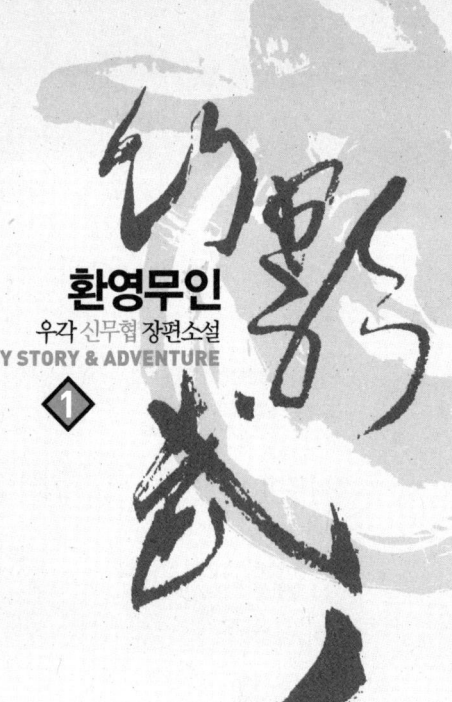

환영무인

우각 신무협 장편소설

ORIENTAL FANTASY STORY & ADVENTURE

①

dream
books
드림북스

환영무인 *1*
그림자

초판 1쇄 인쇄 / 2009년 3월 25일
초판 1쇄 발행 / 2009년 4월 5일

지은이 / 우각

발행인 / 오영배
편집장 / 김경인
펴낸 곳 / (주)삼양출판사 · 드림북스

주소 / 서울특별시 강북구 미아8동 322-10호
대표 전화 / 02-980-2112~4 팩스 / 02-983-0660
편집부 전화 / 02-980-2116 팩스 / 02-983-8201
홈페이지 / www.sydreambooks.com

등록번호 / 제9-00046호
등록일자 / 1999년 3월 11일

ⓒ 우각, 2009

값 8,000원

(주)삼양출판사 · 드림북스의 서면 허락 없이는 어떠한
형태나 수단으로도 이 책의 내용을 이용하지 못합니다.

ISBN 978-89-542-3132-9   04810
ISBN 978-89-542-3131-2   (세트)

* 지은이와 협의하에 인지는 생략합니다.
* 잘못된 책은 구입한 곳에서 바꾸어 드립니다.

우각 신무협 장편소설
ORIENTAL FANTASY STORY & ADVENTURE

환영무인

1

그림자

dream
books
드림북스

목차

환영무인

1권 그림자

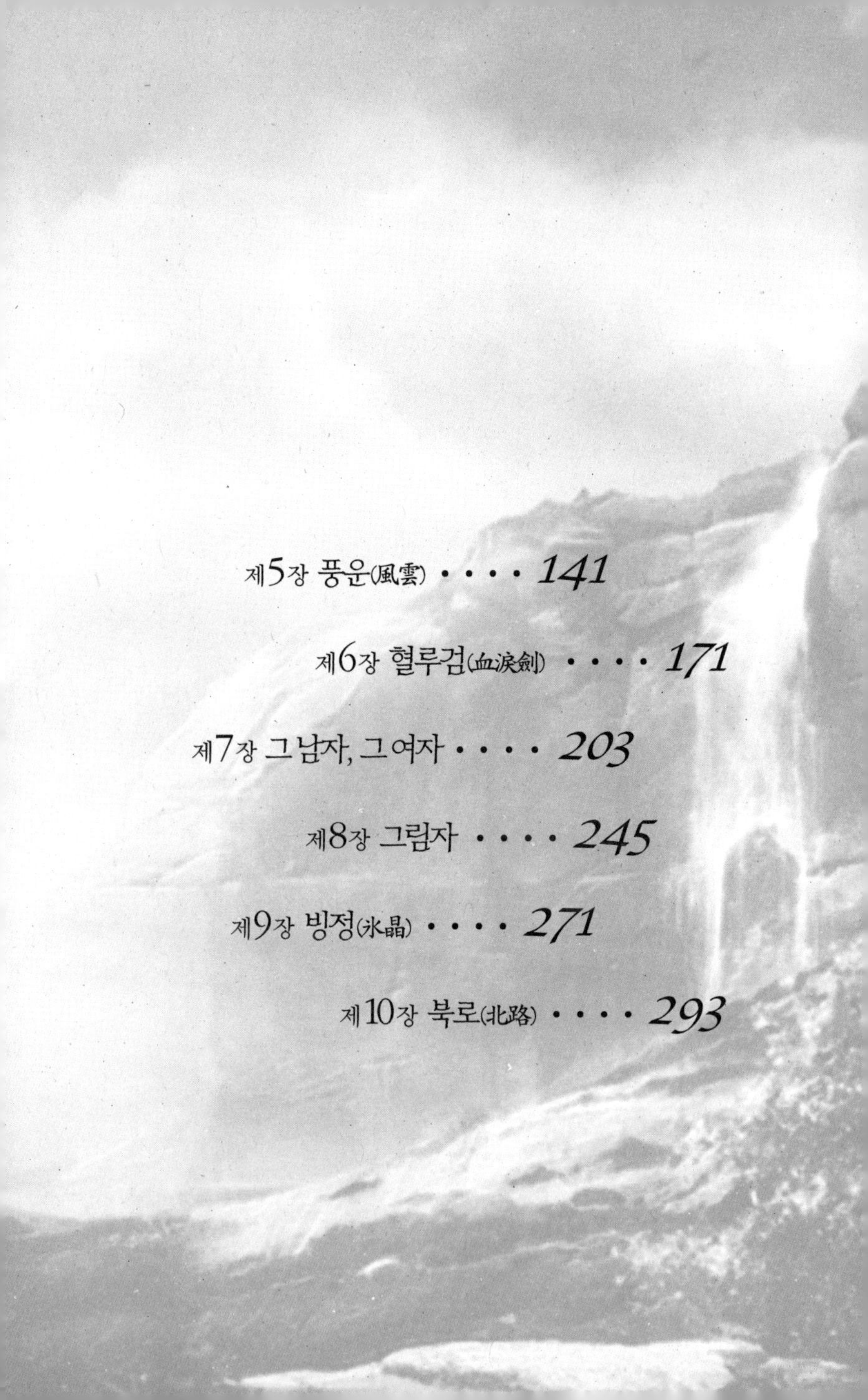

서(序)

"왜?"

소녀는 그렇게 물었다.

그녀의 물음에 눈앞에 있는 사내의 눈동자가 흔들렸다. 얼굴은 물론이요, 몸 어느 한구석 피로 물들지 않은 곳이 없었다.

자신의 피보다 상대의 피로 목욕을 한 사내, 그 모습이 지옥에서 올라온 악귀와도 같았다. 하지만 지금 이 순간 사내의 눈동자는 깨지기 직전의 유리구슬처럼 격렬하게 흔들리고 있었다.

소녀의 시선이 사내의 가슴으로 향했다. 그러자 가로로 길게 베인 상처가 눈에 들어왔다.

너무나 깊어 하얀 뼈마저 드러나 보이는 상처. 그런 상처를 입고도 사내는 움직이고 있었다. 그리고 마침내 상처 입은 야수의 울음처럼 나지막한 목소리가 그의 갈라진 성대를 통해 흘러나왔다.

"미안하다."

단지 한 마디뿐이었다. 아무런 수식어도 없이 미안하단 말뿐이었다. 하지만 소녀는 단번에 그의 말뜻을 알아들었다. 그래도 그녀의 얼굴 표정에는 전혀 변화가 없었다.

증오와 분노, 그리고 슬픔이 한데 어우러진 눈으로 그녀는 사내를 노려보았다. 그의 눈, 그의 코, 그의 입과 얼굴선까지 그녀는 마음속에 담아두었다. 절대 잊지 않기 위해.

사내는 소녀의 눈빛을 담아두었다. 그녀의 눈에 자신의 모습은 피도 눈물도 없는 악귀처럼 보일 것이다. 하지만 그것 역시 그가 감당해내야 할 몫이었다.

사내가 벽장문을 닫으며 말했다.

"하루가 지난 후에 나오거라."

"당신의 이름은?"

"환……사영."

"절대 잊지 않을 거예요. 당신도 내 이름을 잊지 마요. 내 이름은……."

쿵!

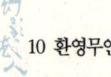

마침내 벽장문이 닫히며 어둠만이 소녀를 휘감았다. 소녀는 양팔을 둘러 자신의 무릎을 껴안았다. 그렇게 잔뜩 몸을 움츠린 채로 중얼거렸다.

"절대 잊지 않을 거야."

어둠 속 그녀의 뺨 위로 눈물이 흘러내렸다.

*   *   *

사내는 걸음을 옮겼다. 주위의 모든 것이 불타오르고 있었다. 거대한 규모를 자랑하던 전각들도, 화려하게 가꿔졌던 가산도 모두 불타오르고 있었다. 거대한 화마가 모든 것을 탐욕스럽게 집어삼키고 있었다.

거세게 불타오르는 화마 앞에 현판의 대부분이 타버리고 마침내 검은 재가 되어 부서져 내렸다.

푸스스!

사내가 걸음을 옮길 때마다 검붉은 재가 부서져 바람에 흩날렸다. 타오르는 재 속에 고통의 표정으로 숨겨 있는 수많은 사람들의 모습이 보였다. 지옥의 한 부분을 그대로 세상에 옮겨다놓은 듯한 풍경이었다.

불과 얼마 전까지 수많은 사람들이 한데 어우러져 웃고 떠들던 한 가문이 이렇게 철저하게 몰락하기까지 걸린 시간은 단 몇 시진에 불과했다. 웃음과 사람의 목소리가 사라진 가문을 화마가 집어삼키고 있었다.

사내가 향한 곳에 그들이 있었다. 검붉은 갑주로 전신을 무장한 백오십여 명의 사내들. 그들은 불타오르는 건물로 둘러싸인 대연무장에 모두 모여 있었다. 주위에서 격렬하게 화염이 불타오르고 있었지만, 이상하게도 그들 곁에는 다가오지 못하고 있었다.

사내는 그들을 향해 걸음을 옮겼다.

점점 커져만 가는 그의 기세에 사내들이 움찔하는 모습이 보였다.

단 한 명뿐이었지만 사내의 기세는 백 명이 넘는 사내들의 기세에 결코 뒤지지 않았다. 오히려 사내의 등장에 긴장을 한 것은 백 명이 넘는 사내들이었다.

그들은 사내의 눈에 담겨 있는 분노를 보았다. 그의 분노는 결코 그들이 감당할 수 있는 종류의 것이 아니었다.

"나와라, 운천."

후웅!

사내의 목소리에 휩쓸린 화마가 금방이라도 꺼질듯 위태하게 요동쳤다. 그러자 백 명이 넘는 사내들의 얼굴에 긴장의 빛이 떠올랐다. 그들은 사내의 반응에 어떻게 대응해야 할지 알지 못해 초조해했다. 그때 사내들 틈 속에서 한 남자가 모습을 드러냈다.

눈처럼 하얀색의 경장에 새하얀 영웅건을 걸친 인물, 누구

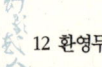

12 환영무인

보다 선량하게 생긴 얼굴과 부드러운 눈매가 인상적인 남자였다. 그의 모습은 검붉은 피풍의를 걸친 사내의 모습과 확연한 대조를 이뤘다. 그가 부드럽게 미소를 지으며 입을 열었다.

"무슨 일인가?"

"이 모든 일, 네가 꾸민 것이냐?"

"그게 무슨 말인가?"

"그걸 몰라서 묻는 것이냐? 이곳은 아무런 상관도 없는 곳이었다. 이곳에 있는 사람들 그 누구도 우리의 나라에 한 발짝도 들여놓은 적이 없는 사람들이다. 심지어 이들은 자신들이 왜 죽어야 하는지도 몰랐다. 무엇 때문이냐? 무엇 때문에 이들을 고른 것이냐?"

"그것 때문에 화난 것인가? 하지만 자네의 생각은 잘못되었다네. 이들은 결코 착한 사람들도 아니고, 무엇보다 우리의 나라를 무너트린 자들과 아무런 연관이 없는 사람들도 아니라네. 비록 이들은 모르고 한 일이지만, 이들의 자금 중 일부가 그들에게 흘러들어갔다네. 그것은 결코 용서할 수 없는 죄라네. 친구."

"운—천!"

사내의 노성이 다시 한 번 화마 속에 울려 퍼졌다.

피로 온통 물든 채 분노를 토해내는 그의 모습은 차마 꿈에서조차 보기 두려운 모습이었다. 하지만 운천이라 불린 사내는 여전히 미동조차 없이 여유로운 미소를 짓고 있었다.

"화내지 말게, 친구. 어떤 때의 자네는 너무 고지식해서 가끔 융통성이 필요하다네. 그리고 잊었는가? 그날의 기억을. 우리는 가족들을 모두 잃었네. 여기 있는 우리만이 자네의 가족이고 형제일세."

"그래도 이것은 아니다, 운천. 이것은 아니야."

"그래서 어떻게 할 텐가? 설마 여기에 있는 우리들을 모두 자네 손으로 죽이기라도 할 텐가?"

운천이라 불린 사내가 양팔을 활짝 벌렸다. 그의 주위에는 백오십 명에 이르는 사내들이 서 있었다. 그리고 그들 모두는 사내와 결코 떼려야 뗄 수 없는 인연으로 맺어진 사이였다.

사내의 눈이 그들 하나하나를 훑고 지나갔다. 어떤 이는 형으로 불렀고, 어떤 이는 자신의 친동생처럼 여겼다. 그리고 어떤 이는 동료로, 친구로, 그렇게 지내왔다. 그런 이들이 모두 자신만 바라보고 있었다.

그들의 시선은 사내에게 결단을 강요하고 있었다. 그런 사내들의 시선을 안고 운천이 말했다.

"결정하게. 어떻게 할 것인가?"

"우리의 복수는 이미 끝이 났다. 그날의 참사에 관계한 모든 자들에게 우리는 복수했다. 그런데도 더 이상의 피를 봐야 하는가?"

"자네에겐 끝났을지 모르겠지만, 나에겐, 아니 우리에겐 아직 끝나지 않은 이야기라네."

"기어이 끝을 보겠단 것인가?"

"그러지 않았다면 시작도 하지 않았을 걸세. 자네가 결정하게. 어떻게 할 것인가?"

"운천."

"자네의 결정만 남았음이야. 다른 이들은 모두 나를 따르기로 했네."

사내들이 하나둘 운천의 뒤로 몰려들었다. 삼백여 개의 눈이 사내를 보고 있었다. 그들은 모두 사내의 결정을 기다리고 있었다.

그 순간 사내는 야공을 올려다봤다. 화마가 내뿜는 시커먼 연기에 가려 온통 어둡게만 보이는 하늘에는 그 어떤 길도 보이지 않았다.

"결국……."

제 1 장
상유촌(上幽村)

  청등산(靑燈山) 아랫자락에 상유촌은 존재한다. 마치 푸른빛을 뿜어내는 등과 같다 하여 붙여진 이름이 청등산이었다. 깊고 험한 산세 때문에 사람들은 청등산에 접근하기를 꺼렸다.

  상유촌은 그런 청등산에 유일하게 터를 잡은 마을이었다. 칠십 가구에 겨우 삼백 명의 사람들이 옹기종기 모여 살아가는 마을 앞에는 어울리지 않게 엄청 큰 호수가 존재했다. 청등산과 마찬가지로 푸른빛이 감돈다 하여 붙여진 이름이 청로호(靑露湖)였다.

  배산임수(背山臨水)라는 완벽한 지형적인 요건을 갖춘 마을 상유촌. 하지만 그런 완벽한 입지조건과 달리 상유촌은 항상 빈곤하기 그지없었다. 외부와 통하는 관로는 비좁은데다 험했고, 외부의 사람들이 매력을 느낄 만한 요인 또한 존재하지 않았다.

그렇기에 일 년이 지나도 상유촌에 들어오는 사람은 거의 없었다. 그래도 상유촌에 간혹 들어오는 사람이 있다면 이곳에서 나는 질 좋은 철광석을 거래하기 위해 들어오는 사람들뿐이었다.

철광석은 상유촌 유일의 특산물이었다. 특히 이곳에서 나는 철광석은 질이 좋고, 강도가 매우 높아 외부의 장인들이 선호했다.

그렇기에 상인들은 일 년에 두 차례 상유촌에 들어와 철광석을 사갔다. 그때가 상유촌에 돈이 들어오는 유일한 시기였다. 그리고 이제 곧 외부의 상인들이 들어올 시기가 다가오고 있었다.

"허허허!"

"호호! 대인."

드넓은 청로호에 배를 띄워놓고 물놀이를 즐기는 사람들이 있었다. 상유촌 삼백 명 중 물놀이를 위한 배를 소유한 이는 오직 한 명뿐이었다.

모두가 목 노야라고 부르는 염소수염의 신경질적인 인상의 인물로, 세수는 육십이 넘었고, 온몸 곳곳에 검버섯이 피었지만, 그의 곁에는 이제 갓 서른이나 되었음직한 여인이 요염한

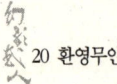
20 환영무인

웃음을 피우고 있었다.

목 노야는 상유촌 제일의 거부였다. 철광석이 나는 유일한 광산은 그의 소유였다.

그의 광산에서 일하는 사람이 백오십 명. 상유촌 인구의 절반이 그의 광산에 의지해 생계를 이어나가는 것이다. 그 때문에 이곳 상유촌에서 목 노야의 위세는 매우 대단하기 이를 데 없었다.

그의 곁에서 웃음꽃을 피우는 여인은 그의 애첩인 설향이었다. 본래 설향은 이곳 상유촌 사람이 아니었다. 그녀는 외부에서 기녀로 한평생을 보냈고, 기녀로써 은퇴할 나이가 되자 이곳 상유촌으로 들어왔다.

사실 외부 세상에는 그녀보다 아름다운 여인들이 부지기수로 널려 있었지만, 이곳 상유촌에는 그녀를 능가할 미모는 존재하지 않았다. 그렇기에 단번에 목 노야의 눈에 띄어 애첩이 되었고, 기녀로서 은퇴할 나이에 오히려 부귀영화를 누리고 있었다.

목 노야는 뒤늦게 얻은 애첩 설향을 두고 입이 귀에까지 걸려 있었다. 그도 그럴 것이 그녀만 한 미모는 이곳 상유촌에 존재하지 않았기 때문이다.

피부가 새까맣게 그을린 여인들만 보다 설향의 눈보다 하얀 피부를 보는 것만으로 그는 새롭게 개안(開眼)을 한 듯싶었다.

설향은 유독 뱃놀이를 좋아했고, 그 때문에 목 노야도 청로호에 배를 띄우는 일이 많아졌다.

사실 청로호의 풍광은 무척이나 아름다웠다. 어떤 이들은 청로호가 화산이 폭발하면서 만들어졌다고 했다. 그 때문인지는 모르지만 청로호 주변에는 유난히도 기암괴석이 많아 절경을 연출하고 있었다.

목 노야가 술잔을 입안에 털어 넣으며 너털웃음을 터트렸다.

"좋구나. 아름다운 풍광에 아름다운 여인이 시중을 들어주고. 이곳이 선계가 아닌가 싶구나."

"호호! 그 모두가 노야의 홍복이지요."

"오냐, 오냐! 내 네가 곁에 있어 더욱 기분이 좋구나. 설향아, 평생토록 이곳에 남아 내 곁을 지켜다오."

"아이, 대인. 제가 어디를 가겠습니까? 제가 있을 곳은 여기 대인의 품안뿐이옵니다."

설향이 살포시 목 노야의 가슴팍에 안겨들었다. 가슴에서 느껴지는 그녀의 황홀한 체향에 목 노야가 넋이 빠진 표정을 지었다.

벌써 몇 번이나 안은 그녀의 육체였다. 이미 익숙해질 대로 익숙해졌건만 그의 육체는 또다시 반응하고 있었다. 설향은 마약과도 같은 존재였다.

"정말 너는 요물이구나."

"호호! 대인 앞에서 뿐이옵니다. 오직 대인에게만 보여드리

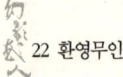

는 모습입니다."

"오냐! 내 늘그막에 너를 얻은 것이 홍복이로구나."

"대인!"

설향이 목 노야의 품속에서 승리의 미소를 지었다. 하지만 목 노야는 그녀의 미소를 절대 볼 수 없었다. 사실 그녀와 같은 노류장화를 받아주는 곳은 얼마 되지 않았다. 이곳에서야 뛰어난 미모로 칭송을 받고 있지만, 사실 바깥에서 그녀의 외모는 그저 평범한 것보다 조금 나은 정도였다.

그런 그녀가 선택한 최상의 패가 바로 목 노야였다. 비록 외부와 고립된 시골에 그저 조금 부유한 촌노에 불과했지만, 이곳에서 목 노야의 위세는 왕의 그것에 버금갔다.

이런 곳에서 그의 위세를 빌려 호사를 하는 것도 그다지 나쁜 일은 아니었다. 단지 목 노야의 몸에서 나는 노인 냄새가 조금 고역이기는 했지만, 그 정도는 얼마든지 참을 수 있었다.

설향은 목 노야의 품에서 교태를 피웠다. 그런 그녀의 체향에 이미 목 노야는 반쯤 넋이 나간 상태였다. 그렇게 한참 두 사람이 뜨거운 기운을 뿜어내고 있을 때 배는 청로호 남쪽 습지로 흘렀다.

한참 후에 제정신을 차린 설향이 고개를 들었을 때는 배가 습지 근처에 도달한 후였다. 그녀는 옷매무새를 가다듬고 고개를 들었다.

그런 그녀의 눈에 제일 먼저 들어온 광경은 습지 외곽에서 땅을 고르는 사내의 모습이었다. 그 모습이 마치 농사를 짓고 있는 것처럼 보였다.

"왜 그러느냐?"

뒤늦게 고개를 든 목 노야가 설향의 시선을 따라 고개를 돌리다 인상을 썼다. 그 모습에 설향이 고개를 갸웃했다.

"노야, 왜 그러세요?"

"흥! 어쩌다 배가 이곳까지 흘러들어온 것인가? 저놈을 봤으니 내 하루 운수가 그다지 좋지는 않구나."

"아시는 분이세요?"

"내가 저런 놈을 어찌 알겠느냐? 단지 몇 해 전에 외부에서 이곳으로 흘러들어와 여기서 되도 않는 농사를 짓겠다는 미친 놈인데."

말과 달리 목 노야는 사내를 잘 알고 있는 듯했다. 설향이 더욱 청년을 자세히 보고자 안력을 끌어올렸으나, 너무 멀리 떨어져 이 이상 자세히 볼 수는 없었다.

그런 설향의 태도가 마음에 안 드는지 목 노야가 미간을 더욱 찌푸렸다. 뒤늦게 자신의 실태를 깨달은 설향이 서둘러 미소를 지으며 교태를 부렸다.

"아이, 화내지 마세요. 대인. 저는 단지 궁금해서 그럴 뿐이에요. 상유촌에서는 한 번도 보지 못한 사람이니까요."

"그럴 수밖에. 저놈은 이곳에서 대부분의 시간을 보내며 농사를 짓겠다고 했지. 습지 외곽이라고 해봐야 대부분이 자갈

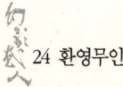

이나 돌로 뒤덮여 있는데 말이야. 차라리 내 광산에서 일하는 것이 열 배, 백 배가 나은데도 저 고집을 피우고 있으니."

그제야 설향은 왜 그렇게 목 노야가 사내를 싫어하는지 이유를 알 수 있었다. 목 노야는 광산을 매개체로 상유촌을 지배하고 있었다.

싫든 좋든 광산에서 일하는 사람들은 목 노야에게 복종할 수밖에 없었다. 하지만 사내는 광산에서 일하지 않는다. 그 말은 목 노야의 지배력이 미치지 못한다는 말이기도 했다. 그렇기에 사내의 모습에 심기가 불편해져온 것이다.

설향은 목 노야의 시선을 피해 다시 한 번 사내를 바라보았다. 사내는 윗옷을 벗은 채 농사에 열중하고 있었다. 구릿빛으로 빛나는 피부와 번들거리는 땀이 그녀의 가슴을 뛰게 하고 있었다.

"이제 그만 돌아가자. 이곳은 사람이 있을 곳이 못 된다."

목 노야가 배를 돌렸다. 하지만 설향의 시선은 여전히 사내를 향하고 있었다.

'누굴까?'

*   *   *

사내는 묵묵히 땅을 골랐다. 목 노야의 말처럼 이곳은 자갈들로 덮여 있어 농사짓기에는 부적격한 곳이었다. 그런데도 사내는 돌들을 모아 한쪽으로 치우고 농지를 개간하고 있었다.

습지가 바로 곁인데도 그가 개간한 땅은 바싹 말라 있었다. 자세히 보면 습지 역시 외곽부터 말라가고 있었다. 요 몇 년 동안 전혀 가물지 않았는데도 말이다.

이런 곳에서는 그 어떤 식물도 살아남지 못할 것이다. 그런 사실을 사내 역시 잘 알고 있었다. 그런데도 그는 묵묵히 밭을 갈고, 돌을 옮겼다.

육 척 장신에 구릿빛으로 그을린 피부가 인상적인 사내였다. 그리고 희미했지만 그의 전신에는 수많은 상처가 종횡으로 나 있었다.

하지만 너무 희미해 집중해서 보지 않으면 알 수 없었다. 대부분의 상처가 지워졌지만, 유독 눈에 띄는 상처가 하나 있었다. 바로 그의 가슴에 횡으로 남겨진 자상이었다. 마치 가슴 전체를 가로지른 것처럼 남은 자상은 너무나 뚜렷해 오히려 섬뜩할 정도였다. 그런 상처를 입고도 살아 있다는 사실 자체가 신기하게 느껴졌다.

사내의 이목구비는 매우 뚜렷했다. 구릿빛 피부와 어울려 더욱 남성적으로 보이는 얼굴이었다. 하지만 전체적으로 강인한 인상과 달리 그의 눈매는 무척 부드러워 매우 선해 보였다.

한참동안이나 땅을 고르던 사내는 점심때가 다 되어서야 손을 멈추고 자신의 거처로 돌아왔다. 그의 거처 역시 습지 근처

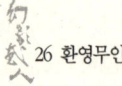

에 있었다. 불과 백 걸음을 걷기도 전에 나무를 엮어 만든 오두막이 나왔다. 그곳이 바로 사내가 사는 곳이었다.

비록 볼품없고, 허름하기 그지없는 곳이었지만, 이곳이 그의 유일한 안식처였다. 그는 몇 년 전부터 이곳에서 홀로 살아오고 있었다.

생필품을 사러 마을에 갈 때를 제외하곤 그는 항상 이곳에서 농사를 지었다. 아니, 지으려 노력했다. 모두가 그를 비웃었지만 그는 개의치 않았다. 모두가 미친 짓이라고 해도 그는 이곳에 반드시 새싹을 피워낼 생각이었다.

사내가 잠시 오두막 전경을 둘러보았다. 그때 유독 눈에 띄는 광경이 있었다. 마당 한가운데 깊숙이 박힌 쇠기둥이 있었다. 두 치 두께의 쇠기둥은 겨우 한 손으로 잡을 수 있을 만큼만 남기고 땅에 깊숙이 박혀 있었다.

사내는 아련한 눈으로 쇠기둥을 바라보았다.

그때였다.

쿠쿠쿠!

갑자기 대지에서 커다란 울림이 느껴졌다. 그와 함께 대지의 열기가 더욱 강렬하게 일렁였다. 사내 역시 그런 변화를 느꼈는지 미간을 찌푸렸다. 그 순간에도 대지의 울림은 커져만 가고 있었다. 마치 지하에서 거대한 짐승이 울부짖고 있는 것 같았다.

"지기(地氣)가 움직이고 있다. 주기가 점점 짧아지고 있어."

사내가 고개를 절레절레 흔들었다.

대지의 울림이 점차 잦아들었다. 마치 모든 것이 거짓말이었던 것처럼 대지의 울림은 잦아들었지만, 열기만은 그대로 남아 있었다.

이 열기 때문에 습지가 점차 말라가고 있었다. 그러나 아직은 사내 혼자만이 알고 있는 사실이었다.

오두막에 들어온 사내는 생필품이 거의 떨어졌다는 사실을 깨달았다. 어제 사다 놓는다 하고 잊어버리고 있었던 것이다.

"어쩔 수 없군. 마을에 갔다 올 수밖에."

비록 농사를 짓는다고 하지만 아직까지 수확한 것이 하나도 없었다. 아직 자급자족은 꿈도 못 꿀 일이었다. 결국 그는 가죽자루 하나를 들고 밖으로 나올 수밖에 없었다.

그는 상유촌을 향해 걸음을 옮겼다. 상유촌까지는 청로호변의 소로를 따라 반 시진이 걸렸다. 사내는 서두르지 않았다. 그는 주변 풍광을 감상하기도 하고, 이름 모를 들꽃에 시선을 두기도 하면서 천천히 걸음을 옮겼다.

본래 그는 매우 성격이 급한 사람이었다. 하지만 상유촌에서의 육 년은 그의 성격을 진중하게 바꿔놓기에 충분했다. 그는 서두르는 대신 돌아가는 법을 깨달았다. 그리고 주변을 겨우 둘러볼 수 있게 되었다.

사내는 천천히, 그리고 주변경관을 한껏 음미하면서 걸음을 옮겼다. 본래는 상유촌까지 반 시진이면 족했지만, 느긋하게

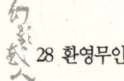

걸음을 옮기다 보니 한 시진 이상이 걸렸다. 그렇게 찾은 상유촌은 청등산 아래 옹기종기 모여 있는 전형적인 산골마을의 모습을 하고 있었다.

상유촌의 성인들 중 절반은 목 노야의 광산에서 일하고 있었고, 나머지 절반은 논농사나 밭농사를 짓거나, 청로호에서 어업을 하며 생계를 이어갔다.

그리고 그들은 자신들이 소비하고 남는 물건들을 시장에 내다팔았다. 그 때문에 상유촌 한가운데 있는 조그만 공터에는 항상 물건을 교환하는 사람들이 있었다. 사내가 찾은 곳 역시 그런 조그만 시장이었다.

그가 시장에 들어서자 몇몇 상인들이 그를 알아보고 아는 척을 했다.

"사영이 왔는가? 오늘도 쌀이 떨어진 모양이군."

"예!"

"자주 좀 모습을 보이게. 그렇게 혼자 떨어져 살면 쓸쓸하지 않은가?"

"앞으로는 좀 더 자주 나오겠습니다."

"그래, 그래!"

그의 대답에 상인이 기꺼운 표정을 지었다.

사내의 이름은 환사영이었다. 그는 육 년 전 이곳 상유촌에 흘러들어왔고, 그 후로 꾸준히 마을 사람들과 교분을 나눠왔다. 처음엔 그를 꺼려하던 사람들도 이제는 그를 마을의 일원으로 받아들이고 있었다.

환사영은 인사를 한 상인에게 한 달 정도 먹을 쌀을 사서 자루에 넣었다. 그 후에도 장터에 나온 다른 상인들에게서 각종 야채와 필요한 물품을 샀다.

그렇게 시장을 한 바퀴 돌다 보니 어느새 가죽자루 대부분이 가득 찼다. 하지만 아직도 환사영에게는 살 물건이 남아 있었다.

그는 장터를 떠나 상유촌 외곽으로 걸음을 옮겼다. 장터를 벗어나 목적지에 가까워질수록 비릿한 피내음이 코끝에 느껴졌다. 그 비릿한 내음에 머리가 아파올 만도 하건만 환사영은 전혀 내색하지 않았다.

그가 마침내 도착한 곳은 상유촌의 제일 외곽에 위치한 도살장이었다. 이곳에서 간간히 잡는 돼지와 소가 상유촌의 사람들에게는 유일한 육류의 공급원이었다. 하지만 비릿한 피내음에 아무도 이곳에 접근하려 들지 않았다.

쿵!

환사영이 들어섰을 때 한 사내가 잘게 해체한 돼지를 정리하고 있었다. 이름 모를 가죽으로 만든 옷을 입고 있는 사내는 그리 크지 않은 덩치에도 불구하고 커다란 돼지를 아무렇지 않게 들고 있었다.

얼핏 보기에는 별다른 특색이 없는 모습이었지만, 그의 눈가를 따라 흐르는 한 줄기 푸르스름한 눈빛은 보는 이로 하여

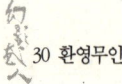

금 질리게 하는 구석이 있었다.

그가 환사영을 발견하고 입을 열었다.

"자네 왔군."

"오랜만입니다."

"그렇군. 거의 한 달 만이지 싶군."

"벌써 시간이 그렇게 되었군요."

"이곳에 있다 보면 시간이 흐르는 것을 잊게 되지. 자신도 모르는 사이 쏜살같이 지나간 시간을 깨닫게 되는 일이 있을 거야."

도부(屠夫) 역시 이방인이었다. 그는 환사영보다 오래전에 이곳에 들어와 정착을 하였다. 그리고 한 일이 다른 이들이 모두 꺼려하는 백정질이었다.

모두가 꺼려하는 일을 도맡아 해주니 주민들은 환영할 수밖에. 그렇게 그는 이곳에 정착했다.

환사영은 그의 이름이 한청이라는 사실과 그가 자신보다 나이가 많다는 사실 정도만 알고 있었다. 그 외의 과거나 신분은 모두 비밀에 싸여 있었다. 어쩌면 그는 환사영만큼이나 비밀을 가지고 있는 사람인지도 몰랐다.

그렇게 상유촌에서 가장 많은 비밀을 가진 두 사람이 마주했다. 하지만 그들은 단 한 번도 서로에 대해 물어본 적이 없었다. 그들은 어디까지나 도살장의 주인과 손님으로 마주했을 뿐이다. 오늘도 마찬가지였다.

"오늘도 고기를 사러왔는가?"

"공교롭게 먹을 것이 모두 떨어졌습니다."

"잘 왔네. 오늘 마침 좋은 녀석이 들어왔거든. 방금 잡았으니 꽤 신선할 걸세."

"제가 운이 좋군요."

"후후! 얼마나 사겠는가?"

"늘 가져가던 만큼 주십시오."

"알겠네."

한청은 탁자에 놓인 고기 위에 소도를 가져갔다. 그러자 그의 오른팔을 따라 나 있는 흉측한 흉터가 보였다. 오른 손목에서부터 어깨 어림까지 뱀처럼 길게 나있는 흉터. 팔이 두 쪽이 나지 않은 것이 신기할 정도로 깊은 상처였다.

한청은 굳이 상처를 숨기려고 하지 않았다. 하지만 오른손에 힘을 줄 때마다 손이 덜덜 떨리는 것은 어쩔 수 없었다. 상처는 아물었을지 모르나 힘줄마저 되살아난 것은 아닌 것 같았다.

덜덜 떨리는 손으로도 한청은 고기를 깔끔하게 도려냈다. 커다랗게 도려낸 고기를 한청은 환사영에게 넘겨주었다. 환사영은 그에게서 받은 고기를 자루에 담고 셈을 치렀다.

한청이 그 모습을 보며 말을 이었다.

"자네는 매우 특이한 사람일세. 그 사실을 아는가?"

"형님 역시 마찬가집니다."

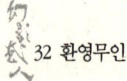

"그런가? 하긴 이곳 상유촌에 흘러들어온 자들 중 사연이 없는 자들이 어디 있겠는가? 멀리 나가지 않겠네. 살펴가게."

"편히 쉬십시오."

환사영은 한청에게 인사를 한 후 밖으로 나왔다.

그는 잠시 도살장을 돌아보았다. 아직도 지독한 피비린내가 풍기고 있었다. 하지만 그보다 더욱 진한 향기가 한청에게서 흘러나오고 있었다.

*　　　*　　　*

가죽 자루를 한가득 채우고 돌아오는 환사영의 눈에 골목길에 멍하니 앉아 있는 소년의 모습이 보였다. 이제 겨우 대여섯 살 정도로 보이는 소년의 얼굴에는 수심이 가득했다.

환사영도 익히 아는 소년이었다. 환사영은 소년의 곁에 가서 조용히 쭈그리고 앉았다. 그래도 소년은 전혀 반응을 보이지 않았다.

"또 아버지를 기다리는 것이냐?"

"네!"

"아직 돌아오시려면 시간이 많이 남았잖아."

"달리 할 일도 없으니까요."

소년의 말에 환사영이 고개를 주억거렸다.

상유촌은 외부와 완전히 고립된 마을이었다. 주민 수 불과

삼백 명, 그중에 소년의 또래가 몇 명이나 있을까? 있다고 하더라도 소년과 나이 차이가 나는 아이들뿐이었다. 그래서 소년은 늘 혼자 시간을 보내야 했다.

소년의 이름은 아소였다. 아소의 아버지는 목 노야의 광산에서 일하는 인부였고, 어머니는 그가 더 어렸을 때 열병으로 돌아가셨다. 때문에 아소는 항상 이곳에서 아버지가 돌아오기만을 기다렸다.

"수경이는?"

"선생님은 조금 있다 온다고 했어요."

"공부는 잘 돼?"

"헤헤!"

환사영의 말에 아소가 혀를 빼고 웃었다. 그런 아소의 머리를 환사영이 살짝 쥐어박았다.

"인석아. 수경이가 가르쳐줄 때 열심히 공부해."

"그래도 공부는 너무 어려워요."

아소가 쑥스러운 표정을 지었다.

환사영이 말하는 백수경은 상유촌에서 유일하게 글을 가르치는 글 선생이었다.

이제 겨우 이십 대 초반의 그는 수많은 책들을 읽었고, 시문에 능통해 인근의 유력가들이 앞다퉈 글 선생으로 초빙하려고 했다. 하지만 무슨 이유에선지 백수경은 상유촌을 벗어나지 않고, 아이들에게 글을 가르쳤다.

아소 역시 백수경의 제자 중 하나였다. 다른 아이들 대부분이 백수경의 수업에 빠지지 않았지만, 아소만큼은 아비에 대한 정이 유별나 이렇게 몰래 빠져나오기 일쑤였다. 아마 잠시 후면 백수경이 아소를 찾으러 올 것이다.

"아소야, 여기 있었구나."

아니나 다를까? 불과 반 각이 채 가기도 전에 낯익은 목소리가 아소를 불렀다.

"선생님."

"또 여기 있었더냐? 형님도 여기 계셨군요."

환하게 미소를 지으며 두 사람을 바라보는 해맑은 표정의 남자. 이십대 초반의 나이였지만 지닌바 학식이 이미 일반적인 석학들을 뛰어넘었다는 남자가 눈앞의 백수경이었다.

환사영이 미소를 지으며 말했다.

"너는 지치지도 않나 보구나. 매일 이 녀석을 찾아다니고."

"후후! 아소가 갈 만한 곳이 어디 있겠습니까? 여기 오면 찾을 수 있는데요. 아소, 너는 어서 내 집으로 가 있거라. 다른 아이들이 기다리고 있다."

"예!"

아소가 순순히 자리에서 일어났다. 여기에서 아버지를 기다리는 것이 그의 유일한 낙이었지만, 백수경이 직접 찾아왔는데 자기 고집만 피울 수도 없는 노릇이었다. 아직 어리지만 아소는 그런 사실을 잘 알고 있었다.

아소는 두 사람에게 꾸벅 인사를 한 후 백수경의 집으로 뛰어갔다. 그런 아소의 뒷모습을 보며 환사영이 몸을 일으켰다.

"형님이 나오신 것을 보니 또 먹을거리가 떨어지신 것 같습니다."

"후후! 좀 걷자꾸나. 저 녀석 때문에 이제까지 쪼그리고 앉아 있었더니 다리가 아프구나."

"예!"

두 사람은 어깨를 나란히 하고 걸음을 옮겼다.

한 사람은 갈의를 입고 있었고, 다른 한 사람은 눈부시게 하얀 백의를 입고 있었다. 그런데도 두 사람의 모습은 묘하게 어울렸다.

백수경은 환사영이 이곳 상유촌에서 유일하게 마음을 털어놓고 지내는 사람이었다. 처음 그가 상유촌에 정착했을 때 제일 먼저 다가온 사람이기도 했다.

마치 백지와 같은 천성을 지녀서 절대 남을 의심하지 못하는 사람. 지닌바 학식이 하늘을 찌를 정도지만, 결코 야망을 갖지 않는 남자. 그래서 그는 세상에 나가지 않고 상유촌에 칩거했다. 하지만 환사영은 언제까지고 이런 시간이 지속될 거라고 생각하지 않았다.

능력 있는 자는 언제고 세상에 드러나기 마련이었다. 세상의 패권을 차지하기 위해 움직이는 유력자들은 학식이 있는 학자를 영입하는 데 노력을 아끼지 않았다.

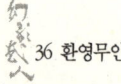

학자들 역시 유력자들의 비호를 받으며 자신들의 뜻을 펼치는 것을 꿈으로 여기는 시대였다. 그런 시대에 아직까지 백수경이 제대로 된 주군을 만나지 못한 것이 이상할 정도였다.

두 사람은 상유촌에서 유일한 대로를 거닐었다. 거리를 오가는 동안 만난 사람들이 분분히 눈인사를 해왔다. 평소 말을 섞지 않던 사람들도 일단 얼굴을 마주하면 반가운 표정을 지어 보였다.

세상이 각박하게 변했지만, 이곳 상유촌에 사는 사람들은 그렇지 않았다. 일은 고되지만 그들은 하루하루에 만족할 줄 알았고, 자신들과 함께 터전을 살아가는 사람들을 소중하게 여길 줄 알았다. 아직까지 함께하는 정이 존재하는 마을이 바로 상유촌이었다.

백수경이 입을 열었다.

"참으로 정이 가는 마을입니다. 이런 사람들 때문에 아직까지 저는 세상에 나가지 못하고 있는지도 모릅니다."

"목 노야만 빼면 대부분이 순박한 사람들이지."

"후후! 비록 목 노야가 욕심이 많다지만, 그릇이 작고, 그 이상의 욕심을 내지 않으니 오히려 잘된 일이지요. 어쨌거나 그가 있음으로 해서 철광석이 팔려나가고, 외부와 한 가닥 통로가 유지되니까요."

"그것도 그렇구나."

환사영이 고개를 끄덕였다.

비록 목 노야가 눈에 거슬린다고 하지만 마을 사람들에게는 절대적인 도움을 주는 존재였다.

그리고 속이 좁다 뿐이지 크게 잘못하는 일도 없었다. 오히려 욕심 많은 유지들에 비하면 괜찮은 사람이라 할 수 있었다.

"목 노야 때문에 네가 상유촌에 머무는 것은 아닐 테고, 언제 밖으로 나갈 생각이냐?"

"저는 밖으로 나갈 생각이 없습니다."

"네 생각은 그렇겠지. 하지만 언제고 너는 밖으로 나갈 수밖에 없을 것이다. 세상은 결코 너처럼 능력 있는 사람을 내버려두지 않으니까."

"하하하! 형님이야말로 언제까지 이곳에 머무실 생각입니까? 형님은 이곳 상유촌에 어울리는 사람이 아닙니다. 아직도 기억합니다. 형님이 처음 이곳으로 들어오던 날을. 그때의 형님은 정말 무서웠습니다. 마치 악귀를 보는 것 같았지요."

"그랬더냐?"

"육 년이나 지났으니까 하는 말입니다."

백수경은 육 년 전의 환사영을 떠올렸다. 그때 환사영은 죽은 사람의 눈빛을 하고 있었다. 그 모습을 봤던 몇몇 사람은 아직까지 두려움이란 기억이 남아 환사영을 피하기도 했다.

백수경은 시간이 참으로 신비하다고 생각했다. 육 년 전 그토록 거칠던 남자의 얼굴은 이제 부드럽게 변했고, 살기가 넘치던 눈빛은 유순해졌다. 누가 이 남자를 보고 육 년 전의 그

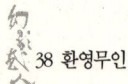

를 떠올릴 수 있단 말인가?

"그랬던가?"

"마음에 담아두지 마십시오. 육 년 전의 일입니다."

"그래! 그건 그렇고 외지에 나가 있다는 형에게서는 연락이 있느냐?"

"후후! 요즘 꽤 바쁜 모양입니다. 들리는 말에 의하면 강호라는 곳에서 꽤 명성을 얻었다고 하더군요. 이곳에 오실 틈이나 있겠습니까?"

말을 하는 백수경의 눈에는 한 줄기 그리움이 떠올라 있었다. 말은 그렇게 해도 형이 보고 싶은 것이 분명했다. 아직 환사영은 백수경의 형에 대해서 알지 못했다.

한청이 말했던 것처럼 누구에게나 사연은 있는 법이고, 그런 사연을 깊이 파고들 만큼 그는 모진 성격이 아니었다. 말을 할 시기가 되면 굳이 채근하지 않아도 알려주리라.

"그래도 언젠가는 돌아오겠지. 이곳에 동생인 네가 있으니까."

"그러길 바라야죠."

"참! 요즘 경화와는 어떻게 되어 가느냐? 풍문에 의하면 좋은 소식이 곧 있을 것 같다고 하는데."

"형님도 참."

백수경이 얼굴을 붉혔다. 그 모습을 보면서 환사영은 미소를 지었다. 백수경의 순수한 모습은 그에게 오래전 친구의 모습을 떠올리게 만들었다. 그 친구와 백수경의 모습은 너무나 닮아 있었다.

'그렇다고 운명까지 닮으면 안 될 텐데. 아니겠지. 이 녀석은 그와는 또 다른 부분이 있으니까. 설령 그렇다고 하더라도 절대 그렇게 내버려두지는 않을 것이다.'

환사영은 백수경이 지금의 순수한 모습을 오래도록 유지해주길 빌었다. 세상에 나가 온갖 풍파에 물든다고 해도 말이다. 두 사람이 그렇게 소소한 이야기를 나누며 걸음을 옮길 때, 대로 한쪽에서 변고가 일어났다.

"비켜라, 비켜!"

갑자기 거친 고함소리와 함께 마차가 나타났다. 마부는 연방 채찍질을 하며 마차를 거칠게 몰았다. 그로 인해 대로를 거닐던 사람들이 분분히 옆으로 비켜났다.

환사영 또한 미간을 찌푸리며 백수경과 함께 한쪽 옆으로 물러섰다. 그들이 열어준 길 위로 마차가 무서운 속도로 질주했다.

"무슨 일일까요? 마차에 탄 사람은 목 노야 같던데."

"그러게 말이다."

"저쪽은 목 노야의 광산이 있는 곳 아닌가요?"

백수경의 눈에 의혹의 빛이 떠올라 있었다. 그것은 환사영 또한 마찬가지였다. 그러나 그는 이내 미소를 지으며 말했다.

"또 목 노야의 변덕이 도진 모양이구나. 별 신경 쓸 일이야

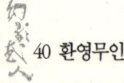

있겠느냐. 이제 너도 들어가 봐야지. 아이들이 기다리고 있지 않느냐."

"예! 형님도 조심해서 들어가십시오. 그리고 자주 좀 나오세요. 얼굴 좀 보고 살게."

"그래!"

그렇게 두 사람은 헤어졌다.

백수경을 먼저 보내고 돌아오는 환사영이 조금 전에 마차가 사라진 방향을 바라봤다. 아무래도 신경이 쓰이는 것은 어쩔 수 없었다.

"별일이야 있겠는가?"

제 2 장
타오르는 불씨

　수많은 인부들이 갱도 앞에 모여 웅성거리고 있었다. 평생을 광산에서 철광석을 채굴하는 것을 업으로 살아온 사람들이었다.

　세상의 변화에 무덤덤한 인부들이었다. 어지간한 일에는 동요하는 법이 없는 그들이 한데 모여 웅성거리는 일은 매우 이례적이었다.

　그들의 중심에 한 덩어리의 철광석이 있었다. 겨우 어린아이 머리통만 한 철광석 덩어리를 두고 인부들은 이야기를 나누고 있었다.

　"이게 뭘까?"

"낸들 아나? 처음에는 금인 줄 알았는데."

"뭐, 이런 것이 다 있지? 겉보기에는 분명 금인데 자세히 살펴보면 붉은빛이 흘러나오는 것 같으니."

어린아이 머리통만 한 철광석 곳곳에는 노란빛이 선명한 금속이 박혀 있었다.

얼핏 보면 금처럼 보이지만, 자세히 살펴보면 붉은빛이 흘러나오고 있었다. 이제껏 수십 년 동안 광산에서 일한 사람들이었지만, 이런 금속을 본 적이 없었다.

"아무래도 우리가 불길한 것을 발굴한 것이 아닌가 싶구나."

"형님, 그것을 어찌 아시오. 혹시 아오? 세상에 알려지지 않은 새로운 금속일지. 어쩌면 이걸로 인해 돈을 많이 벌게 될지도 모르는데."

"이 사람아, 그렇게만 되면 얼마나 좋겠는가? 하지만 세상 어느 곳이고 귀한 것을 찾는 인간의 탐욕은 변함이 없네. 자칫하다가는 외지 사람들이 들어올지도 몰라."

"형님도 별것을 다 걱정하시오. 이게 어디 우리 소관이오? 목 노야가 다 알아서 하겠지요."

인부들의 우두머리인 장 씨의 걱정에 서 씨가 별 걱정을 다 한다는 표정을 지었다. 천성이 낙천적인 사람들이었다.

닥치지도 않은 내일을 걱정하는 것보다 오늘 하루 먹을 음식을 걱정하는 사람들이었다. 그들은 모든 걱정을 잊고 신기

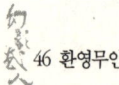

하다는 듯이 철광석에 알알이 박힌 금속을 바라보았다. 보면 볼수록 신기했다.

그때 요란한 소리가 울려 퍼지며 한 대의 마차가 나타났다. 연락을 받고 목 노야가 나타난 것이다. 그는 마차에서 내리자마자 인부들이 있는 곳으로 달려왔다.

"진귀한 물건이 발견됐다고?"

"아직 모릅니다. 단지 신기한 것은 사실입니다. 겉보기에는 금 같은데 붉은색의 서기를 내뿜습니다."

"어디 좀 보게."

목 노야가 인부들에게서 철광석을 빼앗듯 낚아챘다. 그는 철광석을 높이 들고 이리저리 살폈다. 과연 장 씨의 말처럼 붉은색의 서기를 내뿜고 있는 금속이 박혀 있었다.

"허어! 정말 신기하구나. 겉보기에는 금인데 붉은색의 서기를 내뿜다니……."

절로 감탄사가 흘러나왔다.

평생을 이곳에서 살아왔고, 수대 동안 광산을 물려받았지만 이런 금속이 있다는 이야기는 단 한 번도 들어본 적이 없었다.

"이런 금속이 얼마나 더 있던가?"

"일단 발견한 것은 이게 답니다. 하지만 찾아보면 좀 더 있을지 모르지요."

"그럼 우선 이것만 제련해 보세. 이렇게 철광석에 박혀 있는 것만으로는 진가를 알 수 없으니까 말이네. 불순물을 걸러

내면 이것의 가치를 더욱 잘 알 수 있을 걸세."

목 노야의 눈이 흥분으로 번들거리고 있었다.

이곳은 그의 개인 광산이었다. 하지만 나오는 것이라고는 철광석뿐이었다. 철광석만으로 벌어들일 수 있는 돈에는 한계가 있다.

상유촌 제일의 부자는 될 수 있겠지만, 세상에 나가면 그의 부는 보잘 것이 없었다. 그렇기에 그는 항상 부에 대한 갈증을 느끼고 있었다.

오늘 발견한 금속의 정체가 무엇인지 모르지만, 이것으로 인해 어쩌면 더욱 큰 부를 모을 수도 있을지 모른다는 생각이 들었다. 벌써부터 흥분이 되어 온몸이 짜릿해져 왔다.

목 노야의 모습을 보면서 장 씨는 한숨을 내쉬었다. 오늘 발견한 철광석은 갱도의 가장 밑바닥에서 힘들게 채굴한 것이었다.

오백 장 깊이의 지하에서 파낸 금속. 말이 좋아 지하 오백 장이지, 어지간한 산 하나를 거꾸로 파고들어간 깊이다. 그만큼 위험도 크고, 붕괴될 가능성도 높았다. 이런 금속이 더 존재한다는 보장도 없었고, 설령 있다고 하더라도 안전하게 파낼 수 있다고는 장담할 수 없었다.

하지만 그것은 어디까지나 장 씨와 인부들의 입장이었다. 광산주인 목 노야는 그들의 입장 따위는 아랑곳하지 않았다. 그는 오늘 발견한 금속이 돈이 되는 것이라고 판단하면 인부들을 갱도 가장 깊은 곳으로 내려 보낼 것이다.

목 노야가 철광석을 안고 마차에 타며 말했다.

"오늘은 이미 날이 늦었으니 일찍 들어가 보게나. 이것은 내가 마을로 가져가서 제련을 해보고 판단을 할 테니까."

"예!"

목 노야는 사람들의 대답도 기다리지 않고 마차를 타고 사라졌다. 그 모습을 지켜보던 사람들도 곧 분분히 흩어지기 시작했다.

이제 집으로 돌아갈 시간이었다. 그들은 오늘 하루도 무사히 마친 것을 기뻐하며 하나둘 집으로 걸음을 옮겼다. 그래도 장 씨는 쉽게 걸음을 옮기지 못했다. 무언가 불길한 예감이 들었기 때문이다.

"정말 그 물건이 화를 불러오지 않았으면 좋겠구나."

                    *   *   *

"과연 이게 얼마나 벌어줄 것인가?"

목 노야가 번들거리는 눈으로 손에 들린 철광석을 바라보았다. 그는 본능적으로 돈 냄새를 맡았다. 이 기묘한 광석은 그에게 막대한 부를 가져다 줄 것이다.

목 노야는 돌아오자마자 마을에 있는 유일한 대장간을 찾았다. 목 노야의 광산만큼이나 대를 이어 내려온 철 노인의 대장간은 그가 이 기묘한 금속을 믿고 맡길 수 있는 유일한 곳이기도 했다.

캉! 캉!

대장간에 들어서자마자 매캐한 철 냄새와 후끈한 열기가 느껴졌다. 그 불쾌한 기운에 목 노야가 얼굴을 찌푸렸지만 이내 아무렇지 않다는 듯이 어깨를 당당히 펴고 들어갔다. 그리고 철 노인을 불렀다.

"이보게, 주열이."

"자네가 이 누추한 곳에까지 무슨 일인가? 오늘은 해가 서쪽에서 떴나?"

비록 수염이나 머리는 하얗게 세었지만, 떡 벌어진 어깨와 굵은 팔뚝 위로 지렁이처럼 돋아나온 힘줄이 이십 대 못지않은 철 노인이 별 신기한 물건을 보는 것처럼 목 노야를 바라봤다.

두 사람은 어릴 적 친구였다. 하지만 한쪽은 상유촌 제일의 거부였고, 다른 한 사람은 일개 대장장이의 아들에 불과했다. 어렸을 때는 그 차이를 알지 못했으나, 점차 나이가 들어감에 따라 그들의 신분 차이도 극명해졌다.

어린 날의 친구는 시간이 흐르면서 주종관계와 비슷하게 바뀌었다. 목 노야의 광산에서 나온 철광석 중 상당수는 철 노인의 대장간에서 제련을 했고, 금전적으로 얽매이다 보니 철 노인의 입지는 시간이 흐를수록 좁아질 수밖에 없었다. 그래서

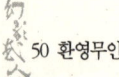

자연 목 노야를 대하는 그의 목소리에는 날이 서 있었다. 하지만 목 노야는 아랑곳하지 않고 용건을 꺼냈다.

"이 녀석을 한번 제련해 주게. 쓸데없는 불순물은 다 걸러버리고 이 붉은빛을 뿜어내는 누런 금속의 본모습을 보여주게. 내 돈이라면 얼마든지 줄 테니까 자네 솜씨를 부려보게."

"이것이 뭔가?"

"오늘 내 광산에서 발견된 물건이라네. 나는 생전 처음 보는 물건인데 자네는 알아보겠나?"

철 노인이 목 노야에게서 철광석을 받아들고는 자세히 살펴보기 시작했다. 하지만 아무리 살펴보아도 그 역시 목 노야에게 확답을 내놓지 못했다.

"휴! 솔직히 이런 금속은 오늘 처음 보네. 겉보기에는 금 같은데 은은한 붉은색의 서기를 뿜어내다니. 이런 금속이 있다는 이야기는 단 한 번도 들어본 적이 없네. 어쩌면 우리는 세상에 처음 나오는 금속을 보는 것일 수도 있네."

"제련할 수 있겠는가?"

"해봐야지. 하지만 시간이 얼마나 걸릴지는 장담할 수 없네."

"시간은 걱정하지 말게. 내 얼마든지 말미를 줄 터이니. 자네는 이놈의 본모습을 찾아주게. 내 마치 열여덟 살에 사랑에 빠졌던 것처럼 애가 타서 견딜 수가 없으이."

목 노야의 과장된 말에 철 노인이 피식 웃음을 터트렸다.

그가 알기로 목 노야는 열여덟 살에 돈과 사랑에 빠졌었다. 아마 그때의 그는 여자라고는 거들떠보지도 않았을 것이다. 그런 주제에 잘도 저런 말을 지껄이다니. 하지만 철 노인은 내색하지 않고 고개를 끄덕였다.

　"알겠네."

　"그럼 부탁하겠네."

　목 노야가 철 노인의 두 손을 꼭 잡았다. 하지만 잠시 후 그가 어색하게 웃으며 손을 뗐다.

　"내일 다시 옴세. 그럼 수고해 주게나."

　"가보게."

　철 노인이 손을 흔들었다. 그래도 미련이 남는지 목 노야는 몇 번을 철 노인의 손에 들린 철광석을 뒤돌아보다 마지못해 걸음을 옮겼다. 그렇게 목 노야가 가고 난 직후 철 노인은 철광석을 화로에 올려놨다.

　"자, 시작해 보자. 내 네놈의 속살을 기필코 엿보고 말리라."

　그가 힘차게 풀무질을 시작했다. 그 순간에도 철광석에 박힌 금속은 요사스런 붉은빛을 뿜어내고 있었다.

　불길이 강해지면 강해질수록 붉은빛 역시 더욱 강렬해지고 있었다. 그러나 불길에 취한 철 노인은 그런 사실을 미처 알아차리지 못하고 있었다.

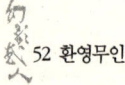

　　　　　*　　　　*　　　　*

　"오오! 정말 눈이 부시구나."

　철 노인이 눈을 가늘게 떴다. 그의 앞에는 며칠 전 목 노야가 던져주고 간 철광석이 녹슨 겉옷을 벗고 순수한 모습으로 존재하고 있었다.

　마치 금처럼 노란 몸체에 어울리지 않게 붉은 광채를 흘리고 있는 원석. 저녁하늘을 온통 붉게 물들이는 석양처럼 신비하기 그지없는 모습에 철 노인은 그만 매혹되고 말았다.

　이 모습을 보려고 그는 지난 며칠 동안 밤을 꼬박 새웠다. 지니고 있는 재료를 모두 화로에 던져 불길을 최대한 끌어올리고, 촉매가 될 만한 물질을 모두 투입하고 나서야 얻은 녀석이었다.

　그동안 이 녀석에게 들어간 재료를 모두 합하면 어지간한 대장간 서너 개는 세울 수 있을 것이다. 그런 재료를 모두 투입했어도 철 노인은 아깝다는 생각을 하지 않았다. 이 녀석은 그럴 만한 가치가 충분히 있는 녀석이었다.

　"이 핏빛의 붉은 광채라니 정말 아름답구나. 아마 이 녀석은 인세에 단 한 번도 출현하지 않은 것일 게다."

　철 노인은 확신했다. 비록 궁벽한 상유촌에 처박혀 있었지만, 그는 자신이 대장장이로서 가진 지식과 경험이 세상 그 어떤 이에게도 뒤진다고 생각하지 않았다.

자신이 모르는 금속이라면 세상 그 어떤 대장장이도 알지 못한다. 그렇다면 자신이 이 금속의 이름을 지을 자격을 지닌 유일한 사람이었다.

"나는 이 녀석을 금장혈괴(金仗血塊)라고 부르겠다. 앞으로도 이 녀석은 금장혈괴라는 이름으로 불리리라."

즉석에서 생각해낸 이름이었다. 하지만 그는 무척이나 잘 어울린다고 생각했다.

그가 즉석에서 작명한 이름이 마음에 들었는지, 금장혈괴가 더욱 요사스런 붉은빛을 뿜어냈다.

철 노인은 그 모습에 정신이 홀려버렸다. 마치 첫사랑 여인을 보는 것처럼 그의 눈은 사랑스럽게 금장혈괴를 바라보고 있었다.

"너는 내 것이다. 나만이 너를 사랑해 줄 수 있다. 이제부터 너의 본모습을 찾아주마."

그리고는 망치를 들었다. 본래 목 노야의 허락이 있어야 하지만 그는 이미 금장혈괴의 요사스런 아름다움에 사로잡혀 있었다. 철 노인은 정신없이 망치를 두들기기 시작했다. 그는 금장혈괴의 광기에 점점 빠져들어 갔다.

캉! 캉!

대장간에 후끈한 열기와 함께 망치소리가 울려 퍼졌다.

며칠 후 철 노인의 대장간을 찾은 목 노야는 한 자루의 단검

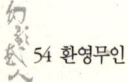

을 볼 수 있었다.

은은한 붉은 서기를 뿜어내는 단검이 탁자 위에 놓여 있었고, 그 앞에 철 노인이 탈진한 모습으로 힘없이 앉아 있었다. 하지만 그의 얼굴에는 만족스런 웃음이 떠올라 있었다.

"여보게, 이것이 무엇인가?"

"자네가 주고 간 그 녀석일세."

"이것이……."

목 노야의 시선이 떨렸다.

요사스러울 정도로 붉은 서기를 뿜어내는 단검의 모습은 범상치 않아 보였다.

비록 무공이라고는 일초반식도 알지 못하는 그였지만, 눈앞의 단검이 평범한 물건이 아니란 사실쯤은 한눈에 알아볼 수 있었다.

"어떻게 한 것인가?"

"이 녀석이 나에게 영감을 줬다네. 처음 그 모습을 드러낸 그 순간부터 이 녀석이 나에게 속삭이더군. 자신의 본모습을 찾아달라고. 그래서 그 녀석이 원하는 대로 해줬다네."

"그 녀석을 제련했더니 이런 보물이 나왔다는 말인가?"

"금장혈괴라네."

"그것이 이 녀석의 이름인가?"

"내가 지은 이름이지."

"아무려면 어떤가? 이렇게 훌륭한 물건이 나왔는데. 이것은 분명 돈이 될 거야."

목 노야의 얼굴에 탐욕의 빛이 떠올랐다.

그는 금장혈괴의 진정한 가치에 대해 알지 못했다. 하지만 단지 보이는 겉모습만으로도 이것이 돈이 된다는 사실쯤은 알 수 있었다.

자신이 가지고 있는 광산 지하에 금장혈괴가 얼마나 있는지는 알 수 없지만, 채굴해낼 수만 있다면 이것은 분명히 엄청난 돈을 그에게 벌게 해줄 것이다. 그렇게 되면 더 이상 이 궁벽한 상유촌에서 살지 않아도 된다.

목 노야의 탐욕스런 얼굴을 보면서도 철 노인의 표정에는 변화가 없었다. 지금 그는 자신이 해낸 역사에 취해 있었다.

금장혈괴를 지금의 형태로 만들기 위해 그는 수많은 금속을 금장혈괴에 섞어야 했다. 이른바 합금을 시도한 것이다. 수많은 실패 끝에 그는 가장 이상적인 배합 비율을 찾아냈다.

어떤 금속을 얼마만큼 배합했는지는 오직 그만이 아는 비밀이었다. 그 비밀을 알지 못하는 이상 어떤 장인이 오더라도 금장혈괴를 제련하는 것은 불가능한 일이었다. 만일 그도 우연한 기회에 엉뚱한 금속을 섞지 않았다면 결코 배합 비율을 찾아내지 못했을 것이다.

금장혈괴로 만든 단검이 어떤 효능을 지니는지는 그도 알 수 없었다. 하지만 손안에서 느껴지던 요사스런 느낌이 범상치 않음을 설명해 주고 있었다.

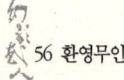

"수고했네. 자네의 품삯은 내 따로 챙겨줌세."

"이 녀석을 어떻게 할 생각인가?"

"흐흐! 어떻게 하긴. 가치를 제대로 알려면 시장에 내놔야지."

"아니, 이 귀한 물건을 그냥 시장에 내놓는단 말인가?"

철 노인이 이해가 되지 않는단 표정을 지었다. 그러자 목 노야가 그럴 줄 알았다는 얼굴로 설명했다.

"자네는 내 말을 이해하지 못하는군. 일반적인 시장을 말하는 것이 아니네. 세상의 부자들은 진귀한 물건에 목을 매고, 원하는 물건이 있다면 어떤 수를 써서라도 반드시 얻어내고야 만다네. 그런 이들이 모여 음성적으로 만든 시장이 존재한다네. 그곳에 경매로 내놓는다면 이 녀석의 진정한 가치를 알 수 있을 것이야. 만약 그곳에서 가치를 인정받게 되면 이곳 상유촌에 커다란 부를 가져다 줄 것이네."

이미 목 노야의 눈에는 탐욕의 빛이 짙게 물들어 있었다. 그는 철 노인이 만든 단검에서 돈 냄새를 맡고 있었다. 그 모습에 철 노인은 한 줄기 불안감을 느꼈다. 하지만 자신이 느끼는 불안감의 실체가 무엇인지는 알지 못했다. 그저 막연한 불안감이 들 뿐이었다.

'아무려면 어떤가? 내 일은 여기까지인데. 나머지는 저 녀석이 알아서 하겠지.'

철 노인은 고개를 저어 상념을 지웠다. 어차피 자신은 평범한 대장장이일 뿐이었다. 그저 주는 재료를 가지고 원하는 물건을 만들기만 하면 되는 것이다.

그 이상은 생각할 필요도 없고, 여유도 없었다. 지금 이순간은 그저 좋은 작품이 자신의 손에 의해 탄생했다는 사실에 만족할 뿐이었다. 실로 대장장이다운 생각이었다.

그러나 목 노야의 생각은 철 노인보다 훨씬 앞서가고 있었다. 그의 머릿속은 무척이나 복잡하게 회전하고 있었다. 순식간에 계산을 끝낸 그가 철 노인에게 말했다.

"수고했으니 며칠 푹 쉬게나. 나는 잠시 상유촌 밖에 나갔다 오겠네."

"그러게나. 하지만 무리는 하지 말게. 금장혈괴가 광산에 더 있다는 보장은 없으니까."

"없으면 만들어서라도 채굴해야지."

목 노야의 입꼬리가 말려 올라갔다.

그날 목 노야는 상유촌을 은밀히 빠져나갔다. 그는 알지 못했다. 자신의 손에 들려 있는 단검이 어떤 폭풍을 몰고 올 것인지.

*　　　*　　　*

새벽에 일어난 환사영은 식사준비를 했다. 쌀을 불려 밥을 하고, 시장에서 사온 재료로 반찬 몇 가지를 만들었다. 그렇게 잠깐 바쁘게 손을 놀리니 금세 한 상이 차려졌다.

상이 차려지자 환사영은 혼자 식사를 하기 시작했다. 그는 마치 구도자처럼 밥을 먹고, 순서대로 반찬을 집어 꼭꼭 씹어 먹었다. 그런 그의 모습은 경건해 보이기까지 했다.

벌써 육 년째, 그는 이렇게 혼자 식사를 했다. 그렇다 보니 혼자인 생활에 너무 익숙해져 버렸다.

식사를 모두 마친 후 환사영은 밖으로 나왔다. 그러자 이제까지 자신이 개간한 땅이 보였다.

이곳에 들어와서 농사를 짓기 시작한 지 육 년이 지났지만, 그는 아직까지 새싹 한 번 틔우지 못했다. 제아무리 농사에 문외한이라 할지라도 그만큼 했으면 한 번쯤 수확이라도 해봤을 텐데 환사영은 싹조차 틔우지 못했다.

"아직 내 몸의 피 냄새는 지워지지 않았는가?"

환사영이 자신의 손을 바라보았다. 솥뚜껑처럼 크고 두툼한 데다 굳은살이 알알이 박혀 있어 마치 곰발바닥처럼 보이는 손이었다. 환사영은 주먹을 꽉 쥐었다. 그만큼 그의 눈빛 또한 깊이 침전됐다.

우웅!

그때 대지에서 한 줄기 울림이 느껴졌다.

"또 시작인가? 점점 주기가 짧아지고 있다. 봉인이 한계에 달한 것인가?"

최근 들어 대지의 울림이 잦았다. 예전보다 빈도가 훨씬 높아진 것이다.

상유촌에 있는 사람들은 그런 사실을 알지 못했지만, 홀로 습지 근처에서 살아가는 환사영에겐 그런 변화들이 피부에 와 닿고 있었다.

땅이 바싹 마르고, 습지의 규모 역시 예전에 비할 바 없이 줄어들었다. 뿐만 아니라 청로호의 수위 역시 예전보다 낮아 졌다. 비록 눈에 띌 정도는 아니었지만 환사영의 눈에는 그런 변화가 똑똑히 보이고 있었다.

그 모든 것이 지하에서 태동하는 기운과 관련이 있었다. 어쩌면 화산이 다시 활동을 시작하는 것일 수도 있었고, 또 다른 요인이 있는지도 모른다.

중요한 것은 그런 활동이 요즘 눈에 띄게 활발해졌다는 것이다. 어쩌면 다시 화산이 폭발할 수도 있고, 어쩌면 이러다가 잠잠해질 수도 있는 것이다.

환사영은 후자의 결과가 나오길 바랐다. 자연의 섭리를 인간이 어찌할 수는 없지만, 그래도 될 수 있으면 인간에게 조금이라도 해가 끼치지 않았으면 하는 것이다.

"나도 변한 것인가? 자연의 섭리를 따지다니."

환사영이 피식 웃음을 터트렸다. 그리고 보니 이렇게 웃음을 지은 것도 꽤 오랜만의 일인 것 같았다. 이렇게라도 웃음을 지을 수 있다는 것은 그의 마음에 한결 여유가 생겼다는 것을 의미했다.

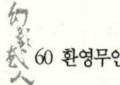

바람이 불어왔다. 환사영은 눈을 감았다. 그리고 바람을 온몸으로 느꼈다. 혼자만의 생각일 수도 있었지만, 그는 바람이 속삭인다고 생각했다.

언제부턴지 모르지만 조금씩 바람의 속삭임이 그의 귀에 들려왔다. 모든 것을 버렸다고 생각했는데, 비우고 나니 오히려 더 많은 것이 채워지고 있었다.

"버리면 버릴수록 찬다는 것인가?"

환사영이 고개를 흔들었다.

세상의 이치는 너무나 오묘해서 그의 작은 머리로는 다 이해할 수 없었다. 지금은 그저 있는 그대로를 느끼고 받아들이는 수밖에.

환사영은 바싹 말라붙은 대지 위에 섰다. 그는 웃옷과 신발을 벗고, 괭이질을 시작했다. 대지 위의 열기가 발바닥을 타고 전해졌다. 아직 해가 뜨기 전이었는데도 타는 듯한 열기가 느껴졌다. 하지만 환사영은 아랑곳하지 않고 밭을 갈기 시작했다.

육 년을 밭을 일궈왔지만, 아직도 땅속에는 자갈들이 많이 숨어 있었다. 환사영은 그런 자갈들을 일일이 빼내고 밖으로 옮겼다.

그런 일을 하는 동안 환사영의 몸은 땀으로 흠뻑 젖어들었다. 그래도 그는 결코 쉬는 법이 없었다.

아무것도 걸치지 않은 발바닥을 통해 대지의 열기가 느껴졌다. 모든 것을 태울 듯 일렁이는 가공할 열기 속에서 환사영은 한 줄기 생명력을 느꼈다.

열기가 모든 것을 태울 듯 일렁이고 있다면, 그 속에 숨은 한 줄기 생명력은 지친 육신을 부드럽게 어루만지며 활력을 던져주고 있었다. 그것은 대지의 호흡이었다. 모든 것이 죽었다고 생각되는 대지에도 생명력은 살아 있었다. 그래서 환사영은 이 땅을 떠날 수 없었다.

자신 역시 이곳에서 왜 농사를 짓고 있는지 알 수 없었다. 하지만 이곳에 무언가 싹을 하나라도 틔우게 된다면 자신이 왜 이곳에 그렇게 집착했는지 이유를 알 수도 있을 것 같았다. 그렇기에 그는 오늘도 땅을 골랐다.

그렇게 환사영은 대지를 온몸으로 느끼고 호흡하고 있었다.

아소가 곁에 있는 소녀의 소맷자락을 잡아끌며 말했다.

"누나, 이제 돌아가자."

"조금만 더."

"아까부터 계속 조금만 더래. 심심하단 말이야."

아소가 심통이 난 듯 양 볼을 부풀렸다. 하지만 소녀는 아랑곳하지 않았다. 이제 겨우 열서너 살 정도 되었을까? 까무잡잡한 피부에 커다란 눈동자가 매우 인상적인 소녀였다. 비록 아름답다고는 할 수 없지만 귀여운 매력이 소녀에게는 있었다.

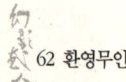

소녀의 시선이 향한 그곳에 환사영이 있었다. 그녀의 망막에는 환사영이 흙냄새를 맡는 모습이 맺혀져 있었다.

소녀의 이름은 장소영. 아소의 먼 친척뻘 되는 소녀였다. 이제 막 사춘기를 맞이한 장소영은 남몰래 환사영을 사모하고 있었다. 사춘기 소녀의 눈에 비친 환사영의 모습은 어딘지 모르게 신비한 구석이 있었다.

다른 이들 눈에 띄지 않는 이런 외딴 곳에 홀로 사는 것도 그랬고, 흙냄새를 맡는 모습까지 멋있게 보였다. 그래서 그녀는 간혹 아소의 손을 이끌고 몰래 환사영을 훔쳐보러 오곤 했다.

환사영을 몰래 훔쳐보는 그녀의 눈이 몽롱해졌다.

"아! 정말 멋있다. 어쩜 저렇게 신비할 수가."

"멋있기는⋯⋯쳇! 콩깍지가 단단히 씌웠다니까."

옆에서 아소가 투덜거렸지만 그녀는 개의치 않았다. 사랑에 빠진 소녀의 귀에는 아무 소리도 들어오지 않았으니까.

아소는 그런 장소영을 이해할 수 없었다. 나이차이도 많이 나고, 외딴 곳에 혼자 은거하는 환사영이 어디가 멋있다는 것인지.

"누나, 이제 그만 가자. 빨리 아빠 도시락 갖다줘야 해. 아마 이번에도 늦으면 혼날 거야. 누나도 마찬가지잖아."

"흥! 그까짓 도시락 배달 좀 늦으면 어때서."

"누나는 정말 이상해. 잘생기기는 우리 선생님이 훨씬 잘생

겼는데, 왜 환 아저씨가 좋다는 건지."

"너희 선생님은 이미 임자가 있는 몸이잖아. 가능성 없는 사랑에 목맬 만큼 난 어리석지 않아."

"그래서 임자가 없어 환 아저씨를 좋아한다? 누나의 머리도 참 편한 대로 돌아간다."

아소가 어이없다는 눈으로 장소영을 바라봤다. 하지만 장소영은 아무렇지 않다는 듯이 말했다.

"아직 어린 꼬맹이가 여자의 마음을 어찌 알겠니?"

"그래, 그래! 나는 꼬맹이야. 그래서 여자 마음을 이해하지 못해. 그러니까 그만 돌아가자."

아소는 장소영의 소매를 계속해서 잡아끌었다. 막무가내인 그의 행동에 장소영이 눈살을 찌푸렸지만, 더 이상 뭐라 말하지는 못했다. 이 이상 목소리가 커진다면 환사영이 들을지도 모르기 때문이다.

"누난 참 이상해. 누나 좋다고 혁이 형이랑 석이 형이 따라다니잖아."

"누가 그런 촌놈들 상대나 해준데? 감히 넘볼 사람을 넘봐야지."

장소영이 콧방귀를 꼈다.

아소가 말한 이들은 모두 장소영 또래의 남자아이들로 모두 그녀가 좋다고 따라다녔다. 하지만 장소영이 보기에 그들은 아직 코흘리개 철부지에 불과했다. 한껏 높은 장소영의 눈높

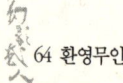

이를 충족시키기에는 한참이나 부족했다. 그렇기에 거들떠보지도 않았던 것이다.

"난 말이야, 반드시 상유촌을 나가서 넓은 세상에서 살 거야. 이곳은 너무 좁아."

"그럼 도망갈 거야?"

"누가 도망간데? 정정당당하게 혼인을 해서 밖으로 나갈 거야."

"쳇! 꿈이나 깨셔. 그러기 전에 누나 아버지한테 다리몽둥이가 먼저 부러질걸."

아소의 말에 장소영이 눈을 곱게 흘겼다.

"왜 또 여기서 아빠 얘기를 해!"

"몰라! 이젠 돌아가자. 아빠 점심 도시락 챙겨서 갖다 줘야 한다니까. 안 그러면 혼난단 말이야. 누나도 그래야잖아."

"그래, 알았어. 가면 될 거 아냐. 하여간 징그럽게 보챈단 말이야."

결국 장소영도 어쩔 수 없다는 표정을 지었다. 그녀의 아버지 역시 아소의 아버지처럼 광산에서 일하고 있었다.

이곳 상유촌에서 광부를 아비로 둔 자식들은 점심이 되면 모두 집에서 싼 도시락을 광산이 있는 곳까지 배달해야 할 의무가 있었다. 만일 심부름을 한 번이라도 거른다면 불벼락이 떨어질 것이 뻔했다.

결국 장소영은 아소와 함께 몸을 돌렸다. 그러면서도 환사영을 흘깃 바라보는 것을 잊지 않았다. 여전히 환사영은 농사에 집중하고 있었다. 그 모습마저 멋있게 보였다.

"누나, 빨리……."

"알았다니까."

*　　　*　　　*

며칠 후 목 노야는 희희낙락한 표정으로 상유촌에 돌아왔다. 그의 품속에는 꽤나 거금이 들어 있었다. 금장혈괴로 만든 단검을 암시장에 내다 팔고 거금을 손에 넣은 것이다.

그의 예상처럼 붉은 서기를 뿜어대는 단검은 사람들의 시선을 끌었고, 많은 이들이 서로 손에 넣으려고 경쟁이 붙었다. 그 결과 목 노야는 생각보다 훨씬 많은 돈을 수중에 넣게 됐다.

상유촌에 들어온 그가 제일 먼저 찾은 곳은 자신의 소유인 광산이었다. 그곳에서 그는 인부들의 우두머리인 장 씨를 만났다.

"전에 찾았던 그 금속, 그러니까 금장혈괴를 더 찾았는가?"

"아직 못 찾았습니다. 아무래도 그게 다인 것 같습니다. 아무리 뒤져봐도 그 이상은 나오지 않고 있습니다."

"그럴 리가 있는가? 그 깊은 갱도에 금장혈괴가 한 덩어리밖에 없다는 것이 말이 되는가? 잔말하지 말고 인부들을 모두

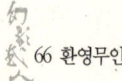

금장혈괴가 발견된 갱도로 투입하게."

"하지만 그곳은 너무 깊고 지반이 약해 위험합니다. 인부들의 안전도 생각하셔야 합니다."

"어허! 누가 무작정 들어가라고 했는가? 버팀목을 더 세우거나, 조심하란 말이지. 조심해서 파면 될 거 아닌가? 내 금장혈괴가 더 발견되면 그만큼 임금을 올려줄 것이니, 인부들에게도 그리 말하게. 이 모두가 우리 마을을 위해서 하는 말일세."

목 노야는 장 씨를 채근했다. 그의 논리는 일견 타당한 것 같았지만, 그 말을 곧이곧대로 믿을 만큼 장 씨는 순진하지 않았다. 목 노야의 얼굴에서 숨길 수 없는 탐욕을 읽은 것이다. 아마 자신이 뭐라고 말하든 목 노야는 반드시 갱도 깊은 곳에 사람들을 내려 보낼 것이다.

"휴우! 알겠습니다. 일단 그쪽에 사람들을 집중하겠습니다."

"자네가 직접 지휘하게. 그래도 이곳에서 가장 경험이 풍부한 사람이 자네가 아닌가?"

"알겠습니다."

"허허! 이제 내 마음이 놓이는구먼. 고맙네, 고마워."

목 노야가 그제야 너털웃음을 터트렸다.

장 씨는 목 노야를 뒤로 하고 밖으로 나왔다. 마음 한켠이 답답해져 왔다.

"아빠, 점심 가져왔어요."

그때 해맑은 아이의 목소리가 울려 퍼졌다. 그제야 장 씨의 얼굴에 약간의 미소가 떠올랐다.

양손을 흔들면서 달려오는 아이는 아소였다. 아소의 손에는 보자기가 들려 있었다.

"어이쿠! 이놈 넘어지겠다. 조심하거라."

"헤헤! 아빠."

아소가 장 씨의 가슴에 푹 안겼다. 장 씨는 그런 아소를 따뜻하게 안아주었다. 아소는 장 씨의 품에 안겨 얼굴을 비볐다.

"점심 가져왔느냐?"

"네!"

"번번이 고맙구나."

"헤헤! 같이 먹어요."

"그래! 아빠랑 아소랑 같이 먹자꾸나."

장 씨가 아소의 머리를 쓰다듬어 주었다. 하늘 아래 단 둘뿐인 혈육이었다. 아소를 위해서라도 열심히 먹고 열심히 일해야 했다.

'그래, 별일이야 있겠는가?'

그는 머릿속에서 금장혈괴라는 불길한 단어를 지웠다.

목 노야가 세상에 내놓은 단검은 높은 가격으로 인근의 거상에게 흘러들어갔다. 거상은 붉은 후광을 뿜어내는 단검을

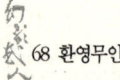
68 환영무인

일대에서 가장 큰 문파인 적룡문(赤龍門)에 바쳤고, 적룡문에서는 또다시 그 단검을 십여 개의 대문파가 연합해 결성한 남천련(南天聯)에 예물로 보냈다.

남천련에 흘러들어간 단검은 대환검(大環劍) 유붕의 손에까지 들어갔다. 유붕은 남천련의 휘하 조직 중 하나인 남영당(南英堂)에서 외부 순찰을 맡고 있던 자였다.

무공은 그리 강하지 않으나, 싸움에 임해 물러서는 법이 없고, 성격이 열화와 같았다. 그리고 그는 적룡문과 매우 밀접한 관계를 유지하고 있었다.

한눈에 보기에도 범상치 않아 보이는 단검을 얻은 유붕은 매우 좋아하며 한시도 품속에서 단검을 떼놓지 않았다. 붉은 후광을 뿜어내는 단검을 지닌 것만으로도 그는 가슴이 든든했다.

어느 날 유붕은 외부 순찰을 나갔다가 추영마검(追影魔劍) 곽충과 조우하게 되었다. 곽충은 마도의 고수로 이미 한 세대 전의 인물이었다.

유붕이 도저히 상대할 수 없는 수준의 고수였다. 모두가 유붕이 죽을 거라고 생각했다. 그러나 정작 죽은 이는 유붕이 아닌 곽충이었다.

숨이 끊어진 곽충의 어깨에는 한 자루 단검이 꽂혀 있었다.

죽지 않아야 할 사람이 죽었다.

절대 죽어서는 안 될 상처로 인해.

제 3 장
초대받지 않은
손님들

목 노야가 장 씨를 비롯한 인부들을 닦달하고 돌아간 이후에도 금장혈괴를 채굴하는 작업은 한참 동안 진행되었다. 하지만 꽤 많은 시간이 흘렀음에도 불구하고 더 이상 금장혈괴는 발견되지 않았다.

목 노야는 더더욱 인부들을 채근했다. 하지만 연일 고된 객장 일에 지친 인부들은 반쯤은 금장혈괴를 채굴하는 것을 포기하고 있었다.

굳이 금장혈괴를 채굴하지 않더라도 기존의 철광석을 캐는 것으로도 그들의 삶은 어느 정도 보장이 되니 굳이 무리할 필요가 없는 것이다.

그렇게 시간은 지지부진 흘러가고, 금장혈괴를 찾는 작업은 한없이 늦어지고 있었다. 그리고 점차 목 노야도 금장혈괴를 찾는 일에 지쳐가고 있었다. 아무리 애를 태우면 뭘 하는가? 아무리 땅을 파도 나오질 않는데.

결국 금장혈괴는 한때의 소동으로 사람들의 뇌리에서 잊혀져갔다. 더 이상 상유촌 사람들은 금장혈괴에 대해 생각하지 않게 되었다. 그들에겐 금장혈괴보다 일상의 소소한 일이 더욱 소중했기 때문이다.

목 노야도 금장혈괴를 체념했다. 대신 불과 며칠 앞으로 다가온 자신의 생일에 집중하기 시작했다. 그의 생일은 고즈넉한 상유촌 최대의 행사였다.

그가 곳간을 열고 풍성한 잔치를 벌이는 날이기 때문이다. 마을 사람들에게도 목 노야의 생일잔치는 매우 중요한 날이었다. 마을 사람 전체가 한자리에 모이는 유일한 날이었기 때문이다. 그런 자리는 결코 흔하지 않았다.

마을의 아낙들이 목 노야의 생일을 하루 앞두고 그의 집에 모여 음식을 만들기 시작했다.

담장 밖으로 흘러나오는 맛있는 음식 냄새에 사람들은 코를 벌름거리며 어서 내일이 오기만 기다렸다. 마치 축제 전야와 같은 분위기가 상유촌 전체를 지배하고 있었다.

환사영은 오랜만에 그런 마을에 나왔다. 굳이 목 노야의 생일을 축하해 주고 싶은 생각은 없었지만, 마을 사람들의 좋은

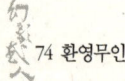

분위기에 찬물을 끼얹고 싶은 생각 역시 없었다. 마을 사람들은 그가 오랜 칩거를 깨고 사람들과 어울리기를 원했다. 그 때문에 환사영은 오랜만에 깨끗하게 옷을 차려입고 마을에 나왔다.

마을에 나와 그가 제일 먼저 들른 곳은 백수경의 집이었다. 백수경은 환사영을 자신의 친형처럼 생각하고 대접했다. 그리고 마을에 나오면 꼭 자신의 집에서 머물기를 원했다.

"하하하!"

"호호!"

백수경의 집에 들어서자 환한 웃음소리가 제일 먼저 그를 반겼다. 백수경의 집은 항상 이랬다. 언제나 웃음이 끊이지 않았고, 따스한 분위기가 흘렀다.

그는 언제나 주위사람을 챙기며 소홀히 하지 않으려 애를 썼다. 그 덕분인지 모르지만 그의 집에서는 항상 이렇게 웃음이 흘러나왔다.

"흠!"

환사영이 밖에서 헛기침을 했다. 그러자 백수경이 문을 열고 나왔다.

"형님, 오셨습니까?"

"그래! 안에 경화가 와 있는 모양이구나."

"예! 저 혼자 적적할까봐 맛있는 음식을 싸왔다고 합니다."

"목 노야가 허락했다더냐?"

"그녀의 고집은 아무도 꺾을 수 없잖습니까? 목 노야도 더이상 그녀를 제어하기를 포기한 모양입니다."

"그래?"

환사영이 빙그레 웃었다. 그 정도만 해도 분명 정말 대단한 일이었다. 그들이 말하는 여인은 이 마을의 최고 지주인 목 노야의 막내딸이었다.

목 노야가 가장 소중하게 여기고, 아끼는 보물 같은 아가씨였다. 이제 열일곱이 된 그녀에게는 목경화라는 이름이 있었다.

목경화는 누구보다 고집이 세지만, 활발한 성정에 웃음까지 많아 보는 이로 하여금 항상 유쾌한 기분을 느끼게 했다. 목노야와 같은 핏줄에서 목경화가 태어난 것은 상유촌 최대의 수수께끼 중 하나였다.

그 목경화가 사랑하는 남자가 백수경이었다. 목 노야는 이름 없는 문사에 불과한 백수경을 그리 탐탁하게 여기지 않았다.

상유촌 제일의 부를 축적하고 있는 그의 마음에 백수경과 같은 일개 서생이 마음에 들 리 없었다. 그러나 목경화의 고집은 실로 대단해 결국 목 노야조차 두 손, 두 발을 다 들고 말았다.

환사영이 안으로 들어서자 목경화가 잇몸이 드러날 정도로 환한 미소를 지으며 반겼다.

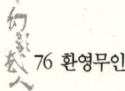

"늦으셨네요. 조금 더 빨리 오실 줄 알았는데."

"후후! 이것도 최대한 서두른 것이란다. 너도 알다시피 나는 농사를 짓고 있는 농부가 아니더냐."

"피! 이제까지 쌀 한 톨 추수하지 못한 분이 무슨 농부예요?"

"내 밭에서 곡물을 추수하면 제일 먼저 너에게 가져오마. 그때 놀라지나 말거라."

"제발 그랬으면 좋겠네요. 저도 제발 오라버니가 가져오는 쌀을 먹고 싶단 말이에요. 도대체 풀 한 포기 나지 않는 자갈밭에서 농사를 짓겠다는 것은 무슨 심보예요?"

"오늘은 너에게 혼나기 위해 온 것이 아니란다. 이제 이쯤 하자꾸나."

환사영이 두 손을 들었다. 그러자 목경화가 눈을 곱게 흘기며 말했다.

"이야기들 나누고 계세요. 제가 음식을 다시 차려올게요."

"난 식은 음식도 상관없다만."

"무슨 말씀이에요? 그럼 제가 오라버니께 식은 음식을 대접했다는 소문이 상유촌에 돌아야겠어요?"

"아니다, 항복! 내가 어찌 네 뜻을 거스를까? 네가 알아서 해다오."

"후후!"

목경화가 싱그러운 웃음을 흘리며 밖으로 나갔다. 그 모습에 환사영 역시 미소를 지었다.

목경화에게는 보는 이를 유쾌하게 만드는 힘이 있었다. 그녀의 미소는 싱그러웠고, 너무나 사랑스러웠다. 타인에게 사랑받을 만한 자격이 충분한 여인이었다.

환사영이 백수경을 돌아보았다.

"후후! 여전하구나, 경화는."

"큰일입니다. 조금 더 조신해도 좋을 텐데."

"경화에게는 이런 모습이 어울린다. 그래서 너랑 더 잘 어울리는 것일 수도 있지. 어쨌거나 축하한다. 경화가 이 시간에 이곳에 왔다는 것은 목 노야가 너희들의 사이를 암중으로 인정했다는 뜻일 테니까."

"형님도."

백수경이 얼굴을 붉혔다. 하지만 싫지는 않은 표정이었다. 그 역시 목경화를 마음에 두고 있었다. 비록 아직 나이가 어려 정식으로 혼례를 올리지 못하고 있었으나, 그는 자신의 여자가 될 사람은 오직 목경화뿐이라고 생각했다.

백수경이 환사영의 잔에 술을 따랐다. 환사영 역시 말없이 그의 술잔을 받아들었다.

"이것은 너를 위한 잔이다."

그리고는 백수경이 어떻게 하기도 전에 들이켰다.

또다시 채워지는 술잔, 이번에도 그는 혼자 들이켰다.

"이건 경화를 위한 잔."

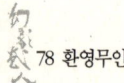

쪼르륵.

이어지는 세 번째 잔.

"이것은 앞으로 너희 두 사람의 혼인을 축복하는 잔이다."

그렇게 환사영은 세 잔을 연거푸 들이켰다. 백수경의 눈동자가 흔들렸다. 하지만 그것도 잠시, 이내 그가 미소를 지으며 술잔을 들었다.

"이제 같이 하시지요."

"그래!"

창!

허공에서 두 사람의 술잔이 맞부딪쳤다.

별다른 안주가 없었는데도 불구하고 두 사람은 여러 잔의 술을 단숨에 들이켰다.

여러 말이 없어도 좋은 사이가 있다. 그저 말없이 술잔을 나누는 것만으로도 좋은 사이가 있다. 두 사람의 사이가 그랬다. 그들은 주거니 받거니 술잔을 나눴다. 목경화가 안주거리를 들고 다시 돌아왔을 때는 이미 술 한 병이 빈 뒤였다.

그녀가 곱게 인상을 썼다.

"아이, 두 사람 자꾸 안주도 없이 술을 마시기예요? 지금이야 젊어서 괜찮지만, 나중에 나이가 들면 두 사람 모두 속병 때문에 고생하실 거예요."

"너는 혼인하기 전부터 바가지를 긁는구나. 어허, 아우가 불쌍하구나. 지금도 이렇게 꼭 잡혀 사는데 혼례를 올리면 어떻게 될지."

"아유, 오라버니는 또 나만 가지고 그래. 몰라요."

"하하! 잘못했다. 자, 너도 한 잔 받거라."

"네!"

목경화가 사양하지 않고 술잔을 받아들었다. 그녀는 술잔을 입에 가져갔다가 금세 인상을 썼다.

"아유, 써! 남자들은 이 쓴 게 뭐가 좋다고 그렇게 먹을까?"

"하하하!"

"후후!"

방 안에 웃음이 가득 찼다.

그때 밖에서 걸걸한 음성이 들려왔다.

"나도 들어가도 되겠는가?"

문을 열어보니 한청이 커다란 고깃덩이를 들고 서 있었다. 환사영과 백수경이 동시에 미소를 지었다.

"들어오십시오."

"물론입니다, 형님. 어서 오세요."

그들의 환대에 한청이 들고 있던 고기를 목경화에게 건네주며 말했다.

"오늘 잡은 소에게서 얻은 가장 좋은 부위다. 아무거나 적당하게 요리해 오거라."

"이거 우리 아버지 생일상에 들어갈 거 빼돌린 거죠?"

"후후!"

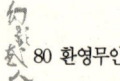

"맞구나! 내 그럴 줄 알았어. 하지만 이 정도 부위 빠진다고 해서 표 나는 것도 아니니까 이번 한 번만 용서해 줄게요."

"고맙구나."

한청이 미소를 지으며 방 안으로 들어왔다.

그렇게 두 사람이 세 사람이 되고, 그들은 밤새도록 술잔을 기울였다.

어슴푸레 동이 터올 무렵 환사영과 한청은 백수경의 집을 나섰다. 목경화는 자정이 넘은 직후 집으로 돌아갔고, 백수경은 취기를 견디지 못해 쓰러졌다. 그 후로도 두 사람은 오랫동안 술잔을 나누다 이제서야 밖으로 나왔다.

새벽공기가 상쾌하게 느껴졌다. 간밤의 취기가 모조리 날아가는 것 같았다.

한청이 입을 열었다.

"나는 이곳이 좋네. 이곳의 부족함이, 또한 이곳 사람들의 착한 심성이 좋네. 젊은 시절 꽤 많은 곳을 돌아다녔다고 자부하지만 이곳처럼 사람이 살기 좋은 마을은 일찍이 본 적이 없었어."

"저도 마찬가집니다."

"그래, 이곳에 오면 누구나 그렇게 느끼지. 정말 좋은 곳이야. 목 노야가 욕심이 많다고 하지만, 밖에 있는 부자들에 비하면 어린아이 장난에 불과하니 그렇게 신경 쓸 만한 것도 아니지. 오히려 그 정도는 귀여운 애교로 봐줄 수 있지."

한청이 빙긋 미소를 지으며 양팔을 들어올려 머리 위에 얹었다. 그러자 오른팔의 흉터가 선명하게 들어왔다. 마치 커다란 뱀이 기어가는 듯한 모습이었다.

평범한 사람들은 그 모습만으로도 기가 질리기 충분했다. 하지만 흉터를 바라보는 환사영의 모습은 담담하기 이를 데 없었다.

"자네가 평범한 사람이 아니란 것은 이미 알고 있네."

"그것은 형님도 마찬가지 아닙니까? 그런 상처를 입고도 살아 있다는 것이 형님의 능력을 보여주는 증거죠."

"이 상처……. 그래, 정말 죽을 뻔했지. 내 인생의 마지막 싸움에서 얻은 상처니까. 이 상처 때문에 나는 이곳 상유촌까지 흘러들어왔네. 처음 들어왔을 때만 하더라도 상처만 나으면 밖으로 나가 복수를 할 생각이었지만, 지난 십 년의 세월은 나에게 그런 마음이 부질없는 거란 사실을 알게 해주더군. 지금은 복수고, 뭐고 다 싫네. 그저 이곳에서 오랫동안 머물고 싶은 뿐이라네."

"그렇게 될 겁니다."

"자네는 끝까지 자네의 사연에 대해서는 한 마디도 하지 않는군."

"잊고자 하는 과거일 뿐입니다."

"그래! 잊은 것은 잊은 채로 놔두어야지. 과거의 망령이 되

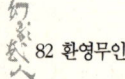

살아나는 것만큼 끔찍한 일은 없으니까."

한청이 고개를 주억거렸다.

그의 눈은 먼 과거를 더듬고 있었다. 그의 망막에 어떤 모습이 맺혀 있는지는 오직 그밖에 알 수 없었다. 환사영은 그의 곁에서 그저 묵묵히 걸음을 옮겼다.

찌르르!

가슴의 상처가 문득 통증을 호소했다. 자칫 조금만 더 깊었으면 그의 몸통을 양단했을 만큼 깊은 상처였다.

비록 상처는 흔적만 남기고 아물었지만, 아직도 환사영에게 통증을 안겨주고 있었다. 통증이 느껴질 때마다 환사영은 그날의 기억을 떠올렸다. 그래서 잊을 수 없었다. 통증이 기억을 상기시키고 있었으니까.

'평생을 가져가야 할 업보인가?'

환사영은 한청 몰래 한숨을 내쉬었다.

그가 야공을 올려다보았다. 그날 그때처럼 시커먼 하늘이었다. 별빛조차 보이지 않는 짙은 어둠이 그때와 같았다.

*　　　*　　　*

다음 날 목 노야의 생일잔치가 열렸다. 상유촌 삼백 명의 사람들이 모두 목 노야의 집에 모였다. 목가장(木家莊)이라는 거창한 이름의 집. 그러나 세상의 유력세가들의 집과는 비교할 수도 없을 정도로 조그만 장원이었다. 물론 상유촌 그 어떤 집보다도 컸지만.

목가장 안 널따란 정원에는 삼백 명을 위한 잔칫상이 차려져 있었다. 기실 목 노야가 자신의 잔치를 이렇듯 거창하게 여는 이유는 꼭 자신의 부를 과시하기 위함만은 아니었다.

마을 사람 절반이 자신의 광산에서 일하고 있었다. 광산일은 그 어떤 일보다 험하고 고되다. 때문에 이런 기회를 빌려 그들을 잘 다독여두지 않으면 오래도록 일을 같이 할 수 없었다. 비록 잔치를 여는 돈이 아깝긴 했지만, 그보다 더 큰 결과를 위해서는 지출을 감수하지 않을 수 없었다.

삼백 명 상유촌 사람들이 모인 앞에서 목 노야가 자신의 생일을 자축했다.

"허허! 이 모자란 사람의 생일에 이토록 많은 사람들이 축하하러 와주셔서 감사하오. 내 오늘 부족하나마 여러분들을 위해 상을 차렸으니 부족하다 탓하지 마시고 마음껏 즐겨주시오. 음식은 넉넉하게 준비했소이다."

"와아아!"

"목 노야의 생신을 진심으로 축하합니다. 모두 목 노야를 위해 잔을 듭시다."

누군가의 선창에 마을 사람들이 한목소리로 대답하며 술잔을 들었다. 어른들은 술잔을, 아이들은 찻잔을 들어 목 노야의 생일을 축하했다.

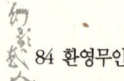

"목 노야의 만수무강을 위하여."

"목 노야의 건강을 기원합니다."

"와아아!"

일순 함성과도 같은 소리가 목가장을 가득 채웠다.

목 노야는 얼굴 가득 웃음을 짓고 주위를 둘러보았다. 삼백명의 사람들이 그의 생일을 축하하고 있었다. 어떤 이들은 단지 먹을 것을 위해 왔을 테고, 어떤 이는 거짓으로 축하하는 것일 수도 있었다.

하지만 자신을 매개체로 이들이 한자리에 모일 수 있다는 사실만으로도 목 노야는 만족했다. 자신이 여전히 이 마을의 중심이라는 증거였기 때문이다.

"허허! 천천히 즐기시구려. 음식 걱정은 하지 말고."

목 노야는 연방 웃음을 흘리며 주위를 둘러봤다.

모두가 그를 바라보고 있었다. 모두가 그의 생일을 축하하고 있었다. 그러나,

'저놈들!'

갑자기 그의 인상이 팍 구겨졌다.

모두가 그를 보고 있는데 오직 단 한곳에 있는 무리들만 아랑곳하지 않고 자신들끼리 떠들고 먹고 있었다. 그리고 그곳에 낯익은 얼굴이 있었다.

세 명의 사내들 가운데서 웃고 떠들면서 아비인 자신에게는 눈길도 주지 않는 고약한 녀석. 바로 그가 늘그막에 얻은 막내

딸 목경화였다. 그리고 그녀의 시선이 향한 곳에 백수경이 있었다.

상유촌의 유일한 글 선생. 지닌바 학식이 대단하다고 들었으나, 솔직히 목 노야의 눈에는 사기꾼으로 보일 뿐이었다. 그는 목경화가 백수경을 만나는 것을 반대했다.

하지만 그녀의 고집이 어찌나 세던지 이제는 반쯤 포기한 상태였다. 그 때문에 그녀가 백수경을 만나는 것을 묵인하고 있었다.

백수경은 어느 정도 인정할 수 있었다. 하지만 그 옆에 앉아 있는 두 남자는 또 어떠한가? 하나는 십 년 전에 흘러들어온 백정이었고, 다른 하나는 청로호 남쪽에서 홀로 은둔생활을 하는 외톨이였다. 아니, 자신의 딸이 뭐가 모자라서 저런 것들과 함께 자리를 한단 말인가?

"내 이 작자들을 그냥."

"아이, 대인. 참으세요. 오늘은 좋은 날이잖아요."

옆에서 애첩 설향이 말리지 않았다면 당장 저들 자리로 가 단매에 쳐죽였을 것이다.

"에휴! 내 전생에 무슨 죄를 그리 많이 지어서."

그는 그만 탄식을 터트리고 말았다. 그러자 설향이 빙긋 웃으며 그의 손을 잡았다.

"잘하셨어요. 오늘 같은 날은 웃으셔야죠."

"오냐! 내 너를 봐서라도 웃을 것이다. 오늘만 참자, 오늘

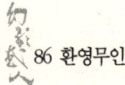

만."

"호호!"

웃음을 흘리면서 설향은 목경화가 껴 있는 자리를 봤다. 그곳에 환사영이 있었다. 저번 물놀이 직후 설향은 환사영에 대해 은밀히 알아봤다.

그녀가 알아낸 것은 거의 없었다. 단지 그가 육 년 전 이곳으로 흘러들어왔다는 정도뿐이었다. 알아낸 것이 거의 없음에도 불구하고 환사영에 대한 호감은 더욱 커졌다.

과거가 비밀에 가려져 있는 남자는 항상 호기심의 대상이다. 하물며 환사영처럼 남자답게 생긴 자에게는 더욱 호감이 이는 법이었다. 설향은 목 노야 몰래 환사영을 바라보며 은밀히 미소를 지었다.

'언제고 저 사람을 내 치마폭에 녹이리라.'

그녀는 그렇게 혼자만의 상상의 나래를 펼쳤다.

술을 마시는 한청의 허리춤에는 고기를 잡을 때 쓰는 소검 한 자루가 걸려 있었다. 보통 고기를 잡는 이들이 날이 두터운 중도나 도끼를 쓰는 것을 생각해 볼 때 확실히 한청의 모습은 남다른 면이 있었다.

다른 이들은 중도로도 소나 돼지를 잡는 것을 힘겨워하지만, 한청은 소검 한 자루만으로도 고통 없이 숨을 끊었다. 그러다 보니 그가 잡은 고기는 여타 고기에 비해 더욱 연하고 맛 있었다. 그렇기에 잔치를 벌일 일이 있는 사람들은 한청에게 고기를 잡아달라고 부탁했다.

환사영은 술잔을 기울이며 한청의 검을 자세히 살펴봤다. 고기를 잡느라고 날이 무뎌지고, 피에 절어 곳곳이 녹슬었지만, 예전에는 명검이라고 불렸을 거란 생각이 들 정도로 잘 만들어진 검이었다. 그런 검을 이제는 소나 돼지를 잡는 데 사용하고 있다는 것이 안타까울 정도였다.

환사영은 한청의 검에서 시선을 뗐다. 이 이상 남의 물건을 훔쳐보는 것은 실례라고 생각했기 때문이다. 그는 술잔을 들었다.

좋은 사람들이다. 한청도, 백수경도, 그리고 목경화도 좋은 사람이었다. 그런 사람들과 술을 함께할 수 있는 지금 이 순간이 기분 좋았다.

멀리서 목 노야가 사람들에게 짓궂은 농담을 하고, 한껏 위세를 떠는 것이 보였다. 제아무리 배를 내밀어봤자, 왜소하기 그지없는 그의 몸이 더 커 보일 리도 없건만.

환사영은 고개를 절레절레 저었다. 그때 목 노야가 그들이 있는 곳을 향해 방향을 바꿔 다가왔다. 그는 여전히 없는 배를 한껏 내밀고 있었다.

"어흠! 그래, 음식은 입맛에 맞는가?"

"목 노야."

제일 먼저 백수경이 목 노야를 맞이했다. 어쨌거나 그는 목

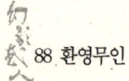

노야의 딸인 목경화와 사귀고 있었다. 사위가 될지도 모르는데 앉아서 맞이할 수는 없는 노릇이었다.

환사영과 한청 역시 어쩔 수 없다는 듯 자리에서 일어났다. 비록 목 노야를 그리 좋아하는 것은 아니나, 그래도 오늘의 주인공인데 앉아서 맞이할 수는 없었다.

환사영 등이 일어나 자신을 맞이하자 그제야 목 노야의 얼굴에 웃음이 어렸다. 평소 소 닭 보듯 하는 그들이 자신 때문에 자리에서 일어났다는 사실 하나만으로도 우월감을 느꼈다.

목 노야가 환사영 등을 향해 일장연설을 늘어놓기 시작했다.

"혼자 생활하는 자네들이 언제 이런 음식을 먹을 수 있었겠는가? 음식은 많으니까 천천히 먹게나. 그리고 자네는 언제까지 되도 않는 농사를 지을 셈인가? 차라리 내 광산으로 오게. 내 장 씨에게 말해 삯은 적지 않게 쳐줄 테니까. 젊은 사람들이 의미 있는 일을 해야지, 그렇게 언제까지 허송세월을 할 셈인가?"

"아빠, 그만! 정말 여기까지 와서 이럴 거예요? 잘 먹던 음식도 체하겠다. 그만하시고, 다른 곳으로 가보세요. 아빠를 원하는 사람들이 있는 곳으로요."

목 노야의 연설에 제동을 건 사람은 목경화였다. 그녀는 목 노야의 말을 끊은 채 노려봤다. 그 모습이 꼭 성이 난 암고양이처럼 보였다.

목 노야의 얼굴이 팍 구겨졌다.

'하여간 딸년은 키워놔 봐야 소용없다니까. 어느새 저도 여자가 됐다고, 외간 남정네들 편을 드니. 에잉!'

그가 신경질적으로 고개를 돌렸다. 그러자 곁에 있던 설향이 고혹적인 미소를 지으며 말했다.

"호호! 노야께서 너무 기뻐서서 하는 말입니다. 기분 나쁘게 생각하지 말아 주세요."

"이해합니다."

"그럼 저희는 가볼 테니까 계속 즐기세요. 노야의 말씀대로 음식은 많으니까요."

설향은 그렇게 말하면서 환사영을 향해 눈웃음을 살살 쳤다. 하지만 목 노야는 고개를 팩 돌리고 있어 그런 설향의 모습을 미처 보지 못했다. 만일 그가 설향이 환사영을 향해 눈웃음을 치는 모습을 보았다면 오늘 잔치는 그대로 끝이 났을 것이다.

"에잉! 자리로 돌아가자."

"예! 대인."

설향은 목 노야의 팔짱을 끼고 걸음을 옮기면서도 환사영에게 한쪽 눈을 찡긋하는 것을 잊지 않았다.

"허! 정말 대담한 여인이구나. 뻔히 임자가 있으면서도 다른 남자에게 추파를 던지다니."

한청이 감탄사를 터트렸다. 그러자 목경화가 샐쭉한 표정으

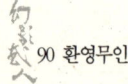

로 말했다.

"아빠는 정말 저런 여자가 뭐가 좋다고 첩으로 들인 건지 모르겠어요. 저렇게 천박한데."

"후후! 비록 그런 여자라고 하더라도 어떤 사람에게는 최고의 여자일수도 있는 법이지."

"궤변이에요."

목경화가 한청을 향해 혀를 내밀어 보였다. 한청이 고개를 끄덕였다. 자신이 생각해도 궤변이었기 때문이다.

그의 시선이 환사영을 향했다. 그리고 의미 모를 미소를 지었다. 그 모습에 환사영이 고개를 흔들며 말했다.

"자, 술이나 하시죠."

"좋지."

"저도."

"앗! 나도, 나도."

백수경과 목경화도 끼었다.

좀 전의 일을 깨끗이 잊어버린 그들 사이에 금세 웃음꽃이 피었다.

모든 것이 평화로웠다. 사람들은 근심을 잊고 목 노야의 생일을 즐겼다. 너무나 평화로운 모습이었다. 그러나 목가장의 평화는 그리 길게 가지 않았다.

끼이익!

누군가 목가장의 문을 열었다. 사람들이 녹슨 경첩이 지르는 비명에 일제히 정문을 바라봤다.

낯선 차림을 하고 있는 사람들이 정문 너머로 보였다.

"후후!"

*   *   *

"누, 누구시오?"

낯선 이들의 등장에 목가장의 주인인 목 노야가 용기를 내서 물었다. 그러자 문을 열고 나타난 이들의 선두에 선 자가 히죽 웃으며 말했다.

"후후! 이곳에 용건이 있어서 왔다가 마침 이곳의 정신적인 지주이신 목 노야의 생일잔치가 열린다고 해서 체면불구하고 들렀습니다. 본인은 당천위라고 합니다."

사내는 그렇게 자신을 밝혔다.

남자 체구치고는 그리 크지 않은 덩치에 전체적으로 잘빠져 매우 날씬하게 보였다. 그보다 더욱 특징적인 것은 그의 손이 무척이나 가늘고 길다는 것이다. 마치 여인의 손처럼 말이다. 하지만 그의 얼굴엔 짙은 음영이 드리워져 있어 무척이나 음침하게 보였다.

당천위가 자신의 이름을 밝혔음에도 불구하고 그를 알아보는 사람은 한 명도 없었다. 심지어는 목 노야조차 떨떠름한 표정을 짓고 있을 뿐이었다. 산골에 사는 사람들이 당천위의 이

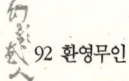

름을 들어보았을 리 만무했다. 그 사실을 깨달은 순간 당천위의 얼굴이 살짝 일그러졌다.

'후후! 나 당천위가 이런 존재밖에 되지 않는가? 하긴 상관없겠지. 이곳은 외부와 완전히 단절된 산골이니까 무지렁이들이 아무것도 모르는 것이 이상하지 않지.'

당천위의 이름이 세상에서 차지하는 비중은 생각보다 컸다.

암영수(暗影手) 당천위.

그는 당금 천하에서 젊은 무인들 중 가장 강하다는 천하오수(天下五秀)의 일좌를 당당히 차지하고 있었다. 무공을 조금이라도 아는 사람들 사이에서 당천위는 선망의 대상이었다. 하지만 이곳 상유촌 안에서만 생활하는 마을 사람들이 그런 사실을 알 턱이 없었다.

목 노야도 마찬가지였다. 그가 떨떠름한 표정으로 말했다.

"아, 아무튼 본인의 생일잔치에 와주셔서 고맙소. 저쪽에 상을 봐드릴 테니 식사라도 하고 가시구려."

"뭣이?"

목 노야의 말에 성을 낸 이는 당천위의 뒤에 있던 젊은 무인들이었다. 그들은 상황파악을 하지 못하고 엉뚱한 말을 지껄이는 목 노야에게 따끔한 맛을 보여주려 했다. 하지만 그들은 섣불리 움직일 수 없었다. 그 순간 다른 곳에서 청량한 목소리가 들려왔기 때문이다.

"남천련에서 목 노야의 생신을 축하드려요."

옥쟁반에 구슬이 구르는 소리라는 것이 어떤 것인지 보여주는 듯한 청아하면서도 맑은 목소리였다. 사람들의 시선이 일제히 새로운 목소리가 들려온 방향으로 향했다.

그곳에 여인이 있었다.

새하얀 옷을 곱게 차려입은 여인. 단지 보는 것만으로도 사람의 심혼을 빼앗는 아찔한 분위기를 풍기는 여인. 얼굴을 반쯤 가린 면사 사이로 드러난 눈이 마치 밤하늘의 별처럼 빛나고 있었다. 그녀를 본 모든 이의 넋이 순간적으로 빠졌다.

제일 먼저 정적을 깬 이는 목 노야였다.

"지금 나, 남천련이라고 하였소?"

"그렇습니다. 저는 남천련을 대표해서 목 노야의 생신을 축하하기 위해 온 운향이라고 합니다."

"남천련에서 왜?"

제아무리 강호라는 세상에 대해 알지 못하는 목 노야였지만, 그래도 남천련이라는 이름 정도는 들어본 적이 있었다.

하늘을 날고, 땅을 가르는 능력을 지닌 사람들이 모여 사는 세상이 강호, 그런 강호에서 가장 강한 힘을 가진 단체가 남천련이라는 말을 들어본 기억이 있었다.

남천련은 강호의 하늘이었다. 일반 사람들은 감히 범접할 수도 없는. 그런 남천련에서 무엇이 아쉬워 목 노야에게 생일 사절단을 보낸단 말인가? 목 노야는 물론이고, 상유촌의 그 누구도 지금의 사태를 이해할 수 없었다.

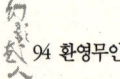

"남천련에서는 목 노야가 그동안 하신 일들에 대해 많은 관심을 가지고 있었습니다."

"그러니까 남천련에서 왜?"

"모두가 목 노야의 홍복이지요."

비록 면사로 가려져 있었지만, 그 순간 사람들은 운향이 웃고 있다고 생각했다.

면사 위로 드러난 눈이 반달처럼 곡선을 그리고 있었기 때문이다. 그런 그녀의 눈웃음을 보는 순간 목 노야를 비롯한 사람들의 정신이 다 아득해졌다.

어느새 운향은 장내의 분위기를 자신 쪽으로 끌어들이고 있었다. 그 모습을 보며 당천위가 이를 빠득 갈았다.

"남천련이 벌써 움직이다니."

예상 밖의 사태였다. 하지만 아직 당천위의 놀람이 끝나기에는 일렀다. 운향의 뒤를 이어 속속 다른 무인들이 모습을 드러냈기 때문이다.

"으하하! 남천련에서 냄새나는 계집을 파견했구나. 오늘 노부도 이곳에서 맛있는 음식을 먹어보자꾸나."

광소를 터트리며 담장 위에 나타난 육십 대의 노인. 나이답지 않게 건장한 체구에 하얀 수염과 대춧빛 얼굴이 유독 인상적인 노인이었다.

"저자는 분명 광초자(狂草者) 유문척. 저 노마까지 이곳에 왔다는 말인가?"

당천위의 얼굴이 더할 수 없이 딱딱하게 굳었다.

비록 그가 젊은 영재들 중 으뜸인 천하오수의 일 인이라고 하나 광초자 유문척에 비할 수는 없었다. 유문척은 이미 한 세대 전에 활동했던 거마다.

당금 천하를 지배하고 있는 여섯 명의 무인들에 비할 수는 없었지만, 그래도 무시할 수 없는 실력을 지니고 있는 것은 분명했다.

당황한 것은 운향 역시 마찬가지였다. 유문척이 등장하면서부터 그녀의 눈동자는 눈에 띄게 떨리고 있었다.

'결국⋯⋯.'

최대한 빠르게 조치를 취한다고 했건만 비밀은 여지없이 새어 나갔고, 결국 보물을 노리는 자들이 이곳으로 몰려들었다.

최대한 빠르게 온다고 한 것인데도 다른 이들이 비슷한 시기에 도착했다는 것은 이미 수많은 이들이 노리고 재빨리 움직였다는 말이었다.

세상에 알려지지 않았던 산골마을이 폭풍의 핵으로 떠오르는 것은 그야말로 순식간이었다. 그 모든 것이 단 하나의 물건 때문이었다.

미지의 금속으로 만들었다는 단검.

정확히는 금과 같은 색깔을 띠고 있으면서도 붉은색의 서기를 뿜어내는 단검이 추영마검 곽충을 죽이면서부터이다. 그가 죽은 직후 남천련에서는 곽충의 시신과 단검을 회수하고, 유

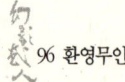

봉을 추궁하면서도 다각도로 조사를 시작했다.

곽충과 유붕의 실력차를 감안하고, 곽충의 시신에 난 상처를 아무리 조사해도 그의 죽음은 이해가 되지 않았다. 남천련 최고의 의원까지 모조리 동원됐지만 끝내 곽충의 죽음의 원인을 알아내지 못했다.

시신에서 원인을 찾아내지 못하자 사람들은 곽충의 시신에 꽂혀 있던 단검에 주목했다. 그때부터 그들은 이름 모를 단검을 철저하게 분석하기 시작했다. 그리고 놀라운 사실을 알아냈다.

이름 모를 금속으로 만들어진 단검은 내공이 강하면 강할수록 더욱 강한 반발력으로 인체를 파괴했다. 일반 무인이 손가락을 베어도 아무렇지 않았으나, 내공이 강한 자가 베이면 오히려 더욱 상처가 벌어졌다. 일반적인 무기와 정반대의 성질을 지닌 이 무기는 내공이 강한 절대고수에게 치명적이었다.

이런 사실을 알게 되자마자 남천련에서는 무기의 출처를 역추적했고, 상유촌에서부터 모든 것이 시작되었다는 사실을 알아냈다. 그리고 련주의 네 제자 중 한 명인 운향을 책임자로 조사대를 상유촌으로 파견한 것이다.

운향은 자신이 제일 먼저 상유촌에 도착했다고 생각했다. 하지만 그녀와 비슷한 시기에 당천위가 도착하고, 유문척마저 도착했다. 그리고 얼마나 더 많은 사람들이 이곳에 오게 될지 몰랐다.

이미 곽충을 죽인 단검에 대한 소문은 퍼질 대로 퍼진 상황이었다. 무공을 익힌 누구라도 구미가 당길 만한 유혹이었다.

무공이 약한 하수가 자신보다 위 수준의 고수를 죽일 수 있는 매력적인 패. 그것은 단검의 재료인 미지의 금속이었다.

그러나 정작 금장혈괴로 만든 단검을 세상 밖으로 유출시킨 목 노야는 왜 이런 사람들이 자신의 생일에 맞춰 상유촌에 들어왔는지 알지 못해 눈만 꿈뻑거릴 뿐이었다. 그것은 다른 사람들도 마찬가지였다.

일 년을 가도 상유촌에 외지인이 들어오는 경우는 거의 없었다. 그런데 오늘은 약속이라도 한 듯이 많은 사람들이 상유촌에 들어왔다.

그것도 하나같이 범상치 않은 기운을 뿌리는 사람들뿐이었다. 그들 대부분은 무기를 차고 있었고, 늑대처럼 차가운 눈빛을 하고 있었다.

"아빠 무서워."

"괜찮아, 괜찮을 거야."

장 씨는 품안을 파고드는 아소를 다독였다. 하지만 그 역시 알 수 없는 두려움에 떨고 있었다. 단지 스스로 자각하지 못했을 뿐이었다.

그들뿐만이 아니었다. 마을 사람들 대부분이 초대받지 않은 손님들에게 불안감을 느끼고 있었다. 즐겁던 생일 분위기는 이미 온데간데없이 사라진 지 오래였다. 사람들은 대부분 입

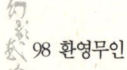

을 다물고 낯선 이방인들을 두려운 눈으로 바라보았다.

축제 분위기가 최고조로 달한 순간 잔치는 끝났다. 하지만 낯선 이방인들은 아직 잔치를 끝낼 생각이 없는 모양이었다. 당천위를 필두로 운향과 유문척이 동시에 입을 열었다.

"먼 길을 걸어왔더니 배가 고프군요. 체면불구하고 좀 얻어먹겠습니다."

"저희도 신세를 지겠습니다."

"흐흐! 노부에게도 한 상 차려주시구려. 노부는 위가 크니 꽤 많은 양을 준비해야 할 것이오."

"무, 물론입니다."

목 노야가 고개를 끄덕였다. 그는 하인들에게 사람들의 상을 차리라고 명령했다.

'안타깝구나. 조금만 더 일찍 왔더라면.'

하인이 안내해 주는 자리에 앉으면서 당천위가 혀를 찼다. 만일 그 혼자 있었다면 이런 시골 무지렁이들에게 예의를 차리는 일은 없었을 것이다.

그의 자존심이 용납하지 않았으니까. 차라리 무력을 사용해서 원하는 것을 얻어냈을 것이다. 그러나 지금은 상황이 변했다. 다른 강호 세력이 이곳에 들어온 것을 확인한 이상 경거망동하는 것은 금물이었다.

그가 움직이면 다른 세력들도 움직인다. 먼저 움직이는 쪽이 불리한 상황이었다.

'결국 누가 먼저 이 마을의 비밀을 알아내어 자신의 소유로 만드느냐가 관건인가?'

당천위는 그렇게 결론을 내리며 다시 한 번 목가장 내부를 둘러보았다. 운향과 남천련의 무인들이 한쪽을 차지했고, 반대 방향에 유문척이 고고한 척 앉아 있었다. 그리고 내일이면 또 얼마나 많은 무인들이 들어올지 알 수 없었다.

다른 이들은 눈에 들어오지도 않았다. 이름도 제대로 알려지지 않은 산골의 주민들이 그의 안중에 들어올 리 없었다. 그와 시선을 마주칠 때마다 사람들이 분분히 고개를 돌렸다. 무공을 익힌 자의 시선을 평범하고 순박한 이들이 정면으로 바라볼 수 있을 리 만무했다.

그의 시선이 차례차례 사람들을 훑고 맨 마지막으로 구석자리에 앉아 있는 사내들에게 향했다. 등을 돌리고 있는 두 남자와 서생차림의 남자, 그리고 그들 곁에 있는 상큼한 외모의 여인이 유독 눈에 들어왔다.

당천위의 눈이 반짝였다.

"아무래도 마을에 한바탕 바람이 불 것 같군."

한청의 말에 환사영이 조용히 고개를 끄덕였다. 강호인들이 무엇 때문에 이곳에 들어왔는지 모르지만, 이대로 조용히 끝나리라고는 생각되지 않았다.

강호인들이라는 족속은 자신들이 원하는 것을 얻기 전까지

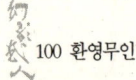

절대로 무언가를 그만둘 사람이 아니었기 때문이다.

그들이 무언가를 욕심내고 상유촌에 들어왔다면 목적한 것을 얻기까지 결코 멈추지 않을 것이다.

백수경이 목경화에게 물었다.

"당신은 저들이 왜 이곳에 왔는지 알고 있어? 아무래도 당신 아버지와 연관이 있는 일 같은데."

"모르겠어요. 아빠가 하는 일에는 한 번도 관심을 둔 적이 없어서……."

목경화가 고개를 도리도리 저었다.

사실이었다. 같은 집에 살고 있었지만, 이제까지 목경화는 단 한 번도 목 노야의 일에 관심을 가진 적이 없었다. 목 노야 역시 목경화에게 자신이 하는 사업에 대해 말한 적이 없었다. 그렇기에 이런 일이 터졌어도 이유를 알 수 없었다.

백수경이 나직하게 한숨을 내쉬었다.

"후! 일단 저들이 왜 우리 마을에 관심을 쏟는지 이유를 알아내는 것이 급선무입니다. 그들이 원하는 것만 준다면 그들도 물러갈 겁니다."

"자네의 말처럼만 되면 얼마나 좋겠는가? 하지만 무림인들이란 존재는 자네의 생각처럼 그렇게 간단하게 행동하는 자들이 아니라네. 일단 저들이 이곳에 욕심을 내기 시작한 이상 결코 일이 가볍게 끝나지 않을 것이네. 그러니 자네도 각오를 해두는 것이 좋을 것이네."

한청이었다. 그는 당천위 등을 비롯한 무림인들이 등장한 이후 단 한 번도 그들에게 시선을 주지 않았다. 하지만 그는 누구보다 냉정하게 상황을 읽고 있었다.

백수경의 시선이 한청을 향했다. 이제까지 자신의 과거에 대해서는 단 한 마디도 하지 않은 한청이었다. 하지만 백수경은 그가 과거 강호에서 활동했을 거라고 생각했다.

그의 몸에서 흘러나오는 분위기와 기운이 그렇게 말해주고 있었다. 하지만 과거 그가 강호에서 어느 정도의 위치에 있었는지는 알 수 없었다.

그 순간에도 한청의 말은 이어지고 있었다.

"저들이 강호에서 차지하는 위치는 결코 작은 것이 아니라네. 저들이 왔다면 아마 다른 이들도 올 확률이 높을 게야. 그들과 부딪치지 않는 것이 제일 좋은 방법이네만, 그래도 어쩔 수 없다면 어떤 상황이 닥치더라도 이성을 잃지 않도록 각오를 해야 할 것이야. 모두들 내가 따로 말하지 않더라도 충분히 이해하겠지?"

"형님의 말을 명심하겠습니다."

백수경이 고개를 끄덕이며 환사영을 향해 시선을 옮겼다. 그 순간 환사영은 남천련의 무인들이 있는 방향을 바라보고 있었다.

운향이라는 여인을 비롯해 십여 명의 무인들이 식사를 하고 있었다. 그들의 기세에 질려 근처에 있던 사람들이 자리를 비

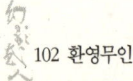

102 환영무인

운 지 오래였다.

'형님?'

무엇을 보고 있는 것일까? 과연 그는 무슨 생각을 하는 것일까? 지닌바 학식을 바탕으로 수많은 사람들의 생각을 분석하고, 어느 정도 읽을 수 있는 백수경이었지만, 환사영이 어떤 생각을 하는지는 도저히 알 수 없었다. 한청보다도 신비로운 사람이 있다면 오직 환사영뿐이었다.

지금 이 순간에도 환사영의 시선이 정확히 누구를 향했는지는 알 수 없었다. 남천련 전체일 수도 있고, 혹은 운향이라는 여인에게 고정된 것일 수도 있었다. 어쩌면 이곳에 들어온 무인들 전체를 보는 것일 수도 있었다.

그러나 그런 사실은 전혀 중요하지 않았다. 중요한 것은 이 자리에 있는 그 누구도 환사영의 시선을 의식하지 못한다는 것이다.

무공을 익혀 누구보다 예리한 신경을 가지고 있는 자들이 환사영의 시선을 의식하지 못하고, 자신들끼리 떠들고 웃고 있었다. 백수경은 그런 점에 주목했다.

'이럴 수도 있는 것인가? 아무도 형님의 존재를 느끼지 못하는 것인가?'

어쩌면 환사영은 자신이 짐작하는 것보다 더욱 대단한 사람일지도 모른다는 생각이 들었다. 하지만 백수경은 그런 자신의 생각을 절대로 표내지 않았다.

그때 한청의 목소리가 백수경의 상념을 깨웠다.

"경화, 너는 당분간 집에서 나오지 말거라."

"네?"

"너뿐만이 아니다. 당분간 마을 아낙들은 외출을 삼가는 것이 좋을 것 같구나."

"왜요?"

목경화가 울상을 했다. 외출을 하지 말라는 것은 정인인 백수경의 얼굴을 볼 수 없다는 사실을 뜻하기 때문이다. 하지만 이어지는 한청의 말에 그녀는 고개를 끄덕일 수밖에 없었다.

"혈기왕성한 사내들이 아무것도 없는 산골동네에 몰려들었다. 이곳에 유곽이 있는 것도 아니고, 몸을 파는 여인네들이 있는 것도 아니다. 처음 얼마간은 괜찮겠지만, 분명 시간이 지나면 사달이 일어날 것이다. 대부분의 사람이 그런 것은 아니지만, 어디 가나 짐승 한두 마리는 있는 법이다. 그런 자들의 눈에 띄어서 좋을 것 하나 없다. 그러니 사태가 진정되기 전까지는 될 수 있으면 집 밖으로 외출하지 말거라."

"언제까지 그래야 되는데요?"

"일단 사태를 지켜보자. 사태를 지켜보면서 대책을 세우는 것이 좋을 듯싶구나."

"휴! 어쩔 수 없죠."

결국 목경화는 수긍했다. 다른 누구도 아닌 자신을 위해서 해주는 말이라는 사실을 알고 있었다.

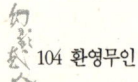

그녀가 처연한 눈으로 백수경을 바라봤다. 그러자 백수경이 살짝 미소를 지었다.

"너무 상심해하지마. 내가 틈틈이 보러 올 테니까."

"정말이죠?"

"그럼!"

"약속한 거예요."

"그럼!"

그제야 목경화의 얼굴에 활짝 미소가 피어올랐다. 도대체 언제 침울했냐는 얼굴이었다.

그녀의 환해진 얼굴에 한청이 고개를 끄덕였다. 목경화에게는 이런 얼굴이 어울렸다.

한청의 시선이 당천위에게 향했다.

'저 녀석······.'

그의 눈빛이 침중하게 가라앉았다.

제 4 장

침략자들

　예상했던 사람들보다 인원이 늘어났다. 하인들은 늘어난 사람의 수만큼 음식을 나르기에 바빴고, 마을 사람들은 새로이 등장한 낯선 이들을 호기심과 두려움이 공존하는 눈으로 바라보았다.

　유문척은 마치 자신의 안방처럼 한자리를 떡하니 차지하고, 정신없이 음식을 탐하기 시작했다.

　"크흐흐! 노부가 말년에 입이 호강하는구나. 투박하긴 하지만 정말 괜찮은 솜씨야. 이런 음식이야말로 정말 먹을 만한 것들이지."

　그의 앞에는 홍소육, 백자육, 수자육 등의 고기로 만든 음식들이 즐비했다. 그는 채소 따위는 거들떠보지도 않았다. 그는 오직 고기만 탐했다. 때문에 하인들은 그를 위해 각종 고기 음식을 내오느라 진땀을 흘려야 했다.

당천위는 그런 유문척을 보며 코웃음을 쳤다. 그의 눈에는 유문척의 모습이 허세를 부리는 것으로밖에 보이지 않았기 때문이다.

제아무리 유문척이 강하다고 하나 그는 혼자였다. 그에 비해 당천위에게는 조력자들이 많았다. 그들은 모두 한 가지 목적을 위해서 움직이고 있었다.

당천위의 시선이 한쪽에 있는 남천련의 무인들에게 향했다. 지금 이 자리에는 단지 십여 명만 있을 뿐이나, 밖에는 그보다 훨씬 많은 수의 무인들이 있을 것이다.

'그렇게 본다면 역시 최대의 경쟁자는 남천련이겠군.'

금장혈괴에 대한 정보를 입수하자마자 그는 바로 이곳 상유촌으로 출발했다. 하지만 그것은 남천련 역시 마찬가지였다. 그래도 남천련주의 네 제자 중 하나라는 운향이 직접 이곳에 올 줄은 몰랐다.

운향에 대해 알려진 것은 거의 없었다. 사실 운향이라는 이름이 정말 그녀의 본명인지도 불분명했다. 알려진 것은 그녀가 육 년 전에 남천련주의 마지막 제자로 들어갔으며, 그동안 눈부신 두각을 나타냈다는 것뿐이다.

그리고 그녀의 얼굴을 한 번이라도 본 사람들은 모두 그녀

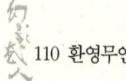

가 천하제일미녀일 거라고 이구동성으로 외쳤다.

남천련주가 가장 아끼는 애제자를 이곳에 보냈다는 것은 그만큼 상유촌에 대한 관심이 크다는 반증이었다.

하수가 실력으로 고수를 이긴다는 것은 거의 불가능한 일이다. 하물며 절대고수를 상대한다는 것은 꿈에서도 불가능한 일이었다.

하지만 이번에 새로 발견된 금장혈괴라는 금속은 하수가 절대고수를 상대할 수 있는 일말의 가능성을 보여주고 있었다. 그렇기에 금장혈괴에 대한 정보를 얻은 사람들이 모두 눈에 불을 켜고 달려드는 것이다.

'한 가지 예측하지 못한 것이 있다면 나 말고도 다른 이들이 금장혈괴에 대한 정보를 얻었다는 것이다. 이것은 남천련에 심각한 정보의 누수가 벌어지고 있다는 뜻이다. 하긴 나조차도 남천련에 첩자를 심어두었는데, 다른 이들도 그러지 말라는 보장은 없지.'

당천위가 혀를 찼다.

이로써 조용히 금장혈괴를 차지하겠다는 생각은 물 건너가고 말았다. 이제부터 치열한 경쟁이 펼쳐질 것이다.

자신들이 알았다면 다른 이들도 그런 사실을 알고 이곳에 들어올 것이다. 금장혈괴는 그만큼 매력적인 금속이었다.

"금장혈괴로 암기를 만들 수만 있다면……."

당천위의 눈이 빛났다.

세상 사람들은 흔히 그를 암영수라고 부르며 수공(手功)에만 능숙한 젊은 고수라고 알고 있지만, 기실 그는 암기에 더욱 관심이 있었다. 그가 수공을 익힌 이유는 암기를 던지면서도 손이 상하지 않기 위해서였다.

그는 암기가 좋았다. 그 조그만 물건이 사람을 죽일 수 있다는 사실이 즐거웠다. 그는 작고 예쁜 암기에 집착을 했다. 그러면서도 살상력이 지독하다면 더욱 좋았다. 금장혈괴는 그런 암기에 최적의 재료였다.

"하늘에서 금장혈괴로 만든 암기들이 비처럼 내린다면 천하의 그 누가 피할 수 있을 것인가?"

당천위의 입가에 은밀한 미소가 떠올랐다.

그는 자신이 이번 쟁탈전의 승자가 될 거라고 자신했다. 제아무리 남천련의 정예들이 파견되었고, 유문척과 같은 전대의 거물과 쟁탈전을 벌이게 되었지만 자신 있었다. 그에겐 다른 이들보다 훨씬 명석한 두뇌가 있었고, 이런 종류의 일에 매우 능숙했기 때문이다.

"남은 것은 이 촌무지렁이들을 어떻게 구워 삶느냐인데."

상유촌의 광산은 목 노야의 소유였다. 가장 빠른 방법은 목노야에게 접근해 소유권을 이전받는 방법인데, 이미 다른 세력들이 금장혈괴의 존재를 알고 견제에 들어왔으니, 정상적인 방법으로는 어려웠다.

"결국 이 조그만 마을이 폭풍의 핵인 셈인가?"

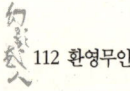

그는 의미심장하게 미소 지었다.

상유촌은 이제까지 세상에 거의 알려지지 않았던 마을이었다. 만일 금장혈괴라는 희대의 금속이 발견되지 않았다면 그 누구도 이런 마을에 관심을 가지지 않았을 것이다.

그러나 금장혈괴가 발견됨으로써 이 조그만 마을은 강호의 모든 세력이 주시하는 폭풍의 핵이 되고 말았다. 앞으로도 수많은 이들이 이곳으로 들어올 것이다.

마을 사람들이 불안한 눈으로 자신을 보고 있었지만, 당천위는 그들을 전혀 신경 쓰지 않았다. 무공도 익히지 못한 산골의 무지렁이들. 자신과 전혀 관계없는 사람들이다. 때문에 그들의 생사여부나 마음고생 따위도 그와는 하등 관계없는 일이었다.

그의 눈이 먹이를 노리는 뱀처럼 무색투명하게 변했다.

한편 목 노야는 뜻밖의 인물들의 등장에 안절부절못했다.

"아이고, 이러다 큰일이 일어나는 것이 아닌가 모르겠구나. 왜 우리 마을에 무림인들이 왔단 말인가?"

그의 얼굴은 하얗게 떠 있었고, 손은 연방 푸들푸들 떨리고 있었다. 오늘이 자신의 생일이란 사실은 머릿속에서 하얗게 지워지고 말았다.

욕심이 많지만 소심한 그였다. 그는 갑작스럽게 일어난 변고에 적응을 하지 못하고 있었다. 그런 그의 곁에서 설향이 팔을 잡아주지 않았다면, 진즉에 바닥에 주저앉고 말았을지도 몰랐다.

그는 이 모든 일이 자신의 탐욕이 부른 결과라는 것을 알지 못했다. 단지 한시라도 시간이 빨리 지나가 더 이상 이들을 보지 않았으면 할 뿐이었다.

"이 일을 어찌하면 좋을꼬. 저 악귀들을 어찌하면 이 마을에서 쫓아낼 수 있을까?"

목 노야의 머릿속으로 수많은 상념이 스치고 지나갔다. 하지만 아무리 생각해도 뾰족한 수가 떠오르지 않았다. 그 잠깐 사이에 그의 모습은 십 년은 더 늙은 듯 보였다.

그렇게 목 노야가 안절부절못할 때 남천련의 인물들 사이에서 운향이 다가왔다. 그녀가 움직이자 주위에 있는 사람들의 몸이 순간적으로 굳었다.

이제까지 고민에 고민을 거듭하던 목 노야조차 그녀의 모습을 보자 순간적으로 움찔했을 정도였다. 운향의 몸에서 흘러나오는 신비한 분위기가 그렇게 만든 것이다.

운향이 목 노야에게 접근하자 당천위는 물론이고, 유문척마저 온 신경을 그녀에게 기울였다.

"목 노야께서는 저희가 왜 이곳에 왔는지 궁금하시겠어요."

"무, 물론입니다. 이곳 같은 벽촌에 여러분들과 같은 훌륭한 분들이 왜 왔는지 도무지 알 수가 없습니다."

"걱정하지 마세요. 저희가 해를 끼치려고 온 것은 아니니까

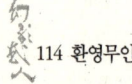

요. 단지 저희는 목 노야의 광산에 많은 관심을 가지고 있을 뿐이에요."

"제 광산 말입니까?"

"그래요."

"왜 제 광산에 관심을 가진단 말입니까?"

"그것은……."

운향이 미소를 지으며 대답하려는 순간 엉뚱한 곳에서 대답이 터져 나왔다.

"크흐흐! 그것은 당신의 광산에서 나온 금속 때문이다. 금장혈괴라는 턱없는 이름이 붙은 금속으로 만든 비수."

자기 앞의 상을 모조리 먹어치운 유문척이었다. 그는 소매로 기름이 번들거리는 입가를 닦으며 일어섰다. 그가 일어서자 당천위도 일어섰다. 운향을 견제하기 위해서였다.

"그, 그게 왜?"

"그 금장혈괴로 만든 비수가 턱없는 일을 저질러버렸거든."

"그게 무슨?"

"흐흐흐! 범부는 죄가 없지만, 보물을 가진 것은 큰 죄가 될 수도 있는 법이지. 감당 못할 보물은 큰 화를 불러오는 법이니까."

유문척의 말에 목 노야의 얼굴이 새하얗게 질렸다.

'결국 이 모든 일이 금장혈괴 때문에 일어난 것이란 말인가?'

그제야 목 노야는 자신의 생각보다 일이 턱없이 커졌다고 생각했다. 단지 자신은 금장혈괴를 이용해서 돈을 벌 생각을 했을 뿐이지, 이렇게 무림인들이 직접 찾아오게 될 줄은 몰랐다.

무림인의 속성은 메뚜기 떼와 같아서 그들이 지나간 자리에는 풀 한포기 제대로 남지 못한다는 말이 있었다.

그들은 그야말로 살아 있는 재앙덩어리였다. 그들과 엮여서 좋을 것이 하나도 없었다. 그런데 이미 그들과 엮여 버렸다.

"내 터놓고 말하지. 당신 소유의 광산, 나에게 넘겨."

"내 광산을 말이오?"

"그래! 금장혈괴가 거기서 나왔다면 또 나올 확률이 높으니까. 다른 놈들보다 높은 값을 쳐주지."

"유 대협께서는 너무 앞서가는 것 같군요. 그리 험악한 기세로 그리 말씀하시면 목 노야께서 더 위축될 수밖에 없지 않습니까?"

이번에 나선 이는 당천위였다. 하지만 그의 모습을 보는 목 노야는 더욱 위축될 수밖에 없었다. 말은 부드럽게 하지만 그의 눈빛이 너무나 무서웠기 때문이다.

도저히 감당 안 되는 두 사람에 운향까지. 비록 그들보다 부드러운 눈빛을 하고 있었지만, 그녀 역시 원하는 것은 목 노야가 소유하고 있는 광산이 분명했다.

목 노야의 모습은 애처로웠다. 사방으로 포위된 그에게 구원의 줄을 내려줄 사람은 아무도 없는 듯했다.

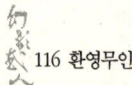

그때 누군가 그들 사이로 다가왔다.

운향은 새로운 남자의 등장에 눈을 반짝였다.

가죽옷을 입은 것도 특이한데 오른쪽 팔을 종으로 가로질러 난 상처 때문에 강렬한 인상을 주는 남자였다. 그가 목 노야와 그들 사이에 섰다. 한청이었다.

유문척의 음성에 노기가 서렸다.

"흐흐! 네놈은 누구냐?"

"이 마을 주민입니다."

"마을 주민? 마을 주민이 왜 나서? 어른들이 이야기하는데."

"목 노야는 며칠 전부터 계속된 잔치에 많이 피곤하신 상태입니다. 사업 이야기라면 목 노야께서 몸이 좋을 때 하시는 것이 좋을 것 같습니다. 그래야 서로에게 최대한 좋은 결과를 도출해낼 수 있을 테니까요."

"뭣이라?"

유문척의 눈썹이 하늘로 치켜 올라갔다. 그만큼 노했다는 뜻이리라. 하지만 그는 노기를 토해내지 못했다. 당천위가 중간에 끼어들었기 때문이다.

"당신은 누구요?"

"시골무지렁이의 이름을 아실 필요가 있겠소? 그저 목 노야를 배려해 주기만 바랄 뿐이오."

"아니야, 우리 언젠가 보지 않았소? 나는 분명 당신을 본 기억이 있소."

"착각일 것이오. 본인은 이곳에서 한 번도 나간 적이 없으니까."

"그래?"

그래도 당천위는 고개를 갸웃거렸다. 분명 어디선가 한 번 본 기억이 있는 인물이다. 그런데도 너무나 모호해 쉽게 떠오르지 않았다. 더구나 본인이 한 번도 본적이 없다고 주장하니 더 이상 추궁할 수도 없었다.

한청은 유문척의 기세에도, 당천위의 노려보는 눈빛에도 전혀 위축되지 않았다. 그는 당당하게 목 노야의 앞을 가로막고 섰다.

그제야 목 노야는 안도의 한숨을 내쉴 수 있었다. 평소 소나 잡는 백정이라고 무시했던 한청에게 이리 도움을 받게 될 줄은 꿈에도 생각하지 못했다.

운향이 입술을 달싹였다. 그녀는 아직 목 노야에게 할 말이 남아 있었다. 그러나 그 순간 낯선 인형이 그녀와 목 노야 사이에 또다시 끼어들었다. 환사영이었다.

"오늘은 목 노야의 생일을 축하하는 잔칫날입니다. 사업 이야기는 날이 밝은 후에 하는 것이 좋겠습니다. 더 이상 무례를 범하지 말아주십시오."

환사영의 말에 결국 운향은 입을 열 수 없었다. 대신 그녀는

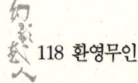

환사영을 자세히 살폈다.

칙칙한 갈의 사이로 구릿빛 피부가 선명했다. 머리는 어지럽게 헝클어져 있었고, 그 사이로 유난히도 깊게 침전된 눈이 빛나고 있었다.

'이 남자?'

순간 그녀는 벼락을 맞은 듯한 충격을 받았다. 머리칼에 가려져 온전히 보이지는 않았지만, 그의 깊은 눈빛은 이제까지 그녀가 보아온 어떤 남자들과도 확연히 구별됐다.

그의 눈빛은 그녀의 가슴을 송두리째 흔들어 놓았다. 이성 간의 떨림이나 남녀 간에 한눈에 반한다거나 하는 그런 하찮은 감정이 아니었다. 그녀는 분명 이런 눈빛을 본 적이 있었다. 그러나 한참을 떠올려도 언제 보았는지 생각이 나지 않았다.

한편 유문척과 당천위 등은 이 뜻밖의 사태에 얼굴을 잔뜩 찌푸렸다. 그들이 제아무리 무림인들이라도 남의 집 잔치에 와서 판을 뒤집는다는 것은 상당한 부담을 지는 일이었다.

다른 이들의 눈을 의식해서라도 일의 절차를 정당하게 진행해야 했다. 일단 광산의 소유권만 얻는다면 그 후의 일은 어떻게 되어도 상관없었다.

문제는 광산을 얻는 과정에서 다른 경쟁자들을 물리쳐야 한다는 것이다. 그렇지 못한다면 공적으로 몰려 다른 이들의 총공세를 홀로 감당해야 하는 상황이 벌어질 수도 있었다.

일단 명분을 얻어야 했다. 정당하게 광산을 얻어 자신의 소유권을 주장할 수 있도록 말이다. 그때까지는 될 수 있으면 살수를 자제해야 했다.

"끄응!"

이 황당한 상황 앞에서 유문척이 앓는 듯한 신음소리를 냈다. 자신의 앞을 가로막은 간덩이 부은 두 녀석도 그랬지만, 무엇보다 당천위와 운향이 마음에 걸렸다.

자신이 철저하게 혼자인데 반해 두 사람은 세력의 힘을 업고 있기 때문이다.

당천위와 운향 역시 유문척과 마찬가지 심정이었다. 손을 쓰려고 해도 서로가 마음에 걸려 움직일 수가 없었다. 서로 간에 절묘한 견제가 들어가고 있는 것이다.

그런 상황에서 환사영과 한청이 목 노야를 호위하듯 둘러싼 채 물러났다. 세 사람은 그 모습을 빤히 바라볼 수밖에 없었다.

"빌어먹을이군. 이런 무지렁이들만 모여 있는 촌에 제법 강단 있는 것들이 있었어."

"아무래도 이차전은 내일로 미뤄야겠군요. 저들의 말처럼 오늘은 좋은 잔칫날이니까요. 저는 잔칫날을 망친 주범이란 소리는 듣기 싫습니다."

"좋아요."

유문척의 말에 당천위와 운향이 동의했다.

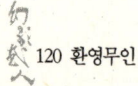

잔치는 끝났다. 더불어 그들 사이에 확실한 경계선이 그어졌다. 내일부터는 오늘처럼 웃으며 서로를 보내지 못하리라.

그들은 그런 사실을 확실히 알고 있었다. 그렇기에 그들은 각자의 자리로 돌아갔다. 그러나 음식은 이미 식어 있었다.

*   *   *

"이제 우리 마을은 어떻게 되는 것인가? 무림인들이 왜 우리 마을에 눈독을. 이제 큰일 났구나. 이 상황을 어떻게 해야 하누?"

환사영과 한청에게 둘러싸인 채 걸음을 옮기면서 목 노야가 두서없이 말을 내뱉었다. 그의 머리는 이미 공황상태였다. 머릿속에 수만 가지 생각이 동시에 떠도는데 명확한 것이 하나도 없었다.

그런 목 노야를 보며 한청은 나직이 한숨을 내쉬었다.

목 노야의 입장에서 보자면 오늘은 그의 최대위기일 것이다. 그것은 상유촌의 주민들 대부분 역시 마찬가지였다. 폐쇄적인 곳에서 그들끼리 안정된 삶을 살아왔다. 그런 고요한 호수에 어느 날 느닷없이 커다란 바윗돌이 떨어져 파문을 일으켰다.

목 노야와 마을 사람들은 무림인들이 일으킨 파문이 어서 빨리 끝나기를 바랐다. 하지만 한청은 이제 겨우 시작일 뿐이라는 사실을 잘 알고 있었다.

'저들은 원하는 것을 얻기 전까지 결코 멈추지 않을 것이다.'

강해지기 위해서라면 자신의 목숨마저 초개처럼 버릴 수 있는 족속이 무림인이었다. 그들이 노리는 것이 무엇이든 간에 이미 상유촌에 눈독을 들이기 시작한 이상 결코 쉽게 끝나지 않을 것이다.

한청은 목 노야가 진정하기를 기다려 물었다.

"금장혈괴가 무엇이기에 저들이 관심을 갖는 겁니까?"

"나도 모르네."

"아는 것만 이야기해 보십시오. 저들이 괜히 금장혈괴에 관심을 갖는 것은 아닐 것 아닙니까?"

"다시 한 번 말하지만 나도 모르네. 단지 얼마 전 내 소유의 광산에서 신비한 광석 한 덩어리가 발견되었네. 마치 금처럼 노란색깔의 금속이었는데 신기하게 붉은색의 서기를 흘렸지. 철가가 그 녀석을 제련해 한 자루의 검을 만들었네. 나는 그 단검을 다시 암시장에 팔았고. 단지 그뿐이네. 무엇 때문에 무림인들이 그 단검의 재료인 금장혈괴를 욕심내는지 모르지만, 나는 그 이상 아는 바가 없네."

"음!"

한청이 나직한 신음을 흘렸다.

금장혈괴에 대해서는 한청 역시 들어본 적이 없었다. 하지만 이 모든 일이 목 노야의 광산에서 채굴된 금장혈괴에서 시

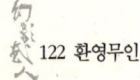

작되었다는 것쯤은 충분히 짐작할 수 있었다.

한청이 환사영을 바라보았다.

"아무래도 금장혈괴라는 금속이 문제인 것 같군. 이 일은 자세히 알아볼 필요가 있어."

"들어본 적이 있습니까?"

"나는 전혀 들어본 기억이 없네. 금처럼 노란색의 금속이 어찌 붉은색을 뿜어낼 수 있단 말인가?"

상식적으로 이해가 가지 않았다. 금장혈괴라는 금속을 들어본 적도 없거니와 그런 특징을 가진 금속이 있다는 것도 말이 되지 않았다. 그러나 목 노야는 분명 그런 금속이 있다고 말하고 있었다.

"만일 금장혈괴라는 금속이 이제까지 단 한 번도 무림사에 등장하지 않은 미증유의 물건이고, 그 안에 일반인의 상식을 뛰어넘는 효능이 있다면 이번 소동이 이해가 가네."

"금장혈괴…… 불길한 이름이군요."

"그래! 불길한 이름일세. 얼마나 많은 불운을 몰고 올 것인지……."

한청이 나직이 한숨을 내쉬었다. 환사영 역시 말이 없었다. 일련의 소동은 비단 상유촌에만 국한되는 문제가 아니었다. 상유촌 인근에서 평화로운 삶을 영위하던 두 사람의 일상에도 커다란 변화가 닥쳐온 것이나 다름없었다.

뒤루룩.

두 사람 사이에서 목 노야는 눈만 굴렸다.

무언가 일이 잘못 돌아가고 있다는 사실은 알았다. 하지만 그것이 꼭 자신의 탓인 것처럼 흘러가는 분위기에는 굴복할 수 없었다. 그러나 두 사람의 모습이 워낙 심각해 보여 감히 입을 열 수가 없었다.

한참의 시간이 지난 후에 목 노야가 용기를 내서 입을 열었다.

"이, 이보게들. 내가 어떻게 하면 좋겠는가? 그냥 광산의 소유권을 그들에게 넘겨줄까? 하지만 금장혈괴는 더 이상 발견되지 않는다네. 아마 그것이 처음이자 마지막이었던 모양일세."

"그렇게 해서 해결될 일이라면 그렇게 하는 것이 좋겠죠."

"역시 그런가?"

"하지만 그렇게 해서 해결될 일이 아닌 것 같군요."

한청의 대답에 목 노야가 울상을 지었다. 하지만 한청은 아랑곳하지 않고 말을 이었다.

"저들은 금장혈괴를 노립니다. 목 노야가 제아무리 광산에 금장혈괴가 더 이상 채굴되지 않는단 말을 해봐야 믿지 않을 겁니다. 그리고 누군가 광산을 소유하게 되면 일꾼들은 어떻게 될까요? 무림인들이 직접 광산에 들어갈 리는 없으니 마을 사람들을 더욱 혹독하게 몰아붙이겠지요. 광산을 그들에게 넘겨서는 안 됩니다. 마을 사람들만 더욱 힘들어지게 될 겁니다."

"그럼 어떻게 하란 말인가?"

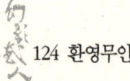

"일단 버텨야죠."

"버텨? 저 무서운 무림인들을 상대로? 말도 안 되는 소릴세."

"노야께서 광산의 소유권을 저들 중 한 곳에 넘겨주는 그 순간 이곳에 아수라 지옥도가 펼쳐질 겁니다."

한청은 차분했다. 그의 목소리도 냉정했다. 하지만 그래서 더욱 무섭게 느껴졌다. 과장도 꾸밈도 없기에 더욱 피부에 와 닿았다.

그제야 목 노야는 한청이 범상치 않은 사람이라는 사실을 깨달았다. 조금 전에 자신과 무림인들 사이에 끼어들던 것도 그랬고, 지금 말하는 것도 그랬다. 목 노야의 눈에는 한청이 유일한 구명줄인 듯 보였다.

"이보게, 자네가 도와주게. 제발 나를 도와주게. 나 혼자서는 이 일을 감당할 수가 없다네."

그는 한청의 바짓가랑이를 붙잡고 애원했다. 그 모습을 보며 한청은 나직이 한숨을 내쉬었다. 이미 사태는 걷잡을 수 없이 흘러가고 있었다. 이미 그는 진흙탕에 발을 내딛은 것이나 다름없었다.

그 모습을 보며 환사영은 머리를 쓸어 올렸다. 일부러 헝클어트렸던 머리였다. 그가 아직 잔치가 벌어지고 있는 쪽을 바라보았다.

"어떻게……."

*   *   *

"하아!"

거처로 돌아온 운향은 한숨을 내쉬었다.

그녀와 남천련은 마을에 단 하나뿐인 객잔인 대현객잔을 통째로 빌렸다. 객잔이라고 해봐야 그저 평범한 가정집에 방이 몇 개 더 있는 수준이었다. 집주인이 빈방을 놀리느니 객잔으로 활용하는 것이다. 아마 당천위와 유문척 역시 자신들이 머물 곳을 찾았을 것이다.

그녀는 목 노야의 집에 감시를 할 인원을 남겼다. 그녀가 없는 틈을 타서 다른 무인들이 접근하는 것을 막기 위해서였다. 그것은 다른 이들 역시 마찬가지였다.

차라리 상대가 단 하나라면 괜찮았겠지만, 세 힘이 절묘하게 균형을 맞추고 있기에 먼저 움직일 수 없었다. 먼저 움직이는 쪽이 나머지 둘에게 협공을 당할 것이 분명했다.

처음부터 쉽지 않은 일이 되리라는 것을 예상했었다. 아직 본격적인 일은 시작도 하지 않았건만 벌써부터 난관에 봉착했다. 남천련의 힘을 제대로 이용할 수 있다면 모르지만 현재 그녀의 처지로는 남천련의 힘을 모두 이용한다는 것은 꿈도 꿀 수 없었다.

남천련은 당금 무림 최강의 세력이었다. 열 개의 대문파가 하나로 연합을 했고, 그녀의 사부이자 남천련주인 남황은 당금 무림 최강자라고까지 불리는 인물이다. 남천련이 결성된 지 어언 십 년, 하지만 아직도 내부는 정비가 완료되지 못했다. 그 때문에 상상을 초월하는 내부알력이 존재하고 있었다.

남황은 네 명의 제자를 두었다. 그중 막내가 운향이었고, 세명은 모두 남천련의 근간을 이루는 열 개의 문파에서 배출된 이들로, 각각 소속된 문파에서 많은 지원을 받고 있어 엄청난 힘을 가지고 있었다. 그들은 모두 차기 남천련주의 자리를 노리며 영역싸움에 들어갔다.

운향의 입장은 그들과 달랐다. 그녀는 남천련주가 뒤늦게 받아들인 제자였다. 더구나 원래부터 남천련 소속도 아니었다.

타인들의 눈에는 그저 운이 좋게 남천련주의 제자가 된 이로 비쳤을 터였다. 그래서인지 그녀에게 들어오는 견제는 상상을 초월하는 수준이었다. 특히 그녀보다 먼저 들어온 남천련주의 세 제자가 그녀를 못마땅하게 여겼다.

사방이 적이었다. 그런 상황에서 그녀는 살아남아야 했다. 최대한 자신을 죽이고 존재감을 알리지 않으려 노력했다. 그녀에게는 차기 남천련주가 되려는 야망보다 생존에 대한 욕구가 더욱 강했다.

하지만 그녀의 다른 사형제들은 그렇게 생각하지 않은 모양이었다. 그들은 사부를 충동질해 운향을 금장혈괴를 입수하는 임무에 몰아넣었다.

만일 운향이 금장혈괴를 입수하지 못한다면 그들은 갖은 이유를 다 붙여서 그녀를 척살하려 할 것이다.

그런 음모와 모략을 서슴지 않을 정도로 남천련은 매력적인 곳이었다. 육 년 전 남천련과 자웅을 겨룰 수 있을 거라 평가받던 북명루(北冥壘)와 천상예가(天上藝家)가 정체를 알 수 없는 의문의 세력에 의해 무너진 후 그들의 전력은 더더욱 강화되었고, 작금에 이르러서는 명실상부한 천하제일세(天下第一勢)라고 불리고 있었다. 그런 천하제일세의 주도권을 놓고 운향의 사형제들이 다투고 있는 것이다.

현재 그녀는 고립무원(孤立無援)의 처지였다. 살아남기 위해서는 금장혈괴를 꼭 찾아내야만 했다.

"난 반드시 살아남을 것이다. 어떤 수를 써서라도 살아남을 것이다."

그녀가 조그만 주먹을 꽉 쥐었다. 그 모습이 애처롭기 그지없었다. 그녀의 조그만 두 어깨에는 너무나 많은 짐이 놓여 있었다. 감당할 수 없을 만큼 커다란 삶의 무게였다. 하지만 그녀는 포기하지 않았다.

"난 결코 포기하지 않아. 사방이 적으로 둘러싸여 있어도 난 결코 나의 삶을 포기하지 않아. 삼백 명의 영혼이 나를 지켜보고 있으니까."

스스로에게 거는 최면이었다. 그렇게 그녀는 하루에도 몇 번씩 흔들리는 자신의 마음을 붙잡았다.

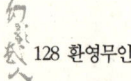

운향은 동경 앞에서 면사를 벗었다. 그러자 가려져 있던 그녀의 진짜 얼굴이 거울에 나타났다. 호수처럼 맑은 눈동자는 샛별처럼 빛나고 있었고, 마늘쪽을 세워놓은 듯 오뚝한 코가 한가운데 자리하고 있었다.

그 밑으로 빛나는 붉은 입술과 눈이 내린 것 같은 새하얀 피부는 그녀에 대한 수많은 소문들이 결코 거짓이 아님을 증명해 주고 있었다.

어떤 이들은 그녀가 얼굴을 가리고 다니는 것 자체가 죄악이라 했다. 운향의 얼굴을 한 번이라도 본 이들은 모두 천하제일미녀로 주저 없이 그녀를 꼽았다.

그만큼 그녀의 미모는 독보적이었다. 하지만 그들은 몰랐다. 운향의 정말로 대단한 점은 그녀의 외모가 아니라 마음가짐이라는 것을.

자신의 얼굴을 가린 그 순간부터 운향은 자신이 여인임을 잊었다. 그녀의 앞에는 수많은 난관과 고행의 길이 기다리고 있었다.

남자들의 넋을 잃게 만드는 미모는 오히려 독으로 작용했다. 그녀는 여인이 아닌 순수한 무인으로 인정을 받고 싶었다.

"거추장스러워."

운향은 자신의 얼굴을 보며 중얼거렸다. 할 수 있다면 동경 안의 저 얼굴을 없애버리고 싶었다. 그녀는 손을 뻗어 동경 안에 비친 얼굴을 만졌다. 자신의 얼굴을 만지는데도 차가운 느껌이 들었다.

"하아!"

다시금 한숨이 새어 나왔다.

문득 그녀는 한 남자를 떠올렸다. 목 노야의 곁에 있던 사내. 워낙 머리를 치렁치렁 늘어트려 진면목을 알 수는 없었지만, 왠지 그의 눈빛이 낯설지가 않았다. 바다처럼 깊고 그윽한 눈빛 속에 한 줄기 슬픔이 담겨 있던 눈동자. 그런 눈빛을 가진 자는 결코 흔치 않았다.

"분명 언젠가 그런 눈빛을 본 적이 있는데."

하지만 그녀는 결국 어디서 그런 눈빛을 봤는지 떠올리지 못했다.

            *   *   *

다음 날 모두의 예측대로 낯선 이들이 상유촌에 속속 모습을 드러내기 시작했다. 하나같이 허리에 검이나 도를 찬 인물들. 그들이 무림인이라는 사실쯤은 눈치 없는 사람이라고 해도 알 수 있었다.

상유촌의 분위기는 흉흉했다. 비록 문화적인 해택은 받지 못하던 산골마을에 불과했지만, 마을 사람들 사이에는 정이 흘렀고, 웃음꽃이 항상 활짝 피었었다.

그러나 무림인들이 등장하면서 마을 사람들의 얼굴에는 웃

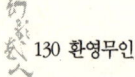

음이 사라지고 눈치만 보게 되었다. 순박한 마을 사람들이 감당하기에는 무인들이 뿜어내는 기세가 너무나 사나웠다.

무인들은 자신들끼리 눈치를 보고 있었다. 그들은 목 노야의 광산 인근에 자주 출몰하였으며, 주민들에게 금장혈괴에 대한 이야기를 묻고 다녔다.

그들은 마을 사람들의 감정이나 생각 따위는 아랑곳하지 않았다. 단지 자신들의 목적을 이루기 위해 승냥이처럼 이곳저곳을 들쑤시고 다닐 뿐이었다.

그러다 보니 마을 곳곳에서 충돌이 일어나고 있었다. 도를 넘어선 무인들의 안하무인격인 행동에 마을 사람들이 참지 못하고 한 마디를 하고, 또 그것을 참지 못한 무인들이 거칠게 행동하는 악순환이 반복되는 것이다.

그 때문에 마을의 분위기는 너무나 흉흉해졌다. 그 모두가 단 며칠 사이에 일어난 변화였다. 사람들은 외출을 꺼렸고, 하루라도 빨리 무인들이 마을을 나가길 원했다. 하지만 무인들은 원하는 것을 얻을 때까지 결코 상유촌을 떠날 생각이 없었다.

장 씨 역시 무인들이 떠나길 바라는 사람 중 한 명이었다. 무인들은 특히 광산에서 일하는 인부들에게 접근을 해왔다.

그중에서도 인부들의 우두머리인 장 씨에게 유독 자주 접근을 해왔다. 그들은 금장혈괴가 나온 광산에 관심을 가지고, 하나라도 정보를 더 얻기 위해 집요하게 질문을 했다.

그들의 주된 관심사는 또 다른 금장혈괴가 나왔느냐였다. 혹시 은밀히 나온 것이 있으면 자신에게 넘기라고 집요하게 이야기를 했다. 제아무리 장 씨가 더 이상의 금장혈괴는 없다고 말해도 소용없었다. 그들은 막무가내였다.

"그러니까 그 이상한 금속은 그 한 덩어리가 다였단 말입니다."

"그게 말이 되오? 그 깊은 광산에서 그런 금속이 단 한 덩어리만 나온다는 것이. 그러지 말고 또 나온 것이 있으면 나에게 넘기시오. 내가 값을 잘 쳐드릴 테니."

"더 이상 할 말이 없습니다. 아무리 나에게 뭐라 해도 없는 것이 나오지는 않습니다."

장 씨의 앞에는 기정유라는 무인이 언성을 높이고 있었다. 그는 이제 삼십 대 초반의 무인으로 본래 이곳 상유촌과는 전혀 연관이 없는 사람이었다.

그의 무공수위는 이류와 일류 사이에서 맴돌았다. 서른이 넘었는데도 무공의 발전이 없기에 그는 마음이 조급했다. 금장혈괴는 부족한 무공을 메워 줄 수 있는 엄청난 도구였다.

그 때문에 그는 위험을 무릅쓰고 상유촌에 들어와 장 씨에게 은밀히 접근했다. 그는 제아무리 장 씨가 금장혈괴가 없다고 해도 믿지 않았다.

"그러지 말고 나에게만 털어놓으시오. 형씨에게 금장혈괴는 소용없는 물건이오. 내가 값을 잘 쳐줄 테니."

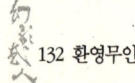

"아니, 이제까지 내가 한 말은 모두 콧구멍으로 들었습니까? 분명히 말했습니다. 처음의 한 덩이를 빼고 금장혈괴라는 금속이 더 발견된 적이 없다고. 이제 우리 좀 그만 괴롭히고 가보십시오. 우리 아이가 당신들 때문에 잠을 제대로 자지 못합니다. 우리가 무슨 죄가 있다고 이렇게 괴롭히는 겁니까?"

"기어이 내놓지 않겠단 말이오?"

기정유의 눈썹이 치켜 올라갔다. 그토록 장 씨가 말을 했건만 그는 전혀 듣고 있지 않았다. 그는 자신이 원하는 대답을 듣기를 원할 뿐이었다. 그런 기정유의 태도에 장 씨는 심신이 다 피폐해졌다.

대부분의 무인들이란 족속은 자신이 하고 싶은 말만 하고, 자신이 듣고 싶은 말만 들었다. 그들은 다른 이들의 생활이나 감정 따위는 전혀 배려해 주지 않았다.

다른 이들보다 강한 힘이 있으면 이렇게 안하무인격으로 행동해도 되는 것인가? 순간적으로 장 씨는 화가 울컥 치솟는 것을 느꼈다.

"제발 가주십시오. 내가 무슨 죄가 있다고 이러는 겁니까? 당신들이 마을에 들어온 이후로 한 번도 마음 편하게 잠을 자지 못했습니다."

"그러니까 내 말을 무시하는 것이오? 이제까지 그렇게 예의로 대해줬건만."

기정유의 음성에 노성이 어렸다. 끝내 자신이 원하는 대답을 장 씨가 내놓지 않자 그만 화가 나고 만 것이다.

"누가 무시했다고……."

"지금 내 말을 무시하지 않았더냐? 이제까지 좋은 말로 대했건만."

말투조차 반말로 바뀌어 있었다. 기정유의 눈에 어려 있는 살기를 보는 순간 장 씨는 그만 바닥에 주저앉고 말았다. 그의 머릿속에는 온통 이제 죽었다는 생각밖에 없었다.

스릉!

기정유는 정말 검을 뽑으려고 했다. 검집에서 검신이 빠져나오는 소리가 소름끼치게 울려 퍼졌다. 하지만 반쯤 나온 검은 더 이상 검집을 빠져나오지 못했다.

"그쯤 했으면 충분하지 않습니까?"

낯선 음성이 기정유를 가로막았다. 기정유가 검을 뽑다 말고 정면을 쳐다보았다.

장 씨의 바로 앞에 언제 나타났는지 가죽 옷을 입은 사내가 서 있었다. 그는 한청이었다. 장 씨를 핍박하는 기정유의 모습에 보다 못해 그가 나선 것이다.

순간 기정유는 등골이 서늘해져옴을 느꼈다. 그가 제아무리 화가 나서 이성을 반쯤 잃은 상태였다지만, 바로 지척까지 다른 누군가가 접근했는데도 감지하지 못하다니. 만일 상대가 적이었다면 목숨을 잃어도 할 말이 없었다.

"당신은 누구요?"

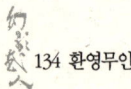

"내가 누군가는 중요하지 않소. 중요한 것은 당신들의 행동이 도를 넘었다는 것이오. 무고한 사람 괴롭히지 말고 이쯤 해서 돌아가시오. 당신들은 이 마을의 평화를 깨고 있소."

"그러니까 금장혈괴만 내놓는다면."

"당신 스스로도 그것이 얼마나 턱없는 말인 줄 알고 있을 것이요. 스스로에게 부끄럽지 않으려면 이쯤 해서 물러나는 것이 가장 좋을 것이오."

한청의 음성은 준엄했다. 그는 기정유를 비롯한 무인들의 잘못을 꾸짖었다. 순간 기정유의 얼굴이 붉게 달아올랐다. 스스로의 치부를 다른 이에게 들켰다는 사실이 수치심을 일깨운 것이다.

수치심은 이성을 마비시켰다. 일반인을 상대로 검을 뽑는다는 것이 무인으로서 얼마나 비겁한 일인지 잘 알고 있었지만, 그는 그만 참지 못하고 반쯤 뽑았던 검을 마저 뽑았다.

촤앙!

그가 검을 한청에게 겨눴다. 시퍼런 살기가 어린 검이었다. 일반인이라면 도저히 그 기세를 감당할 수 없었다. 하지만 기정유의 검 앞에서도 한청의 모습은 당당했다. 그의 모습은 도저히 일반인이라고 볼 수 없을 정도였다.

자신의 검 앞에서도 흔들리지 않는 한청의 모습에 기정유의 눈빛이 흔들렸다. 무공을 익히지 않았다고 생각한 촌부에게 오히려 기세에서 압도를 당한 것이다.

"이 녀석, 정체가 뭐냐?"

그가 소리쳤다. 하지만 한청은 대답하지 않았다. 대신 그의 눈은 기정유의 발의 모양이나 발검자세를 보고 있었다. 상당히 불안한 자세였다. 겉으로 보기에는 완벽해 보였지만 한청의 눈에는 부실한 누각처럼 불완전해 보였다.

비록 원치 않았지만 그의 머릿속에서는 기정유를 제압할 방법이 십여 가지가 한꺼번에 떠올랐다. 그중 어떤 수법을 쓰더라도 기정유의 숨통을 단번에 끊을 수 있었다.

그의 시선이 이번에는 자신의 오른손을 향했다. 신경이 끊어지는 치명상을 입은 손. 머리는 수많은 가능성을 계산하고 있었지만 과연 신경이 끊어진 오른손이 따라줄까? 그동안 오른손의 신경은 얼마나 살아났을까? 그의 얼굴에 수만 가지 상념이 복잡한 표정으로 떠올랐다.

한청이 자신만의 세계에 빠져 대답을 하지 않자 기정유가 더욱 노해 달려들었다. 그가 자신을 무시한다고 생각했기 때문이다.

"이놈!"

그의 검이 허공을 가로질러 한청의 목을 향해 날아왔다. '아차' 하는 순간 한청의 목이 날아가게 생겼다. 한청이 허리 뒤에 매달려 있는 검을 잡아갔다.

하지만 그 순간 그의 오른손이 미세하게 경련을 일으켰다. 경련은 순식간에 사라지긴 했지만 그 때문에 반응이 조금 느

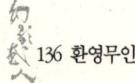

려졌다. 그가 잠시 멈칫하는 사이 기정유의 검은 이미 한청의 목 부근에 도달했다.

"끝이다."

따앙!

그 순간 갑자기 기정유의 검이 쉿소리와 함께 튕겨나가고 말았다. 그 엄청난 충격에 기정유가 뒤로 몇 걸음이나 물러났다.

기정유의 동공이 흔들렸다. 한청의 목을 찌르기 직전 그의 검을 튕겨낸 것은 분명히 조그만 돌조각이었다. 겨우 어린아이 손톱만 한 돌조각이 천 근의 힘이 담긴 그의 검을 튕겨낸 것이다.

"후후! 보물이 세상에 나오니 시답지 않은 쥐새끼들마저 나타나는구나."

차가운 음성과 함께 등장한 사내, 그는 당천위였다. 그가 어느새 나타나 오만한 표정으로 기정유를 조소하고 있었다. 그의 등장에 기정유의 표정이 처참하게 일그러졌다.

같은 청장년 측에 속하는 고수였지만, 그들 사이에는 하늘과 땅 사이만큼이나 엄청난 거리가 존재했다. 기정유가 아무리 노력을 하더라도 천하오수의 일원으로 꼽히는 당천위에게는 결코 다다를 수 없었다.

그가 혼신의 힘을 다해 휘두른 검을 당천위는 바닥에 굴러다니는 돌멩이로 아무렇지 않게 쳐냈다. 그것이 수준의 차이였다.

"이익!"

"후후! 해보겠다는 것인가? 얼마든지 덤벼보시지. 단 이번에는 검이 아닌 목을 조심해야 할 거야. 나는 두 번 용서하는 법을 모르니까."

당천위의 입에 어린 조소가 더욱 짙어졌다. 그러나 그의 조소에도 기정유는 섣불리 움직일 수 없었다. 당천위 주위에 있는 무인들도 무서웠지만, 무엇보다 무서운 것은 당천위 그 자체였다. 그는 기정유 자신과 비교도 할 수 없을 만큼 강했고, 무엇보다 잔혹한 심성을 가지고 있었다. 그는 결코 자신의 적을 살려두지 않았다.

그와 적이 될 것이냐? 아니면 이 자리에서 물러날 것이냐? 기정유는 후자를 택했다. 그는 당천위를 노려보면서도 조심스럽게 뒤로 물러났다.

당천위는 기정유에게 신경도 쓰지 않았다. 어차피 그는 그 정도의 존재밖에 되지 않았기 때문이다. 강호에 수많은 후기지수들이 있었지만 그와 어깨를 나란히 할 만한 존재는 오직 네 명뿐이었다.

설야일점화(雪野一占華) 백이수, 파랑진도(波浪眞刀) 해경호, 백전마검(百戰魔劍) 천명환, 그리고 광적상(狂赤象) 철패산이 그와 함께 천하오수라고 불리는 이들이었다.

이들이야말로 현 무림의 절대자라고 할 수 있는 천하육주

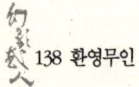

(天下六主)의 뒤를 이을 수 있는 인재라고 평가받고 있었다.

천하오수의 일원인 당천위가 한청을 바라보다 입을 열었다.

"오랜만입니다."

"나를 아나?"

"후후! 어디선가 한 번 봤다고 생각했었습니다. 설마 나의 우상이 이런 촌구석에 처박혀 있을 거라고는 생각하지 못했으니까요. 하지만 기정유와 맞서는 당신의 모습을 보면서 떠올렸습니다."

순간 한청의 눈동자가 격렬하게 흔들렸다.

영원히 촌부로 남기를 원했다. 지나간 과거 따위는 모두 잊어버리고자 마음먹었다. 그렇게 지난 십 년을 살아왔다. 그런데 오늘 그를 알아보는 이가 나타났다.

"내가 누군가?"

"당신은 혈루검(血淚劍)이었던 남자입니다. 안 그렇습니까?"

그 순간 당천위는 웃고 있었다.

제 5 장
풍운(風雲)

　혈루검(血淚劍). 한때 강호를 위진시켰던 위대한 이름 중 하나였다. 자신과 겨룬 상대에게 반드시 피눈물을 흘리게 한다고 해서 붙여진 명호가 혈루검이었다.

　강호에서 활약할 당시 그는 백여 명의 절정고수와의 연이은 대결을 승리로 이끈 무패의 전적을 자랑했다. 그는 타고난 승부사였다.

　강호에 처음 나왔을 때 그는 그저 그런 쾌검을 익힌 애송이 무인에 불과했다. 하지만 출도함과 동시에 그는 무모한 도전을 시작했다. 강호의 무인들에게 겁 없이 도전장을 던진 것이다.

처음에는 우습게보던 사람들은 그가 열 명의 무인을 패퇴시켰을 때부터 달리 보기 시작했다. 그리고 그가 마침내 오십 번째 상대인 혈아마도(血牙魔刀) 장사결을 쓰러트렸을 때 그에게 천하오수의 자격을 주었다.

한때 강호에서 그 어떤 명호보다 찬란하게 빛났던 혈루검. 하지만 십 년 전 혈루검은 돌연 강호에서 사라졌다. 천하육주의 아성에 도전할 것이 분명하다던 혈루검의 실종은 수많은 이들의 관심을 불러일으켰다.

혈루검이 사라진 것이 스스로의 뜻인지 아니면 강호에 알려지지 않은 대결에서 패했기 때문인지는 확실하지 않았다. 그렇게 그는 강호에서 잊혀져 갔다. 강호는 옛 인물을 쉬이 기억하지 않기 때문이다.

당천위가 한청을 보며 말을 이었다.

"혈루검이라는 이름으로 불릴 때의 당신은 그야말로 누구보다 눈이 부셨죠. 강호에서 활동하던 수많은 신출내기들이 당신을 보고 꿈을 키웠을 정도니까요. 저 역시 그런 신출내기 중 하나였습니다. 당시 당신은 나의 우상이었습니다. 상대를 가리지 않는 단호한 손속과 살수, 그 모든 것이 나를 매료시켰었죠."

당천위가 기억하고 있는 혈루검은 그 누구보다 잔인하고 포악했던 인물이었다. 그는 결코 자신의 앞을 가로막는 자를 용서하지 않았다. 상대가 누구든, 얼마나 강하든 상관없었다.

그는 결코 흔들리지 않는 불굴의 투지로 수많은 상대를 무

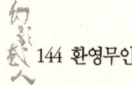

너트렸다. 그 과정에서 수많은 이들과 은원관계를 맺었지만 개의치 않았다. 당시의 그는 검에 미친 혈귀였다. 그의 과거를 기억하는 자라면 누구나 두렵게 생각할 만큼 무서웠다.

당천위가 한청의 기억을 떠올리게 만들고 있었다. 오래전 머릿속에 봉인된 기억들이 풀려나오고 있었다. 그의 얼굴이 침중하게 굳어졌다.

"당신을 이곳에서 보게 될 줄 몰랐습니다. 정말 뜻밖입니다."

"영광이군. 내가 자네의 우상이었다니. 그래서 하는 말인데 그냥 돌아가 줄 수는 없겠는가?"

"후후! 무언가 착각하시는 것 같군요. 당신이 한때 나의 우상이었던 것은 분명하지만 그것은 이미 과거의 일입니다. 당신의 그 손이 그렇게 된 순간부터 당신은 이미 나의 우상이 아닙니다."

"너?"

"천하인들은 모르지요. 왜 당신이 그렇게 강호에서 사라져야 했는지. 하지만 나는 알고 있습니다. 당신이 마지막 싸움에서 패했기 때문에 강제로 은퇴를 해야 했다는 사실을."

당천위의 입가에 어린 웃음, 그것은 분명히 조소였다. 그는 한청을 비웃고 있었다.

"후후! 혈루검, 정말 대단했지요. 허나 당신은 인생의 정점에서 꺾였습니다. 희대의 검의 천재에 의해서. 당신의 오른팔은 신경이 송두리째 날아갔고, 두 번 다시 검을 잡지 못하게 되었습니다. 혈루검이라는 명호는 그저 과거의 짐에 불과할 뿐, 젊은 날의 나를 설레게 했던 당신은 이미 존재하지 않습니다. 당신은 이미 천하오수에서 잊혀졌고, 당신의 빈자리는 내가 이어받았습니다. 그러니 당신을 존경해야 할 이유가 내게는 없습니다."

당천위는 잔인했다. 한청의 심장을 후벼 파는 말을 아무렇지 않게 던지고 있었다. 과거의 한청은 존경받아 마땅한 존재였으나, 현재의 그는 그렇지 않았다.

방금 전 기정유와의 대립에서 그 사실을 확실히 깨달았다. 그의 오른손은 아직도 낫지 않았다. 만일 자신이 개입하지 않았다면 그는 분명 목숨을 잃었을 것이다. 이미 한청은 예전의 혈루검이 아니었다. 그렇다면 존경해 줄 이유도 없었다.

당천위는 한청을 비웃었다. 그의 시선은 한청의 오른팔에 고정되어 있었다. 한청 역시 자신의 오른팔을 바라보았다.

커다란 흉터가 뱀처럼 가로지른 오른팔은 지금 이 순간에도 덜덜 떨리고 있었다. 이런 팔로는 도저히 검을 쓸 수 없었다.

이미 혈루검은 죽었다. 당천위는 그렇게 결론내렸다.

"당신을 향해 해줄 수 있는 충고는 단 하나뿐입니다. 이곳을 떠나십시오. 나뿐만 아니라 수많은 무인들이 이곳에 욕심을 내고 있습니다. 후후! 그들이 눈독을 들인 이상 이 마을은 영원히 예전으로 돌아갈 수 없을 겁니다. 당신도 무인이었으니, 그런 사실을 잘 알고 있지 않습니까? 무공을 펼칠 수 없는 당신이 살아남을 길은 오로지 이곳 상유촌을 떠나는 것뿐입니다."

"결국 뜻을 꺾지 않겠다는 건가?"

"하하! 금장혈괴는 여러모로 매력적인 금속입니다. 역사상 그런 금속이 출현한 적은 단 한 번도 없었습니다. 금장혈괴로 무기를 만든다면 얼마나 큰 위력이 나올지 짐작조차 할 수 없습니다. 그러니 검을 든 무인들은 모두 상유촌으로 몰릴 수밖에요."

당천위는 큰 소리로 웃었다. 그의 웃음소리에는 자신감이 넘쳐흘렀다. 그 어떤 난관이 있더라도 자신이 금장혈괴를 차지할 자신이 있다는 뜻이었다.

"금장혈괴라는 금속 때문에 이 평화로운 마을을 지옥으로 만들겠다는 것인가?"

"후후! 지옥을 경험하는 것이 싫다면 이곳 사람들이 밖으로 나가야겠죠."

우득!

한청이 주먹을 꽉 쥐었다. 그가 무섭게 당천위를 노려보았다. 그러나 당천위는 오만한 시선으로 오히려 그를 응시했다. 여전히 조소를 지우지 않은 채였다.

"자네들이 이 마을을 마음대로 휘젓게 내버려두지 않을 것이네."

"그 손으로 말입니까? 과연 그런 손으로 개미새끼 하나라도 제대로 잡을 수 있을지 기대됩니다. 하하하!"

당천위가 앙천대소를 터트리며 뒤돌아섰다. 한청 따위는 염두에도 없다는 태도였다. 그런 당천위의 등을 향해 한청이 소리쳤다.

"결코 너희의 뜻대로 되지는 않을 것이다."

"기대해 보죠. 과연 당신이 예전의 명성을 찾을 수 있을지. 다음에도 당신이 내 앞을 가로막을 때는 결코 이렇게 간단하게 끝나지 않을 겁니다. 나의 과거의 우상이시여."

*   *   *

모든 것이 붉게 물들었다. 하늘도 땅도, 그녀의 눈앞도.

너무나 붉어 마치 핏빛처럼 보이는 세상. 그 한가운데 그녀가 있었다. 그녀의 눈에서는 끊임없이 눈물이 흘러내리고 있었다.

그녀의 세상이 무너지고 있었다. 언제나 그녀에게 자애로운 웃음을 흘려주던 어머니도. 목마를 태워주며 많은 이야기를 해주던 숙부도. 고사리 같은 그녀의 손을 잡고 신주단지 모시듯 했던 시비도 모조리 타오르는 불속에 갇혔다.

"엄마."

그녀는 목이 터져라 어머니를 불렀다. 하지만 그녀의 목소리는 오직 입안에서만 맴돌 뿐 소리가 되어 나오지 못했다. 목이 터져나갈 것 같았다. 그래도 목소리는 밖으로 흘러나오지

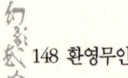

못했다.

쿠쿠쿠!

거대한 전각이 무너지고 있었다. 예향각(藝香閣)이라고 불리던 건물이었다. 수많은 예인들이 한데 모여 기예를 겨루던 전각이었다. 이백 년 역사의 전각이 무너지는 데는 불과 촌각밖에 걸리지 않았다.

"아아!"

벌려진 그녀의 입술 사이로 옅은 신음성만이 흘러나왔다.

검붉은 갑주를 입은 악귀들이 미쳐 날뛰고 있었다. 그들은 바람처럼 예고도 없이 쳐들어와 살아 움직이는 모든 것을 도살했다. 그것은 일방적인 살육이었다.

"아악!"

처절한 비명성이 장내에 울려 퍼지고 있었다. 그 속에서 그녀는 갈 길을 잃고 울었다.

그녀는 절망했고, 지옥을 경험했다. 그녀의 마음은 가뭄 속의 논바닥처럼 메말라갔고, 북극의 칼바람처럼 차갑게 가라앉았다.

"아빠."

그녀의 시선이 문득 어느 한곳을 향했다.

그곳에 그녀의 아버지가 있었다. 그리고 그도 있었다. 침입한 다른 자들과 마찬가지로 검붉은 갑주를 입은 사내. 하지만 그는 다른 이들과 달랐다.

그들은 싸우고 있었다. 모든 것이 부서지는 세상 속에서 그들은 서로를 향해 무기를 겨누고 있었다.

서로를 향한 눈에 증오가 담겨 있을 법도 하건만 그들은 마치 오랜 세월 헤어져 있었던 연인을 보는 듯 부드러운 눈매를 하고 있었다. 하지만 그런 얼굴과 달리 그들의 손에서 펼쳐지는 손속은 상상을 초월할 정도로 살벌했다.

얼마나 싸웠을까?

그녀의 눈에 아비의 검이 남자의 가슴을 횡으로 가로지르는 것이 보였다.

"아빠!"

그녀는 아비가 이겼다고 생각했다. 하지만 그것이 착각이었다는 것을 깨닫는 데는 그리 오랜 시간이 걸리지 않았다.

남자의 가슴에 난 뼈가 드러날 정도의 상처가 보였다. 그 상처를 입고도 남자는 아비의 가슴에 커다란 구멍을 냈다.

"아—빠!"

그녀의 절규가 지옥 같은 세상에 울려 퍼졌다.

그녀의 사고가 멈췄다. 세상이 온통 하얗게 변했다. 다시 그녀가 정신을 차렸을 때 그녀가 본 것은 남자의 얼굴이었다.

"미안하다."

무엇이 미안하단 것인가? 무엇 때문에 그렇게 슬픈 눈을 하고 있단 말인가? 자신을 바라보는 눈에 왜 연민이 담겨 있단 말인가? 그가 힘겹게 말을 이었다.

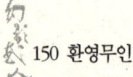

"하루가 지난 후에 나오거라."

그녀가 자신도 모르게 입을 열었다.

"당신의 이름은?"

"환……사영."

"절대 잊지 않을 거예요. 당신도 내 이름을 잊지 마요. 내 이름은 예운향."

"잊지 않으마."

"당신의 목숨을 빼앗을 이름이니까요."

"기다리고 있겠다."

쿵!

마침내 벽장문이 닫혔다.

"하!"

그녀가 눈을 떴다.

방을 밝히고 있는 등불이 눈에 들어왔다. 그날 이후로 그녀는 절대 불을 끄고 잠이 들지 못했다. 그리고 한 번에 두 시진 이상 잠든 적이 없었다.

예운향은 자리에서 일어났다. 그녀의 전신이 온통 땀으로 흠뻑 젖어 있었다. 그녀는 창가로 다가가 창문을 열었다. 찬바람이 들어와 그녀의 땀을 식혔다.

"내 이름은 예운향, 천상예가(天上藝家)의 마지막 생존자."

그날 이후로 그녀는 자신이 천상예가의 생존자라는 사실을 철저히 숨겼다. 그래서 '예' 씨라는 성조차 철저하게 숨겼다. 그녀의 성을 아는 유일한 사람은 그녀의 사부인 남황뿐이었다.

"아직도 눈을 감으면 그날의 기억만이 떠오른다. 모두가 잊어버렸지만, 나의 기억은 아직도 그날, 그 시간에 멈춰져 있다. 이래서는 절대 앞으로 나갈 수 없다."

그녀의 시선이 눈앞에 드넓게 펼쳐진 청로호에 고정되어 있었다. 호수에서 불어온 찬바람이 그녀의 몸을 부드럽게 어루만지고 있었다.

환사영은 고개를 들어 호수를 바라보았다.

차가운 바람이 호수에서부터 불어오고 있었다. 이제 기온이 더 내려가면 첫눈이 내릴 것이고, 곧 혹독한 겨울이 시작될 것이다.

상유촌의 겨울은 그 어느 곳보다 혹독하고 추웠다. 청등산에는 허리 깊이까지 파묻히는 눈이 내리고, 청로호는 꽁꽁 얼어붙어 거대한 빙판이 되었다.

평소 상유촌 사람들은 겨울이 되면 모든 활동을 멈추고, 집 안에서 대부분의 시간을 보낸다. 하지만 올 한 해는 그럴 수 없을 것이다. 무림인들이 들쑤시고 돌아다니기 시작한 이상 예전과 같은 평화는 기대할 수 없었다.

"그것도 그렇지만……."

환사영이 발밑을 내려다보았다.

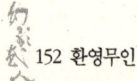

바람은 차가운데 대지는 뜨거웠다. 이곳에서 육 년 동안 있으면서 처음 겪는 현상이었다. 예전에도 열기가 느껴지곤 했지만, 지금처럼 강렬하게 느껴진 적이 없었다.

"어쩌면 이런 극렬한 변화가 금장혈괴라는 금속을 태동시켰는지도 모르지."

환사영은 바닥에 손을 가져다 대었다. 손바닥으로 느껴질 만큼 열기가 강렬했다. 이런 변화가 무엇을 말하는지 환사영은 알고 있었다. 하지만 아직은 인정할 수 없었다. 그는 이 아름다운 마을이 초연 속에 묻히는 것을 그대로 두고 볼 수 없었다.

"하늘은 나에게 일말의 평화조차 허락하지 않는가? 그만큼 내 죄가 크단 뜻인가?"

잊고자 했던 기억이 떠올라 그를 괴롭혔다. 세상을 떠났어도, 옛 기억은 어둠 속의 망령처럼 끈질기게 그를 따라붙고 있었다.

*   *   *

목경화는 가슴이 답답하기 그지없었다. 그도 그럴 것이 벌써 며칠째 목가장에 감금되다시피 해서 외출을 할 수 없었기 때문이다. 한청은 그녀에게 외출을 자제해 줄 것을 요청했다. 하지만 자의에 의해서 외부로의 걸음을 삼가하는 것하고, 외부의 힘에 의해 강제로 구속되는 것은 차이가 매우 컸다.

현재 그녀는 후자의 경우에 속했다. 그녀뿐만 아니라 목가장 전체의 구성원이 외부로 외출을 하지 못하고 있었다.

상유촌에 들어온 무인들은 자신들끼리 견제를 하고 있었다. 어느 누구도 목 노야의 광산에 접근하지 못하도록 하면서 한편으로는 은밀히 목 노야에게 사람을 보내 광산의 소유권을 이전받으려 했다.

어떤 이들은 턱없이 낮은 가격을 부르기도 했고, 어떤 이들은 실제 시세보다 월등히 높은 가격을 부르기도 했다. 그러면서도 다른 이들의 견제가 들어올 것을 두려워해 최대한 비밀을 유지하려 했다.

사정이 이러하다 보니 목 노야는 섣불리 결정을 내리지 못하고 며칠 밤낮을 숙고하고 있었다. 괜히 섣불리 결정했다가 선택받지 못한 다른 무림인들이 화를 낸다면 큰 화를 입을 수도 있기 때문이다.

그는 결코 광산을 팔고 싶지 않았다. 대를 이어온 가업일뿐더러 금장혈괴라는 그 빌어먹을 놈의 금속 때문에 떠밀려 팔고 싶은 생각은 없었기 때문이다. 하지만 상황은 점차 그에게 불리하게 돌아가고 있었다.

점점 더 많은 무림인들이 상유촌으로 들어오고 있었다. 어중이떠중이 무인들부터 큰 배경을 뒤에 업고 있는 무인들까지 모두 금장혈괴라는 금속을 탐해 상유촌에 들어오고 있었다. 그들 때문에 벌써부터 여러 가지 부작용이 일어나고 있었다.

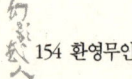

몇몇 무인들이 마을의 여인들을 희롱한 사건이 일어난 것이다. 그로 인해 마을은 공포에 휩싸였다. 마을 사람들은 한시라도 빨리 무인들이 자신들의 땅에서 물러나길 바랐다. 하지만 그들의 바람과 달리 상유촌에 유입되는 무인들의 수는 더욱 많아졌고, 일촉즉발의 분위기가 흐르고 있었다.

"하아!"

목경화는 한숨을 내쉬었다.

벌써 며칠째 백수경을 만나지 못하는 날이 계속되고 있었다. 단지 며칠을 보지 못했을 뿐인데 그녀의 가슴에는 그리움이라는 단어만이 남았고, 머릿속에는 온통 백수경의 모습뿐이었다.

"가가!"

목경화가 자신의 손에 백수경의 이름을 썼다.

잠시 망설이던 그녀는 곧 문을 향해 걸음을 옮기기 시작했다. 한청의 말이 비록 마음에 걸리기는 했지만, 그래도 지금 백수경을 꼭 보고 싶었다.

'그래! 몰래 갔다 오면 될 거야. 아무도 모르게.'

목경화는 그렇게 결심했다.

백수경을 처음 본 그날부터 그녀는 사랑에 빠졌다. 백수경이 자신과 연인이 되었다는 사실도 꿈같았고, 그와 함께할 미래가 있어 행복했다.

잠시라도 떨어져 있으면 백수경의 얼굴이 눈앞에 아른거렸고, 뒤돌아서면 보고 싶었다. 이런 감정이 사랑이란 것을 그녀는 잘 알고 있었다.

목경화는 조용히 목가장을 빠져나왔다. 그리고 백수경의 거처를 향해 종종걸음을 옮겼다. 다행히 백수경의 거처는 목가장에서 그리 멀지 않았다. 목가장 주위에는 사람들이 많이 돌아다녔다. 하지만 그들 중 누구도 목경화에게 신경을 쓰는 사람은 없었다.

그러나 목경화는 몰랐다. 그녀가 나온 그 순간부터 따라붙은 검은 그림자들이 있음을. 그들은 목경화가 눈치채지 못하게 멀찌감치 떨어져서 따랐다. 그러나 목경화는 그런 사실을 알지 못하고 조급한 발걸음을 옮겼다.

백수경의 집은 상유촌의 외곽에 위치하고 있어 인적이 무척 뜸한 곳이었다. 그의 집에 가까워질수록 인적이 더욱 드물어졌다.

목경화는 오싹한 한기에 어깨를 더욱 움츠렸다. 하지만 그녀의 얼굴에는 미소가 어려 있었다. 잠시 후면 보게 될 연인의 모습이 눈앞에 그려졌기 때문이다.

그때였다.

"소저가 목 영감의 딸 맞나?"

소름끼치도록 차가운 음성에 목경화의 발걸음이 딱 멎었다. 그녀가 고개를 돌리자 어느새 주위를 둘러싸고 있는 사내들의 모습이 보였다.

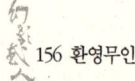

모두 세 명, 어둠 때문에 이목구비를 알아볼 수는 없지만 그들이 결코 좋은 목적으로 다가온 것이 아니란 사실쯤은 충분히 느낄 수 있었다.

"누, 누구세요?"

"후후! 우리가 누군지가 중요한 게 아니라 소저가 정말 목 영감의 딸이냐가 중요한 것이지."

목경화는 입을 꾹 다물었다. 그러자 사내들이 점점 목경화에게 다가왔다. 그들은 목경화가 도망칠 퇴로를 모두 막고 있었다. 결국 참지 못한 목경화가 소리쳤다.

"왜 이러는 거예요? 더 이상 다가오면 소리칠 거예요."

"발악하는 것을 보니 정말 목 영감의 딸이 맞는 것 같군."

마침내 어둠 속에서 그들의 모습이 드러났다. 세 명의 사내 중 우두머리로 보이는 이는 이제 삼십 대 초반의 남자였다.

원령포삼에 허리띠, 복두까지 갖춰 입고 검은 육합화를 신은 그의 모습은 무척이나 멋스러워 보였다. 하지만 수려한 복장과 달리 그의 외모는 음침하기 그지없었다. 특히 눈가가 어둡고 붉게 충혈되어 있어 더욱 음산하게 보였다.

목경화는 몰랐지만, 사내는 무림에서 꽤 유명한 자였다. 그것도 좋지 않은 쪽으로.

소요공자(逍遙公子) 남조영.

강호의 명문인 낙영장의 후계자로 이미 지닌바 무위가 절정에 근접했다고 소문난 이였다. 그 역시 금장혈괴에 대한 소문을 듣고 상유촌에 들어온 것이다.

그의 좌우에 있는 두 남자는 흑백쌍흉(黑白雙兇)이라는 강호의 살성들이었다. 그들이 강호를 종횡하는 동안 죽인 사람의 수가 무려 수백 명이 넘는다는 것은 비밀도 아니었다. 그렇게 수많은 이들을 죽이고도 아직까지 살아 있다는 것 자체가 그들의 무위를 증명해 주고 있었다.

목경화가 주춤주춤 뒤로 물러났다. 하지만 그만큼 세 사람이 그녀에게 다가왔다.

"왜, 왜 이러세요?"

"후후! 왜 이러긴. 당신과 좋은 시간을 보내기 위해서지. 당신은 목 영감이 가장 아끼는 딸이니 당신을 내 첩으로 삼는다면 목 영감 역시 광산의 채굴권을 나에게 양보할 수밖에 없겠지."

남조영의 얼굴에 잔혹한 미소가 떠올랐다. 그는 눈앞에 맛있는 먹이가 있는 것처럼 입맛을 다시고 있었다. 하지만 그의 눈빛을 정면으로 받은 목경화의 얼굴은 그야말로 새하얗게 질려가고 있었다.

수많은 무인들이 상유촌에 들어왔다. 남조영 역시 그 중의 한 명이었다. 그들 모두가 목 노야의 광산 채굴권을 욕심내고 있었다.

하지만 그들이 본격적으로 활동을 하지 못하는 것은 남천련을 비롯해 유문척과 당천위 등의 영향력이 워낙 막강했기 때문이다. 그들이 건재한 이상 함부로 움직이는 것은 너무나 큰

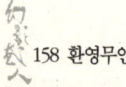

위험요소를 안고 있었다.

남조영 역시 그들의 눈치를 보고 있었다. 그 역시 그들 세 부류와 정면으로 격돌하는 것이 얼마나 큰 위험을 안고 있는지 잘 알고 있었다.

자칫 그들의 눈에서 벗어나면 낙영장은 그야말로 주춧돌 하나 남기지 않고 멸문을 당할 수 있었다. 그래서 생각해낸 것이 목경화를 취하는 것이었다.

목경화를 자신의 여자로 만들 수 있다면 제아무리 목 노야라 할지라도 자신에게 광산을 주지 않을 수 없다는 계산이었다.

합법적으로 광산을 손에 넣는다면 그걸로 더욱 큰 이권을 얻어낼 수도 있었다. 그렇기에 그는 이곳에 들어온 며칠 전부터 목가장과 목경화의 움직임을 주시했다.

그리고 마침내 오늘 절호의 기회를 포착했다. 한동안 꿈쩍도 하지 않던 목경화가 마침내 목가장 밖으로 나온 것이다.

남조영은 결코 이 기회를 놓칠 생각이 없었다. 그야말로 천재일우의 기회를 포착한 것이다. 그가 서서히 목경화를 향해 다가갔다. 그만큼 목경화가 뒤로 물러났다.

"다가오지 마요."

"후후! 너는 영광으로 생각해야 한다. 이 몸이 너와 같은 산골계집에게 정을 주는 것을. 언제 너 같은 촌년이 나와 같은 귀공자와 살 기회를 얻겠느냐? 낙영장에 가면 너는 지금과 비교할 수 없는 부귀영화를 누리게 될 것이다."

"나, 나는 이미 정혼자가 있는 몸이에요."

"상관없다. 설령 네가 그자의 아이를 배고 있다고 하더라
도. 후후!"

"가까이 오면 죽어버릴 거예요."

"그렇다면 너의 시체라도 가지겠다. 너는 살아서도, 죽어서
도 결코 나를 벗어나지 못한다."

"그런……."

살기까지 넘실대는 남조영의 모습에 목경화는 커다란 충격
을 받고 온몸이 마비된 채 움직이지 못했다.

잔혹한 웃음을 머금고 천천히 다가오는 남조영의 모습이 마
치 짐승 같았다. 짐승의 좌우에는 그보다 더 무서워 보이는 남
자들이 있었다.

사방 어디를 둘러봐도 빠져나갈 곳이 보이지 않았다. 그녀
는 야수들이 득실거리는 우리 속에 갇힌 한 마리 새 같았다.

'정절을 지킬 수 없다면 혀라도 깨물 것이다.'

그녀의 얼굴에 단호한 빛이 떠올랐다. 최악의 순간 그녀는 스
스로의 목숨마저 버릴 생각이었다. 그만큼 그녀는 백수경을 사
랑했다. 백수경 이외의 사람은 결코 생각조차 한 적이 없었다.

그때였다.

"아가씨를 건들지 마세요."

어디선가 한 아이가 튀어나와 목경화의 앞에 섰다. 이제 갓

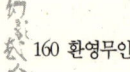

대여섯 살 정도로 보이는 소동은 아소였다. 아소가 밤늦게까지 아비를 기다리다 목경화가 봉변을 당하는 모습을 목도한 것이다.

아소는 목경화의 앞에 양팔을 벌리고 섰다. 그 모습에 기가 찬 듯 남조영이 헛웃음을 터트렸다.

"도대체 이 마을은 어떻게 된 거지. 계집이고, 아이고 할 것 없이 하나같이 제정신이 아니니. 그러니까 꼬마 네가 지금 내 앞길을 막겠다는 것이냐?"

"누나는 우리 마을의 보물이에요. 아빠가 그랬어요. 그러니까 아무도 건들 수 없어요."

그 떨리는 몸으로 아소는 용케 버티고 서 있었다. 남조영의 살기는 그와 같은 어린아이가 견딜 수 있는 종류의 것이 아니었다. 그런데도 눈물범벅이 된 얼굴로도 아소는 결코 물러서지 않았다.

"아소야."

"내가 누나를 지킬 거예요. 누나가 잘못되면 선생님이 슬퍼하시니까요."

아소의 얼굴에 굳은 결의의 빛이 떠올랐다. 남조영은 그런 아소의 모습에 기가 막혔다. 하지만 그것도 잠시, 이내 그가 냉혹한 살기를 풀풀 피어 올렸다.

아소의 바지춤이 젖어들었다. 그의 살기에 그만 실례를 하고 만 것이다. 그런데도 주저앉지 않는 것이 신기하게 느껴질 정도였다.

결국 남조영이 참지 못하고 아소를 발로 찼다.

쾅!

"아악!"

아소가 외마디 비명을 지르며 그만 바닥에 주저앉고 말았다. 이제 겨우 대여섯 살의 아이였다. 그런 아이가 무슨 힘이 있겠는가? 그런데도 남조영은 화를 삭이지 못하고 연방 아소의 몸을 짓밟았다.

"네까짓 놈이 감히 나를 막겠다고? 이 어린 새끼야, 내 네놈을 잘근잘근 짓밟아주마."

남조영의 얼굴에 광기가 일렁였다. 그는 정말로 아소를 짓밟아 죽일 작정이었다. 아소를 밟는 그의 발에 점점 힘이 들어갔다.

"안 돼요, 그러지 마요."

목경화가 아소의 몸을 자신의 몸으로 감쌌다. 이미 아소는 인사불성이었다. 그런데도 남조영은 멈출 기색이 없었다. 아소를 덮은 목경화의 등에도 남조영의 발길질이 여러 차례 쏟아졌다.

목경화의 이마가 터져 피가 흐른 다음에야 남조영이 겨우 정신을 차렸다. 그가 목경화의 손을 잡아채며 말했다.

"가자, 내 오늘 너를 내 계집으로 만들고 말리라."

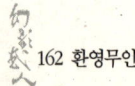

"말려야 하지 않을까요?"

수하의 물음에 당천위가 오히려 물었다.

"후후! 왜?"

"저러다가는 여자가 죽겠습니다."

"너의 눈에는 주위에 은밀히 숨어 있는 자들이 보이지 않나보군. 그들도 우리처럼 기회만 호시탐탐 노리고 있다. 먼저 나서는 자가 공공의 적이 되기 마련이지."

"하지만……."

수하의 눈동자가 흔들렸다.

그 역시 주위에 수많은 무인들이 포진하고 있다는 사실을 알고 있었다. 그들이 모두 기회만 노리고 있다는 사실도. 그 사실을 모르는 자는 남조영뿐이었다.

지금 그들은 열심히 계산을 하고 있었다. 비록 남조영처럼 목경화를 겁탈할 생각은 없겠지만, 그녀를 손안에 넣음으로써 목 노야와의 교섭을 유리하게 이끌 수도 있다는 사실을 인지하고 있는 것이다.

당천위의 시선이 커다란 나무 아래 드리워진 그늘에 은신하고 있는 남천련 무인들을 향했다. 운향과 남천련의 무인들 역시 이 사태를 예의주시하고 있었다.

"큭! 남천련의 계집, 먼저 움직일 생각이 없나? 하긴 머리가 굴러가는 이상 먼저 나서는 것이 얼마나 위험한 도박인지 알고 있겠지. 지금쯤이면 모두가 이 소동을 알고 주시하고 있을 테니."

"아악! 제발 이 손 놔요. 아소를 돌봐야 한단 말이에요. 아
소야, 아소야!"

목경화가 애타게 아소를 불렀다. 하지만 남조영은 아랑곳하
지 않고 목경화의 손을 잡아끌었다. 억센 남자의 손길을 감당
하지 못해 그녀의 손이 시커멓게 피멍이 들었다.

"너는 감사해야 한다. 오늘이 지난 후 반드시 나에게 감사
할 것이다. 이런 산골무지렁이 생활을 벗어날 수 있으니까."

"이 악마, 당신을 저주할거야. 이대로 아소가 죽으면 당신
을 영원히 용서하지 않을 테니까."

짜악!

그 순간 남조영의 손바닥이 목경화의 뺨을 때렸다. 목경화
는 비명조차 제대로 지르지 못하고 쓰러졌다. 그런 목경화의
모습을 보며 남조영은 거친 숨을 씩씩 내쉬었다. 이미 그는 이
성을 잃은 듯했다.

"흐흐! 네년이 정녕 죽고 싶은 모양이구나. 네년이 그토록
반항한다면 지금 이곳에서 내 여자로 만들어 주지. 아예 후회
조차 할 수 없도록."

그가 목경화의 옷을 잡아 찢으려고 했다. 정말 이 자리에서
목경화를 취하려는 것이다. 그 모습에 흑백쌍흉의 얼굴이 찡
그려졌다.

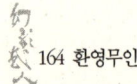

남조영이 목경화를 취하려는 것이 나쁘다고 생각하는 건 아니었다. 단지 주위에서 조금 전부터 느껴지는 시선이 마음에 걸리는 것이다. 그들 역시 하나둘 늘어나는 주위의 시선을 느끼고 있었다.

그들이 남조영에게 뭐라 말하려는 순간 누군가 남조영과 목경화 사이에 끼어들었다.

"그쯤 해두지."

"뭣이?"

뜻밖의 방해자의 음성에 남조영의 눈썹이 한껏 치켜 올라갔다. 그가 무서운 눈으로 새로이 나타난 남자를 노려보았다.

정체를 알 수 없는 짐승의 가죽으로 만든 옷을 입은 남자의 허리춤에는 소검이 덜렁거리고 있었다. 상유촌에 그런 복장을 한 남자는 단 한 명밖에 없었다. 그는 한청이었다.

"큰 오라버니."

부어터지고 피가 흐르는 얼굴로 목경화가 한청을 불렀다. 그 모습에 한청이 입술을 질근 깨물었다.

"괜찮으냐?"

"아소가, 아소가……."

"아소는 괜찮을 것이다. 아소를 데리고 내 뒤에 숨거라."

한청의 목소리는 나직했지만, 강렬한 울림을 담고 있었다. 목경화는 부은 얼굴로 고개를 끄덕이며 서둘러 아소를 안고 그의 뒤에 숨었다.

그 순간 한청의 노성이 밤하늘에 울려 퍼졌다.

"제아무리 짐승이라도 이보다는 못할 것이다. 금장혈괴라는 금속이 얼마나 귀한 것인지 모르지만, 사람의 목숨보다 귀하지는 않을 터. 짐승보다 못한 짓거리를 하는 네놈도 그렇지만, 그 모습을 지켜보는 무림인들 역시 짐승보다 못한 족속이다."

그는 남조영뿐만 아니라, 그가 벌이는 추잡한 짓거리를 지켜본 무림인들마저 싸잡아 비난했다. 그는 이미 이 주위에 수많은 무인들이 은신한 채 지켜보고 있다는 사실을 알고 있었다.

평소 정의라는 말을 입에 달고 사는 이들이었다. 스스로를 정도라고 표방하는 자들이 불의를 눈앞에 두고도 금장혈괴에 대한 욕심 때문에 외면하고 있었다.

"무엇이 정의인가? 죄 없는 한 여인의 인생을 희생해 자신의 욕심을 채우는 것이 정의인가? 그것이 정녕 당신들의 정의인가? 썩었구나. 철저하게 썩어 짐승밖에 없구나."

한청의 목소리는 곳곳에 숨어 있는 무인들을 자극했다. 어떤 이들은 부끄러움을 느끼고 고개를 숙였지만, 어떤 이들은 오히려 분노를 표출했다. 한낱 촌무지렁이에게서 자신들을 질타하는 소리를 듣는 것은 결코 유쾌한 기분이 아니었다.

"건방진!"

누군가 그렇게 말했다. 그의 말은 모두의 기분을 대변해 주고 있었다.

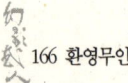

'이건 좋지 않아.'

그 광경을 지켜보던 운향의 눈빛이 변했다. 지금 한청의 말은 모두를 자극하고 있었다.

그렇지 않아도 금장혈괴에 대한 욕심으로 눈이 먼 자들이었다. 그들의 인내심은 벌써 바닥을 드러내고 있었다. 아주 약간의 자극만으로도 그들은 폭발하고 말 것이다.

"팔 병신 따위가 어디서 누구에게 훈계를 하는 것이냐? 짐승을 잡을 줄 아니까 자신이 강하다고 생각하는 건가? 정말 그렇게 생각한다면 네놈은 천하에 다시없는 머저리다."

남조영이 한청을 조소했다. 누가 봐도 한청의 팔이 정상적이지 못하다는 것을 알 수 있었다. 저런 상처를 입고도 팔이 붙어 있다는 사실이 신기할 정도였다.

"계집을 넘겨라. 그러면 목숨은 살려주지."

남조영이 한청을 향해 손을 뻗었다. 하지만 한청의 표정은 단호했다. 그런 그의 모습에 남조영의 화가 머리끝까지 뻗쳤다. 그가 흑백쌍흉에게 명령을 내렸다.

"두 분께서는 저 팔 병신을 죽이고, 계집을 저에게 데려오십시오. 저 팔 병신에게 지옥이 어떤 것인지 보여 주십시오."

"음!"

"알겠다."

어쩔 수 없다는 듯이 흑백쌍흉이 대답을 했다. 이미 기호지세(騎虎之勢)였다. 달리는 호랑이 등에 올라탄 이상 끝까지 갈 수밖에 없었다. 설령 그 결과가 원하지 않는 것이라 할지라도.

그들이 한청을 향해 다가왔다.

"죽고 싶지 않으면 계집을 넘겨라."

"이 아이는 내 아우의 여인이오. 형이 돼가지고 동생의 여자조차 지켜주지 못하면 하늘 아래 어찌 고개를 들고 다닐 수 있겠소."

"그럼 우선 네놈의 목부터 따야겠구나."

흑백쌍흉이 허리에 찬 거치도를 뽑아 휘둘렀다. 그들의 거치도가 한청의 목을 사이에 두고 교차하고 있었다.

위잉!

"결국 나섰군. 아직도 예전의 명성이 자신을 지켜줄지 아는 모양이지?"

당천위가 비웃음을 흘렸다.

도대체 그 팔로 뭘 할 수 있다고 앞에 나선단 말인가? 그냥 가만히 있었으면 목숨이나 부지할 수 있었을 텐데.

"아직도 자신이 혈루검이라 착각하고 있는 모양이군."

그는 한청을 위해 애도를 표했다. 아니, 애도하는 표정으로 그를 비웃었다. 그의 눈에 흑백쌍흉이 거치도를 뽑는 모습이 보였다. 그리고 그들의 도가 동시에 한청의 목을 향해 뽑아지는 모습도.

당천위의 시선이 한청의 오른팔에 머물렀다. 흑백쌍흉의 거

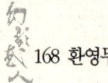

치도가 지척에 다가올 때까지도 그의 오른팔은 움직일 줄을 몰랐다. 그의 예상이 맞았다. 한청의 오른팔은 이미 죽어 있었다.

"큭! 이것이 혈루검의 최후인가?"

번쩍!

그 순간이었다. 갑자기 한청의 몸에서 한 줄기 섬광이 번뜩였다.

흑백쌍흉의 미간에 한 송이 혈화(血花)가 피어오르더니 그들의 몸이 힘없이 쓰러졌다.

그것은 너무나 순식간에 일어난 일이어서 대부분의 사람이 제대로 보지 못했다. 하지만 당천위는 똑똑히 보았다.

그의 왼손에 들린 한 자루의 소검을.

한청은 오른손이 아닌 왼손에 검을 들고 있었다.

소나 돼지를 잡던 소검에서 인간의 피가 흐르고 있었다.

"설마 좌……수검(左手劍)?"

제 6 장
혈 루 검(血淚劍)

바닥에 몸이 닿기도 전에 흑백쌍흉의 숨은 끊어져 있었다. 숨이 끊어진 그들의 미간에는 한 송이 혈화(血花)가 피어올라 있었다. 그러나 그것도 잠시, 이내 피는 눈가를 타고 흘러내렸다. 그 모습이 꼭 혈루(血淚)를 흘리는 것 같았다.

일단섬(一斷閃) 필혈루(必血淚).

한 줄기 빛이 번뜩이면 반드시 피눈물을 흘리게 된다.

혈루검의 전설이었다. 한청의 전설이었다.

"어, 어떻게?"

뜻밖에 일어난 변고에 남조영이 놀라 뒷걸음질쳤다. 그의 눈에 소검을 들고 있는 한청의 모습이 보였다. 지금 이 순간 한청의 왼손에는 피가 또르르 흘러내리는 소검이 들려 있었다.

"외, 왼손? 설마 좌수검을 익혔단 말인가?"

한청은 대답하지 않았다. 하지만 남조영은 자신의 짐작이 맞았음을 확신했다.

"좌수검을 익히고 있었을 줄이야⋯⋯!"

남조영의 눈동자가 사정없이 흔들리고 있었다. 불안감이 고스란히 표정으로 드러나고 있었다. 그런 남조영을 보면서도 한청은 무표정했다.

수많은 짐승을 죽이고, 해체하는 과정에서 한청은 생사의 비밀을 엿보았다. 근육과 내부 장기에 대해서 누구보다 잘 이해하게 되었고, 어디를 얼마만큼 충격을 줘야 가장 효율적으로 죽일 수 있는지 알 수 있게 되었다.

그런 깨달음을 바탕으로 한청은 좌수검을 익혔다. 짐승을 잡을 때도 오직 왼손으로 잡았고, 젓가락질도, 일상생활도 모두 왼손으로만 했다.

이미 신경이 끊어진 오른손을 다시 쓰겠다는 생각 따위는 하지 않았다. 불가능한 일에 도전하느니 실낱 같은 가능성에 차라리 자신의 모든 것을 거는 것이 훨씬 낫다고 생각했다.

그렇게 한청의 좌수검은 탄생했다. 하지만 새로운 좌수검을 익히고도 한청은 상유촌을 떠난다는 생각을 단 한 번도 하지 않았다. 그러기에는 이미 그가 상유촌의 평화로운 일상에 너무나 완벽하게 물들어 있었기 때문이다.

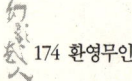

그런 상유촌의 평화가 흔들리고 있었다. 더 이상 그 평화가 깨지는 것을 두고 볼 수는 없었다.

한청의 무덤덤한 시선이 남조영을 향했다. 그 순간 남조영은 미칠 듯한 공포를 느꼈다. 고작해야 짐승 잡는 백정이라고 무시했던 자가 독을 숨긴 독사의 이빨보다 더 무시무시한 이빨을 숨기고 있었다.

"크윽! 내가 누군지 아느냐? 나는 낙영장의……."

저벅.

그러나 한청은 대꾸조차 하지 않고 그를 향해 다가갔다. 마치 남조영 따위는 안중에도 없다는 듯한 태도였다. 지독한 굴욕감이 남조영의 가슴으로 밀려들었다. 순간 남조영의 얼굴에 악독한 빛이 떠올랐다.

쉬익!

갑자기 그가 한청을 피해 움직였다. 그가 움직이는 궤적 끝에 목경화가 있었다. 상황이 여의치 않자 그녀를 인질 삼아 이곳을 빠져나가려는 심산이었다.

비운추(飛雲趨)라는 가문비전의 신법을 펼친 그는 순식간에 목경화의 지척까지 쇄도했다. 목경화의 모습이 손에 잡힐 듯 들어오자 그의 얼굴에 득의의 미소가 걸렸다. 아직까지도 한청은 아무런 반응을 보이지 못하고 있었기 때문이다.

그가 손을 뻗었다. 이대로 목경화를 잡기만 하면 된다. 하지만 아무리 손을 뻗어도 목경화가 잡히지 않았다. 이상한 생각에 그가 자신의 손을 바라봤다. 그러자 팔목 어림에서부터 싹 둑 잘려나간 손이 보였다. 그리고 손이 향한 방향에 한 자루 소검이 섬뜩한 날을 번뜩이고 있었다.

"으아악!"

뒤늦게 처절한 비명성이 터져 나왔다. 그가 잘려진 팔목을 붙잡고 목이 터져라 비명을 내질렀다.

어느새 남조영의 움직임을 따라잡은 한청이었다. 반경 오 장은 한청의 공간이었다. 그의 공간에서 따라잡지 못할 움직 임 따위는 없었다. 그렇기에 남조영보다 늦게 움직였으면서 도, 오히려 한 발 먼저 그를 가로막고 팔을 자른 것이다.

"정말 구제하지 못할 망종이구나."

"크으윽! 이런 개 같은 자식아!"

푹!

욕설을 내뱉던 남조영의 입안에 한청의 검이 파고들었다. 마치 무른 두부를 파고들 듯 그의 검은 남조영의 뇌를 가르고 뒤통수로 삐져나왔다.

남조영의 움직임이 딱 멈췄다.

욕설을 내뱉던 그 모습 그대로 그의 시간은 멈췄다. 한청이 한숨을 내쉬며 검을 뽑았다. 그러자 남조영이 힘없이 바닥에 쓰러졌다. 그가 흘린 피가 한청의 얼굴을 적시고 있었다.

십 년 만에 처음으로 타인의 피를 자신의 몸에 묻혔다. 이미 예전에 잊었다고 생각했던 기억들이 몸을 적신 붉은 피를 매

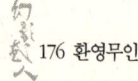

개로 다시 돌아오고 있었다.

"이런 모습 두 번 다시 보이고 싶지 않았는데……."

한청이 하늘을 올려다봤다. 그렇지 않아도 어두운 하늘에 검붉은 구름이 몰려 있는 것이 마치 상유촌의 앞날을 예고하는 듯했다.

"너는 지금 백 아우와 함께 환 아우에게 가거라."

"오라버니."

"그라면 너와 백아우를 지켜줄 수 있을 것이다. 그는 나조차 끝을 짐작할 수 없는 저력을 지닌 남자니까."

"오라버니는 어떻게 하시려구요?"

"후후! 강호에서 활동할 당시 나는 너무나 모진 놈이었다. 다른 이들을 배려해 주는 방법을 몰랐기에 수많은 은원을 맺었다. 아마 이 자리에 있는 이들 중에도 나와 은원을 맺었던 자가 한두 명이 아닐 게야. 그들이 나를 놓아주지 않을 것이다."

한청이 주위를 둘러보았다. 수많은 이들의 시선이 느껴졌다. 그들 중에 유달리 강하게 느껴지는 적의가 몇 개 있었다. 그들 역시 지금쯤이면 한청을 알아보았을 것이다.

비록 십여 년 전 일이기는 했지만, 당시 한청은 강호 최정상에 도전하는 무인들 중 한 명으로 무척이나 패기만만했다.

뜻하지 않게 패배를 당할 때까지 그는 수많은 무인들을 자신의 발밑에 굴복시켰다. 그 당시에는 당연하다고 생각했지만, 지금 와서 다시 생각해 보면 자신이 얼마나 다른 이들의 자존심을 무참히 짓밟은 것인지 알 수 있었다.

끝까지 자신의 정체를 숨겼다면 모르되, 이제 와서 한 수를 드러냈으니 누군가는 반드시 알아보리라.

"한—청!"

그 증거로 근처 골목에서 커다란 노호성이 울려 퍼졌다. 누군가 한청을 향해 달려오고 있었다.

"무림인은 이성보다 감성이 발달한 존재다. 하나가 들끓어오르면 주위에 있는 또 다른 누군가가 동조해 끓어오르기 마련이지. 그렇게 전염병처럼 퍼져나가는 집단의 광기는 모두의 이성을 마비시키지."

"오라버니."

"환 아우에게 전하거라. 내가 광산으로 갈 거라고."

꾸욱!

한청이 소검을 힘주어 잡았다. 이미 그의 시선은 달려오는 무인을 향해 있었다. 그를 향해 다가오는 사내의 얼굴이 더욱 크게 보였다.

기억에 남아 있는 사내다. 언젠가 자신의 비무행에서 부딪쳤던 적이 있던 남자. 오른팔의 소매가 휑한 것은 자신 때문이었다. 자신이 그의 오른팔을 잘라낸 것이다. 그가 예전의 원한을 잊지 못하고 제일 먼저 달려 나왔다.

일단 한 명이 뛰쳐나가자, 이제까지 은밀히 숨어 있던 무인들이 이성을 잃고 뛰쳐나오기 시작했다.

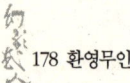

한청 단 한 명 때문에 상유촌이 크게 요동치기 시작했다. 어느새 집단의 광기가 일대를 지배하고 있었다.

*　　　*　　　*

"이건 위험해."

예운향의 눈동자가 흔들렸다. 그녀 역시 집단의 광기를 느끼고 있었다. 한청이 등장한 순간부터 느껴지기 시작한 광기는 그가 움직이자 본격적으로 발산되기 시작했다. 한 번 번지기 시작한 광기는 그야말로 걷잡을 수 없이 주변으로 번져가고 있었다.

한청을 아는 자들은 누구나 그를 두려워한다. 하지만 그만큼 그를 증오한다. 워낙 그의 손속이 잔혹해 한 번이라도 그와 겨룬 자들에게 결코 씻을 수 없는 상처를 남겼기 때문이다. 오죽하면 상대의 눈에서 피눈물이 나게 한다는 별호가 붙었겠는가?

한청과 원한관계를 맺은 자들은 수없이 많다. 상유촌에 들어온 무인들 중 그와 원한이 있는 자가 한두 명쯤 있다고 해서 그리 놀랄 일은 아니었다. 문제는 그들로 인해 잔잔하던 수면이 파문을 일으키며 요동치기 시작했다는 것이다.

한청과의 격돌은 이제까지 사태를 관망하고 있던 다른 무인들까지 움직이게 만들었다. 둑이 터진 것처럼 한 번 쏟아져 나오기 시작한 봇물은 바닥을 드러내기 전까지는 결코 막을 수 없었다. 지금 상황이 그와 같았다.

"마치 누군가 이런 상황을 의도한 것처럼 너무나 갑작스럽
고, 급박하게 진행되고 있다. 이건 좋지 않아."

예운향의 얼굴이 딱딱하게 굳었다. 그녀가 생각을 정리하고
있는 중에도 다른 무인들은 이미 움직이고 있었다. 그나마 이
과정을 지켜보고 있던 무인들은 냉정하게 판단하고 움직이고
있었으나, 그러지 못하고 뒤에 합류한 무인들은 무작정 앞만
보고 움직이기 시작했다.

그때 예운향의 뒤에 조용히 서 있던 삼십 대 초반의 남자가
조심스럽게 입을 열었다.

"저희는 어떻게 할까요?"

"우리는 당분간 지켜봅니다. 지금 상황에서는 관망을 하는
것이 최선인 것 같아요."

"하지만 그러다 금장혈괴를 빼앗긴다면 아가씨의 처지가 곤
란해질지도 모릅니다."

"알고 있어요."

"그런데도 관망하시겠다는 겁니까?"

"때로는 남들보다 느리게 움직일 필요도 있는 법이니까요.
그리고 목 노야의 집에 인원을 더 투입하세요. 이런 상황에서
다른 이들이 목 노야에게 접근해 강제로 채굴권을 얻으려고
시도할 수도 있으니까요."

"아가씨의 뜻이 그러하시다면."

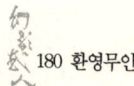

예운향의 뜻이 너무나 확고하자 사내가 입을 다물었다. 그는 조용히 물러나 기묘한 빛이 일렁이는 눈으로 예운향의 뒷모습을 바라보았다.

혈리백검(血鯉白劍) 관지경. 그것이 사내의 이름이었다. 그는 본래 남천련주 남황의 직속 조직 중 하나인 흑풍대(黑風隊)의 대주였다.

남황은 관지경과 흑풍대에게 예운향의 호위를 맡겼다. 평소 위험한 임무가 아니면 움직이지 않는 흑풍대를 동원했다는 것은 그만큼 막내 제자인 예운향을 아끼고 있다는 뜻이나 마찬가지였다.

관지경은 칙칙하게 가라앉은 눈빛으로 예운향이 바라보는 곳을 바라보았다.

*   *   *

"큭! 좌수검을 익혔던가?"

당천위의 얼굴이 묘하게 일그러졌다.

방금 전 그는 분명히 보았다. 자신이 그토록 비웃었던 한청이 왼손으로 눈부신 쾌검을 펼치던 광경을. 과연 자신이었다면 그의 쾌검을 막을 수 있었을까?

덜덜.

당천위는 자신의 손을 내려다보았다. 좀 전부터 시작된 떨림이 아직까지 가라앉지 않고 있었다. 그만큼 방금 전 한청이 보여줬던 일 수는 강렬했다. 마치 자신의 미간이 꿰뚫리는 것 같은 느낌을 받았을 정도로.

당천위 역시 무인이었다. 더구나 그는 예전 한청의 무위를 기억하고 있었다. 전성기 시절의 한청은 실로 두려울 만큼 강력한 무력을 소유하고 있었다.

"역시 호랑이였던가? 발톱이 빠진 줄 알았는데, 어느새 다른 발톱을 갈아두고 있었단 뜻이군."

그의 입술 주위 근육이 기묘하게 뒤틀렸다.

이제야 겨우 손의 떨림이 멎고 있었다. 그제야 심적인 안정이 찾아왔다.

당천위가 한청이 사라진 방향을 바라보았다. 청등산이 있는 방향이었다. 그리고 당천위는 청등산에 목 노야의 광산이 있다는 사실을 알고 있었다.

"후후! 좋아, 인정하지. 당신도 무인이었다는 사실을. 어떻게 좌수검을 익혔는지 모르지만, 이미 십 년의 세월이 흘렀어. 당신이 활동하던 시절의 강호가 아니란 말이지."

한청이 천하오수의 일원이었던 적이 있었다. 당시 당천위는 천하오수에 들지 못했다. 하지만 이제는 상황이 변했다.

한청은 천하오수에서 밀려났고, 당천위는 새로이 천하오수의 일원이 되었다. 그런 자존심이 쉽게 한청을 인정하지 못하게 만들고 있었다.

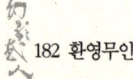

"월아(月牙)."

"옛!"

당천위의 부름에 한쪽에 조용히 서 있던 남자가 앞으로 나왔다. 눈부신 백포로 전신을 가린 남자였다. 얼굴을 가린 백포 사이로 두 눈만이 드러나 있었다.

"방금 전 달아난 계집을 잡아오도록."

"알겠습니다."

"후후! 멍청한 것들이야. 여전히 그 계집은 효용가치가 있지. 그 계집을 확보하면 목 노야를 움직일 수 있고, 목 노야에게서 광산 채굴권을 넘겨받으면 명분을 확보하게 된다. 최후의 최후에는 그런 명분을 갖춘 자가 결국 승리하게 되는 법이지. 지금 이곳에 있는 멍청한 무인들은 단지 눈앞의 한청에 홀려 그런 사실을 미처 자각하고 있지 못할 뿐이다. 그러니 너는 무슨 수를 써서라도 그 계집을 나에게 데려오도록."

"알겠습니다."

월아가 조용히 물러났다. 그의 등 뒤로 다섯 명의 사내가 따라붙었다. 모두 월아의 수하들이었다.

계집 하나를 잡기 위해 여섯 명이나 움직이는 것은 무척 비효율적인 일이었다. 하지만 사안의 중요성을 감안해 당천위는 그들 모두를 보냈다.

월아가 수하들과 함께 사라지자 당천위가 서서히 몸을 움직였다.

"그럼 우리도 슬슬 움직여 볼까."

그의 시선이 향한 곳은 청등산 어귀였다.

*　　*　　*

목경화가 백수경의 집 안으로 뛰어들며 소리쳤다.

"가가!"

"무슨 일이냐?"

잠에서 깬 백수경이 방문을 열었다. 그의 얼굴에는 어리둥절한 빛이 떠올라 있었다. 그러나 목경화는 그의 반응에 아랑곳하지 않고 손을 잡아끌며 말했다.

"가가, 큰일 났어요. 어서 환 오라버니의 집으로 가야 해요."

"무슨 일이냐?"

"그, 그게……."

목경화는 숨을 고르며 자초지정을 백수경에게 설명했다. 그러자 백수경의 눈빛이 변했다. 그는 서둘러 옷을 차려입고는 밖으로 나왔다.

"그러니까 한청 형님이 사람을 죽였다는 말이냐?"

"네! 하지만 모든 게 나 때문이에요. 한청 오라버니가 나보고 그랬어요. 환 오라버니의 집으로 가는 게 최선이라고."

"한청 형님이 그렇게 말했으면 그렇겠지."

"모두 나 때문이에요. 나만 밖으로 나오지 않았으면 이런

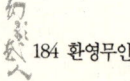

일도 없었을 텐데."

목경화가 눈물을 흘리면서 자책했다.

"그게 어찌 너만의 탓이겠느냐? 자책은 나중에 해도 된다. 지금은 우선 몸을 피하자꾸나. 네 말대로 사태가 그리됐다면 여기도 안전하지 않을 테니."

"네!"

목경화가 눈물이 얼룩진 얼굴로 대답했다. 백수경은 더 이상 목경화에게 뭐라 하지 않았다.

그렇지 않아도 충분히 자책하고 있는데, 더 이상 잔소리를 한다는 것은 그녀의 마음에 또 다른 상처를 줄 수도 있기 때문이다. 대신 그는 마당에 나 있는 나무에서 가지 몇 개를 꺾어 바닥에 꽂았다.

"뭐 하시는 거예요?"

"몇 해 전 우연히 기문진서(奇門陣書)라는 책을 읽은 적이 있다. 그곳에 기본적인 진법(陣法)을 펼치는 방법이 써 있었는데, 무척이나 인상이 깊어 탐독한 적이 있지. 거기에 환영미로진(幻影迷路陣)이라는 것이 있었는데 그걸 여기에다 펼치려고 한다."

"왜요?"

"혹시 널 따라온 자가 있을지도 모르니까."

"따라온 사람은 없는데요. 아소를 장 씨 아저씨에게 데려다 주고 바로 이곳으로 왔어요."

"무림인들은 네가 생각하는 것보다 훨씬 무서운 자들이다. 만일을 대비하는 것이 나을 것 같구나."

그는 목경화의 대답을 기다리지도 않고 꺾은 나뭇가지를 바닥에 꽂았다. 일견 무질서하게 마구잡이로 바닥에 꽂힌 것 같았지만, 기실 그 안에는 엄격한 법칙이 존재하고 있었다.

푹!

마지막 나뭇가지를 바닥에 꽂자 갑자기 안개가 몰려오기 시작했다. 순식간에 백수경의 집은 안개로 둘러싸였다. 한참 뿌옇게 일어났던 안개는 곧 투명하게 변하며 눈에 보이지 않게 됐다. 비록 눈에 보이지 않지만 안개가 존재하는 것은 분명했다.

"이, 이게 어떻게 된 거예요?"

"자세한 설명은 나중에 하자꾸나. 우선은 이곳을 피하는 것이 급선무니까."

하지만 대답하는 백수경의 얼굴에도 당황한 빛이 떠올라 있었다. 사실 진법을 펼치는 것은 그 역시 이번이 처음이었다. 단지 책에 적혀 있던 대로 따라한 것인데 이런 기이한 일이 일어나다니.

세상에 수많은 책들이 있고, 그 중에 진법에 관한 책들이 적지 않았지만, 실제로 진법을 펼칠 수 있는 자가 극소수인 것은 그만큼 어려운 학문이기 때문이다.

우선 천문에 능통해야 하고, 지세를 읽을 수 있어야 하며, 주위 환경의 변화에 따른 임기응변 능력이 있어야 한다. 약간

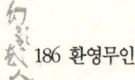

의 계산착오만으로도 진법이 발동되지 않거나, 엉뚱한 쪽으로
발현될 수도 있기에 학문에 능통한 자들은 많으나, 진법에 능
통한 자는 거의 없는 형국이었다.

그런데 백수경은 예전에 한 번 보았던 책을 바탕으로 단숨
에 진법을 펼쳤다. 그것이 비록 초보적인 미로진이라 할지라
도 충분히 놀랄 만한 일이었다. 그러나 백수경은 자신이 얼마
나 대단한 일을 한 건지 아직까지 알지 못했다.

백수경이 목경화의 손을 잡아끌며 말했다.

"환 형님의 집까지 가려면 서둘러야 한다. 빨리 가자꾸나."

"네!"

목까지 붉어진 얼굴로 목경화가 대답했다. 하지만 날이 어
두워 백수경은 그런 사실을 알지 못했다. 그는 목경화의 손을
잡아끌고는 어둠 속으로 달려갔다.

*   *   *

월아는 무서운 속도로 목경화의 흔적을 추적했다.

지금 그의 얼굴에는 살기와 당황한 빛이 동시에 어려 있었
다. 처음 목경화를 추적할 때만 하더라도 금방 따라잡을 수 있
었다. 하지만 그녀가 인근의 모옥에 잠깐 들어갔다 나온 후부
터 모든 것이 엉망이 되어 버렸다.

마음 놓고 들어간 집 안에는 뜻밖에 미로진이 펼쳐져 있었

고, 때문에 그와 수하들은 족히 반 시진은 미로진에서 헤매야 했다.

다행히 진법 자체가 살상력이 없었기에 망정이지, 그러지 않았다면 수하들 중 두세 명은 목숨을 잃었을지도 모르는 아찔한 경험이었다.

반 시진을 미로에서 헤맨 그는 결국 미로진을 파훼하고 밖으로 나올 수 있었다. 그렇게 엄청난 고생을 했기에 목경화를 잡으면 가만 두지 않겠다고 결심했다.

월아의 수하들 역시 낭패를 경험한 직후 눈에 은은한 살기를 띠고 있었다. 말은 안했지만 그들의 심정 역시 월아와 마찬가지였다.

그들은 무서운 속도로 목경화와의 거리를 줄여나갔다. 비록 반 시진이라는 시간을 하릴없이 소모했지만, 무공을 익힌 그들과 목경화의 차이는 애초부터 클 수밖에 없었다.

제아무리 목경화가 열심히 뛸지라도 경공술을 익힌 월아 일행을 따돌릴 수는 없었다. 게다가 거리 곳곳에 그녀가 움직인 흔적이 남아 있었다. 때문에 월아는 어렵지 않게 목경화의 지척까지 추적해 올 수 있었다.

목경화의 흔적이 점점 뚜렷해지고 있었다. 말은 안 해도 그녀가 근처에 있다는 것쯤은 느낄 수 있었다.

'청로호 남쪽인가? 이곳에 무엇이 있기에 그토록 사력을 다해 달리는 것인가?'

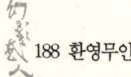

무공을 알지 못하는 자들이 벌써 반 시진을 혼신의 힘을 다해서 달렸다. 일반적인 사람이었다면 벌써 탈진해서 쓰러져도 이상하지 않은 일이었다.

그런데 목경화의 발자국을 보면 이 근처에 오면서 오히려 힘을 얻은 듯 더욱 가벼워지고 있었다. 그것은 월아의 상식으로 도저히 있을 수 없는 일이었다.

게다가 청로호 남쪽에 다가갈수록 발밑에서 기이한 열기가 느껴졌다. 후끈하지는 않았지만 초겨울에도 충분히 느낄 수 있을 만큼 뜨거운 기운이었다.

"도대체……."

자신도 모르게 그런 말이 입 밖으로 나왔다.

이곳은 그의 상식으로는 이해가 되지 않는 곳이었다. 금장혈괴라는 미지의 금속에 한청이라는 고수, 그리고 진법을 펼치는 정체불명의 문사와 기이한 열기가 느껴지는 대지까지. 월아의 상식 어디에도 이런 곳은 존재하지 않았다.

그의 눈에 청로호 한쪽에 덩그러니 홀로 서 있는 모옥이 들어왔다. 발자국의 흔적이 모옥으로 향하고 있었다.

"그곳인가? 그토록 애를 쓰며 달려간 곳이. 내 결단코 말하지만 이토록 고생한 대가를 톡톡히 치르게 할 것이다."

환사영은 자신의 손을 내려다봤다. 그리고는 조용히 자신의
얼굴에 가져갔다. 아직도 혈향은 지워지지 않고 그의 후각을
자극하고 있었다. 그토록 지워지길 바랐지만, 시간이 지날수
록 오히려 더욱 강해지는 것 같았다.

후웅!

그 순간 강렬한 떨림이 느껴졌다.

환사영의 시선이 마당 한가운데를 향했다. 그의 시선은 떨
림의 근원을 따라가고 있었다. 그 앞에는 쇠봉이 있었다. 땅속
깊이 박아둔 봉에서 울림이 전해지고 있었다.

환사영의 눈가에 그늘이 드리워졌다.

"아직 부족하단 말이냐?"

후우웅!

그의 말을 알아듣기라도 한 듯이 봉의 떨림이 더욱 강렬해
졌다. 무인들이 상유촌에 들어오면서부터 봉이 울고 있었다.
그 강렬한 떨림에 가끔 환사영조차 섬뜩함을 느낄 정도였다.

환사영의 시선이 이번에는 방 한쪽에 걸려 있는 널따란 천
을 향했다. 재질을 알 수 없는 천은 벽 한쪽을 거의 가릴 만큼
크고 넓었다. 그래서 마치 벽 가리개처럼 한쪽 벽면을 거의 다
덮고 있었다.

얼핏 보기에는 그저 검붉은 빛의 천으로 보였지만, 자세히

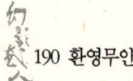

살펴보면 천의 표면에는 뜻을 알 수 없는 기묘한 문양이 그려져 있었다.

구름문양 같기도 하고, 물결치는 파도문양 같기도 한 것이 끊이지 않고 요동치는 모습으로 이어지고 있었다.

환사영은 자리에서 일어나 밖으로 나왔다. 공기가 유달리 차갑게 느껴지는 밤이었다. 그의 걸음이 향한 곳은 청로호 변이었다. 수욕이라도 하면 정신이 한결 나아질까 해서였다.

"음?"

문득 환사영의 눈에 이채가 어렸다. 걸음을 멈춘 그의 시선이 청로호 변을 따라 나있는 조그만 소로를 향했다.

별빛조차 보이지 않는 칠흑 같은 어두운 밤이었지만, 그의 눈은 어둠을 뛰어넘어 모옥으로 접근하는 사람들을 꿰뚫어보고 있었다.

"헉헉!"

유달리 거칠게 느껴지는 숨소리. 남자 한 명에 여자 한 명이었다. 그는 단지 숨소리를 듣는 것만으로도 성별을 구별해냈다. 그리고 숨소리의 주인들이 낯익은 사람이란 사실도 알아차렸다.

"저들은?"

환사영이 그들을 한눈에 알아보았다.

목경화와 백수경이었다. 그들이 거품을 뿜어낼 정도로 지친 얼굴로 자신의 모옥을 향해 뛰어오고 있었다.

"환 오라버니."

"혀, 형님!"

모옥의 마당에 뛰어든 두 사람이 거의 탈진하다시피 쓰러졌다. 환사영은 쓰러지는 그들의 몸을 받쳐 주며 물었다.

"무슨 일이냐?"

"허억, 허억! 그, 그게……."

하지만 이미 모든 기력을 소진한 두 사람은 크게 숨을 몰아쉴 뿐 말을 잇지 못했다. 심장이 터질 것처럼 뛰고 있었다.

환사영의 눈이 빛났다. 무언가 사달이 일어난 것이 분명했다. 그렇지 않고서는 이들이 이 시간에 이곳에 나타날 이유가 없었다.

그는 어서 두 사람이 자초지종을 설명해 주길 바랐지만, 그들이 숨을 고르려면 아직도 한참을 기다려야 할 것 같았다. 결국 참다못한 환사영이 그들의 허리춤에 손을 올려놓았다.

우우웅!

"아아!"

환사영의 손이 허리 뒤에 느껴지는 순간 두 사람은 곧 따스한 기운이 자신들의 몸속으로 들어오는 것을 느끼고 입을 딱 벌렸다.

마치 폭군처럼 허락도 없이 그들 몸속으로 들어온 기운은 전신을 헤집고 다니기 시작했다. 처음에는 엄청난 고통이 느껴졌다. 하지만 고통은 이내 사라지고, 마치 따뜻한 물속에 들

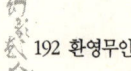

어간 것처럼 안온한 평화가 그들 몸에 찾아오기 시작했다.

환사영의 손에서 시작된 기운은 지친 그들의 육신을 부드럽게 어루만지고, 활력이 돌아오게 만들었다. 순식간에 그들 얼굴에 발그레한 홍조가 떠올랐다. 그토록 거칠게 뛰던 심장은 어느새 평소의 박동을 유지하고 있었다.

너무나 놀라운 경험에 두 사람이 입을 딱 벌렸다. 한청에게 이야기를 들을 때까지만 하더라도 그저 막연하게 무공을 익혔을 거라 생각했었지, 이렇게 다른 이의 육신마저 순식간에 자신의 뜻대로 조절할 수 있는 사람이라고는 생각조차 하지 못했었다. 자신들이 알던 환사영과 눈앞의 환사영이 너무나 다른 사람처럼 느껴졌다.

그러나 환사영은 그들의 마음을 아는지 모르는지 그들이 자신을 찾아온 이유를 물었다.

"무슨 일이냐? 무엇 때문에 이렇게 미친 듯이 뛰어온 것이냐?"

"아!"

그제야 두 사람이 정신을 차리고 자초지종을 설명하기 시작했다. 그들의 말이 계속될수록 환사영의 얼굴은 점점 어두워져갔다.

기어이 그가 우려했던 최악의 상황이 벌어지고 만 것이다. 그나마 위안이 되는 건 목경화에게 아무런 일도 일어나지 않았다는 것 정도였다.

"정말 괜찮은 것이냐?"

"저는 괜찮아요. 하지만 한청 오라버니가 저 때문에 큰 곤경에 처하셨어요."

"한청 형님이?"

"네! 한청 오라버니께서는 광산으로 간다고 하셨어요. 그 뒤를 수많은 무인들이 뒤따랐구요. 그들이 그랬어요. 한청 오라버니가 혈루검이라고."

"혈루검?"

환사영이 고개를 들어 청등산을 바라봤다. 그러고 보니 어느 순간부터 청등산 곳곳에 붉은 횃불이 빛나고 있었다.

"결국……."

환사영이 자리에서 일어났다.

그는 한청의 과거를 알지 못했다. 마찬가지로 혈루검이라는 별호가 가지는 의미도 알지 못했다. 하지만 별호에서 피 냄새가 물씬 풍긴다는 것쯤은 알 수 있었다.

"결국 과거가 족쇄가 된 것인가?"

비록 한청 앞에서 내색은 안 했지만 환사영은 그가 무공을 익혔다는 사실을 이미 알고 있었다. 비록 그는 최대한 자신의 기운을 억누르고 있었지만, 환사영의 눈은 진실을 꿰뚫어보고 있었다.

대부분의 사람이 신경도 쓰지 않았지만 그는 한청이 고기를 잡는 손을 오른손에서 왼손으로 바꿨다는 사실을 알아차렸다.

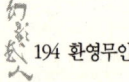

그리고 뭉개졌던 고깃결이 어느 순간부터 생생하게 살아나기 시작했다는 사실 역시 알아차렸다.

그의 무공 성취를 물어볼 필요도 없었다. 그에게서 고기를 살 때면 그의 성취를 알아볼 수 있었으니까. 그렇게 점차 발전되어 가는 한청의 성취를 남몰래 감상할 수 있다는 사실 역시 그에겐 커다란 즐거움이었다.

어느 순간 한청은 자신의 검에 생기를 심을 수 있게 되었다. 매일같이 피와 죽음을 접하면서 그 속에서 그는 활로를 찾은 것이다.

비록 그 대상이 소나 돼지와 같은 가축에 불과했지만, 한청과 같은 수준의 고수에게는 그 정도로 충분했다.

무인에게 생명이라 할 수 있는 오른손을 잃은 자가 왼손으로 부활을 했다. 그 과정에서 한청이 얼마나 많은 피와 땀을 쏟았는지 굳이 눈으로 확인하지 않아도 알 수 있었다.

하지만 그는 두 번 다시 강호란 세상으로 나가길 원하지 않았다. 과거의 은원에 얽매이고 싶지 않았던 것이다. 허나 그런 그의 노력도 모두 물거품으로 돌아가고 말았다. 한청이 잘못한 것이 아니라 세상의 흐름이 그렇게 만든 것이다.

"형님이 광산으로 갔다고?"

"네! 분명 그렇게 말씀하셨어요."

목경화의 대답에 환사영의 미간에 골이 패였다. 그러자 백수경이 침착하게 자신의 생각을 말했다.

"아무래도 한청 형님은 이 사태를 단번에 끝낼 생각을 하고 계신 것 같습니다. 그렇지 않고서는 굳이 광산에 가실 필요가 없지요."

"한청 형님이라면 능히 그럴 수도 있지."

"이러고 있을 게 아니라 어서 한청 형님을 도와드려야 합니다. 저희가 길을 안내할 테니……."

"너희들은 여기 있거라."

"형님!"

백수경이 언성을 높였다. 하지만 환사영은 아랑곳하지 않고 말을 이었다.

"냉정해져라. 이 모든 일이 어떻게 시작되었는지 기억해야 한다. 그리고 현실적으로 너희들이 가서 도와줄 수 있는 일은 없다. 오히려 짐이 되지 않으면 다행일 뿐."

"그, 그것은……."

"방금 전 네가 진을 펼칠 줄 안다고 들었다. 사실이냐?"

"예! 예전에 기문진서라는 책을 읽은 적이 있습니다."

"잘 되었구나. 내가 나간 직후 이곳에 진을 펼쳐라. 이곳은 땅의 열기가 다른 곳보다 십여 배는 강한 극양지지(極陽之地)다. 그러니 화(火)의 기운을 이용한 진을 펼치면 훨씬 효율적일 게야."

"이곳이 극양지지란 말입니까? 허나 그렇다면 그 영향력이 벌써 마을에까지 미쳤어야 하는데……."

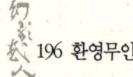

백수경의 얼굴에 경악의 빛이 떠올랐다.

천문지리에도 능통한 백수경이었다. 환사영의 말이 어떤 의미인지 모를 리 없었다. 하지만 목경화는 극양지지가 무슨 뜻인지 알지 못해 고개를 갸웃거렸다. 그러자 백수경이 설명을 했다.

"극양지지란 대지에 존재하는 극양의 기운이 어떠한 알 수 없는 이유로 급격히 한곳에 몰리는 곳을 일컫는 말이야. 이름 그대로 극양의 기운이 한데 모이기에 엄청난 열기가 발산되고, 그로 인해 모든 생명체가 말라죽는다더군. 극양지지는 불규칙한 주기로 전혀 예상하지 못한 곳에 형성되는데 그때마다 엄청난 파국이 들이닥친다고 해."

"왜, 왜요?"

"좀 전에도 말했다시피 너무나 엄청난 열기가 한데 모이기에 생명체들이 도저히 살아남을 수 없기 때문이라더군. 그 때문에 일단 극양지지가 형성되면 보통 십 년 이내에 그곳은 죽음의 대지가 된다더군. 하지만 극양의 무공을 익힌 무인에게는 그 어떤 영약보다 축복받은 대지라고 해.

왜냐하면 보통 십 년을 고련해야 할 적공(積功)을 극양지지에서는 일 년 만에 얻을 수 있으니까. 하지만 극양지지가 형성되는 과정에서 너무나 엄청난 열기가 발산되기 때문에 반경백여 리는 완벽한 죽음의 대지가 돼. 그러니 이곳이 정말 극양지지라면 벌써 호수의 물이 마르고, 마을까지 열기에 침식됐

어야 해. 그런데 왜 아직까지……."

백수경의 시선이 자신도 모르게 환사영을 향했다. 하지만 환사영은 그를 보고 있지 않았다. 그의 시선은 자신들이 달려 왔던 어둠을 향하고 있었다.

"형님?"

"불청객이 찾아왔구나. 아무래도 너희들 뒤를 따라온 이들 같구나."

"그들이……."

백수경과 목경화의 얼굴이 딱딱하게 굳었다. 그들의 시선이 환사영과 같이 어둠을 향했다. 하지만 아무리 기다려도 누구 도 나타나지 않았다. 결국 기다리다 못한 그들이 무어라 입을 열려는 찰나 어둠 속에서 여섯 명의 하얀 그림자가 나타났다.

그에 백수경이 놀란 입을 다물지 못했다. 환사영이 그들의 기척을 알아차린 것이 무려 일 각 전이기 때문이다. 도대체 감 각이 얼마나 예민해야 일 각이나 걸려 달려올 거리의 기척을 감지할 수 있단 말인가?

하얀 백포로 전신을 칭칭 감은 남자들의 모습은 어둠 속에 서 섬뜩한 분위기를 풍기고 있었다. 그들은 목경화와 백수경 의 뒤를 추적해온 월아 일행이었다.

백수경 때문에 한참을 고생했던 그들의 얼굴에는 살기가 풀 풀 날리고 있었다.

"이곳이 너희들이 믿는 최후의 보루였던가? 과연 어떤 수를

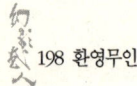

숨겨둔 것인지 궁금하구나."

월아의 차가운 시선이 환사영을 향했다. 목경화와 백수경 이외에 보이는 사람이라곤 그밖에 없었다. 그 말은 결국 그들이 믿는 사람이 환사영이란 뜻이었다.

월아의 차가운 시선을 받으면서도 환사영의 얼굴에는 표정 변화가 전혀 없었다. 그의 눈빛은 무척이나 몽환적이어서 월아 일행을 보는지 아니면 그들 뒤에 있는 어둠을 보는지 도저히 알 수가 없었다.

"홋!"

월아의 입가에 차가운 미소가 떠올랐다.

그래도 한청의 무위를 보았기 때문에 어느 정도 긴장을 했었다. 하지만 환사영의 몸에서는 그 어떤 기운도 느껴지지 않았다.

마치 무공 자체를 모르는 사람처럼 말이다. 더구나 전신 곳곳에서 수많은 허점이 보이고 있었다. 무공을 익힌 사람이라면 도저히 있을 수 없는 일이었다.

월아가 수하들에게 명령했다.

"계집을 데려오도록."

"옛!"

수하들이 대답을 하고 목경화를 향해 다가왔다. 그들의 모습에 목경화의 얼굴이 새하얗게 질렸다.

"오, 오라버니?"

"한청 형님이 광산으로 갔다고 했지?"

"네? 네!"

"그곳으로 가야겠구나."

"건방진!"

환사영의 말에 월아의 수하들이 발끈했다. 그들이 허리춤에서 소검을 꺼내들며 환사영을 향해 다가왔다. 목경화를 데려가기 전에 먼저 환사영을 제거하기로 마음먹은 것이다.

적들이 다가오고 있는데 환사영은 눈을 감았다.

한 줄기 바람이 불어오고 있었다. 수많은 이야기가 바람 속에 담겨 있었다. 바람이 속삭이고 있었다.

지금이 당신이 움직일 때라고.

"이것도 내 운명이라면……."

환사영이 손을 앞으로 뻗었다.

후우웅!

그 순간 강렬한 떨림이 대지에서 일어났다. 그에게 다가오던 무인들이 중심을 잡지 못하고 비틀거릴 정도였다.

"무슨 사술을 쓰는 것이냐?"

"놈!"

월아의 수하들이 경호성을 터트리며 환사영을 향해 달려들었다. 그들도 본능적으로 무언가 잘못되었다는 사실을 느낀 것이다.

위잉!

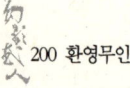

그들의 검이 환사영의 전신을 찔러왔다.

후웅!

그 순간 바닥에 꽂혀 있던 봉이 허공으로 솟구쳐 올랐다. 어린아이 팔뚝 굵기에 족히 일 장은 넘을 듯한 길이의 창이었다. 이제까지 땅속에 봉인되어 있던 검붉은 창이 환사영의 부름에 응한 것이다.

푸화하학!

창이 솟구쳐 올라온 구멍에서 강렬한 열기가 일어나 백수경의 얼굴을 후끈하게 만들었다. 그제야 백수경은 엄청난 사실을 깨달을 수 있었다.

"설마 저 창으로 극양지기를 봉인하고 계셨던 것인가?"

도저히 믿기지 않는 사실, 하지만 구멍에서 느껴지는 어마어마한 열기가 자신의 짐작이 사실이라고 말해주고 있었다.

쉬잉!

환사영의 손에 들린 창이 횡으로 그어졌다.

어떤 기세도 일어나지 않았다. 그저 무의미한 몸짓으로 보였다. 하지만 그 순간 무언가 변했다.

"어?"

월아가 고개를 갸웃거렸다. 무언가 이상했다. 갑자기 세상 모든 것이 기울어지기 시작했다.

그것은 다른 이들 역시 마찬가지였다. 그들은 환사영을 공격하던 자세 그대로 허공에 멈춰 섰다. 마치 시간이 멈춘 것 같았다.

목경화의 눈이 크게 떠졌다.

"아!"

쿠쿠쿠쿠!

피비가 내렸다.

그녀의 눈앞에서 온 세상이 붉게 물들었다.

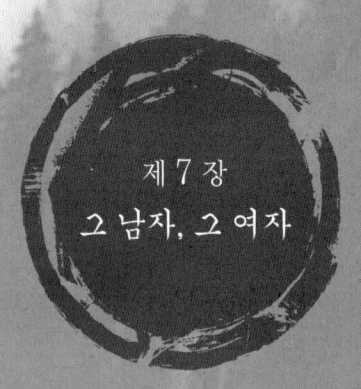

제 7 장
그 남자, 그 여자

콰콰콰!

한청은 무서운 속도로 내달렸다. 그의 뒤로 십여 명의 무인들이 따라붙고 있었다.

"서랏!"

"한—청!"

한청을 추적하는 자들이 목청을 높여 그를 불렀다. 하지만 한청은 멈추지 않았다. 그의 시선 끝에는 청등산 중턱에 있는 광산이 있었다.

'이 모든 일이 목 노야의 광산에서 시작됐다. 끝을 내는 것도 광산에서다.'

결자해지(結者解之)라고 했다. 광산에서 시작됐다면, 광산에서 끝을 내야 했다. 한청은 그렇게 생각했다.

한청의 뒤로 수많은 무인들이 추적을 하고 있었다. 개인적으로 한청과 원한관계를 맺은 이들도 있었지만, 대부분은 한청이 금장혈괴와 관련이 있다고 생각하는 사람들이었다.

그들은 한청이 금장혈괴에 대한 비밀을 혼자 독식하려 한다고 생각했다. 그렇기에 앞뒤 가리지 않고 추격전에 참여했다.

한청의 몸 곳곳에 붉은 선혈이 번져 있었다. 길을 뚫는 과정에서 얻은 상처였다. 상처에 채 딱지가 앉기도 전에 새로운 상처가 생겨나고 있었다.

십 년 만에 휘두르는 검이었다. 앞서가는 마음에 몸이 뒤지고 있다. 아직 육체의 반응이 정신을 따르지 못하고 있었다. 십 년 동안 실전에서 동떨어져 있던 결과였다. 하지만 격전을 겪으면 겪을수록 그의 육체는 더욱 민활해지고, 예리하게 살아나기 시작했다.

이미 오래전에 잊었다고 생각한 투쟁심이 살아났다. 그제야 한청은 깨달았다. 아무리 오래 무림을 떠나 있더라도 자신은 무림인이라는 사실을. 생사투에 목숨을 걸 때만 스스로 존재의 의미를 찾을 수 있는 남자라는 사실을 말이다.

"한청!"

앞의 풀숲에서 일단의 무리가 뛰어나와 그를 막아섰다. 제각기 무기를 들고 있는 세 명의 사내. 하지만 한청은 멈추지

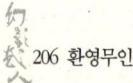

않고 오히려 속도를 높였다.

그의 검이 무서운 속도로 허공을 갈랐다. 상유촌에서 수많은 짐승들을 잡으면서 엿보았던 생과 사의 간격으로 사정없이 검을 찔러 넣었다.

가가각!

뼈와 살이 갈리는 느낌이 전율스럽게 느껴졌다.

흔들리는 눈동자, 꺼져가는 생명의 불꽃, 채 입 밖으로 나오지 못한 비명소리가 한청의 눈앞에서 흩어졌다.

그를 막았던 사내들이 속절없이 무너졌다. 그들이 흘린 피가 한청의 얼굴을 적셨다. 그래도 한청은 멈추지 않았다.

탁!

한청이 그들의 시신을 타 넘어 달렸다. 이미 그의 전신은 붉은 피로 흥건하게 젖어 있었다.

"저런 괴물이……."

기정유의 얼굴이 새하얗게 질려 있었다.

그의 망막에 무서운 속도로 질주하는 한청이 맺혀 있었다. 한청의 앞을 가로막은 세 명의 사내들이 있었다. 기정유는 그들을 알고 있었다.

그들은 불령삼괴(不靈三怪)라고 불리는 인간사냥꾼들이었다. 돈만 주면 그 어떤 무인이라도 사냥한다는 인간사냥꾼들. 그들의 악명은 태산 일대에서 사신과 다를 것이 없었다. 그런 그들이 한청의 앞을 가로막았다. 그들이라면 한청의 발걸음을 잠시라도 붙들어놓을 수 있을 거라 생각했다.

"저, 저……."

그러나 기정유가 본 것은 불령삼괴가 단 일 검에 양단되는 처참한 광경이었다. 한청이 어떻게 소검을 휘두른 것인지 알아보지도 못했다.

단지 그가 본 것은 한 줄기 섬광이 번쩍했을 뿐인데 불령삼괴가 바닥에 몸을 누이고 있다는 것뿐이었다.

불령삼괴의 몸에서 튄 피를 뒤집어쓰고 한청이 질주를 거듭했다. 공교롭게도 한청이 향한 방향에 기정유가 서 있었다.

기정유는 한청을 본 적이 있었다. 하지만 그가 설마 혈루검 한청일 줄은 꿈에서도 생각하지 못했다.

모두가 그의 오른손이 죽었다고 했다. 더 이상 무인일 수 없다고. 하지만 그는 부활했다. 그것도 오른손보다 더욱 무서운 왼손으로.

그의 왼손이 허공을 가를 때마다 누군가 한 명씩 죽어나가고 있었다. 이 검도 필요 없었다. 오직 일 검뿐이었다. 그리고 더욱 무서운 사실은 그가 질주하는 방향에 기정유가 있다는 것이다.

"오, 오지 마."

기정유는 감히 한청과 맞설 생각을 하지 못했다. 한청의 정체를 몰랐다면 모르지만, 감히 알고도 맞설 배짱이 그에게는

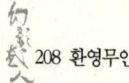

208 환영무인

없었다. 상대는 천하오수였다. 천하의 젊은 무인들 중 다섯 손
가락 안에 들어간다는 절정의 고수인 것이다.

그에 반해 자신은 겨우 일개 성에서 이름을 얻어가고 있는
애송이였다. 그런 자신이 한청을 이길 수 있을 리 만무했다.

기정유는 몸을 돌려 도주하려 했다. 하지만 그가 채 몸을 돌
리기도 전에 등에 화끈한 느낌이 피어올랐다.

"큭!"

불같은 통증에 기정유의 뇌리가 온통 새하얗게 비워졌다.
크게 치떠진 그의 눈에 한 방울 눈물이 고였다.

'어, 억울해. 내가 왜…….'

기정유의 사고가 끊겼다.

바닥에 나뒹구는 기정유의 육신을 밟고 한청이 몸을 날렸
다. 그의 몸은 빗살을 방불케 했다. 한청의 뒤를 따라 수많은
무인들이 질주하며 기정유의 몸을 짓밟았다.

*   *   *

관지경이 예운향에게 보고했다.

"그가 광산으로 향하고 있습니다."

"그의 의도는 파악됐나요?"

"아직 파악 중에 있습니다. 어떻게 할까요? 이미 흑풍대를
그의 예상 경로에 배치해 두었습니다만."

"당분간 추적만 할 뿐 개입은 하지 마세요."

"아가씨?"

"지켜보세요. 이건 명령이에요. 우리는 최후에 움직입니다."

관지경은 대답 없이 고개를 숙였다. 예운향은 그의 상급자였다. 그는 그녀의 명령을 따를 의무가 있었다.

다시 고개를 드는 그의 눈에 기이한 빛이 어렸다. 하지만 예운향이 그의 얼굴을 보았을 때는 본래의 눈빛으로 돌아와 있었다.

"모든 것은 금장혈괴가 채굴되었다는 광산에서 종결될 겁니다. 지금 이 자리에서 굳이 피를 흘릴 필요가 없어요. 지금 여기서 막기에는 그의 검이 너무나 무섭군요."

예운향의 시선은 한청에게 고정되어 있었다.

무서운 속도로 질주하는 한청의 검은 너무나 날카로웠다. 그의 검이 허공에 기이한 궤적을 그릴 때마다 반드시 한 명이 나가떨어졌다.

정확히 일 검에 한 명이었다. 혈루검이라는 과거 명호가 아깝지 않은 실력이었다. 아니, 오히려 과거의 명성보다 더욱 날카로운 솜씨를 자랑하고 있었다. 지난 십 년간의 공백이 무색할 정도였다.

"혈루검 한청이라니. 그런 남자가 이제까지 이곳에 은신하고 있었단 말인가? 도대체 이 마을이 무엇이기에. 이 조그만 마을에 도대체 얼마나 많은 비밀이 숨겨져 있단 말인가?"

그녀의 상식으로는 도저히 이해가 가지 않는 일들이 이곳에서 벌어지고 있었다. 수많은 무인들이 약속이나 한 듯 한꺼번에 이곳에 들어온 것도 그랬고, 남천련 최대의 비밀이 이토록 쉽게 세상에 알려졌다는 사실도 그랬다.

"내가 알지 못하는 그 어떤 힘이 작용하고 있다는 것인가?"

남천련 내의 이전투구와 암중모략은 세인의 상상을 초월한다. 그 속에서 살아남기 위해서는 항상 냉정한 심기와 독심을 품을 수밖에 없었다. 그러다 보니 그녀의 머리는 항상 생존이라는 단 한 가지 목표를 위해 회전을 하고 있었다.

그녀는 항상 두 번, 세 번씩 생각을 했다. 처음 어떤 사물이나 사태에 직면했을 때 이상하게 여겨진다는 것은 정말로 무언가 이상하다는 의미였다.

인체의 감각이 부조화를 느낀다는 뜻이었으니까. 그런 감각이 느껴질 때는 일단 멈춰 서서 처음부터 다시 생각을 해야 한다. 지금이 그랬다. 그래서 그녀는 멈췄다. 이 사태의 처음부터 끝까지 다시 한 번 생각해 보기 위하여.

'아가씨.'

혼자서 사고에 집중하고 있는 예운향의 뒷모습을 바라보는 관지경의 눈빛이 침울하게 물들었다.

너무나 출중한 재능을 소유한 여인이었다. 그녀가 진정으로 빛이 나는 것은 천하제일의 미모가 아니라, 어떤 상황에서도 결코 포기하지 않는 저 정신력 때문이었다. 혼자의 힘으로 지금 이 자리에까지 올라왔다. 그 저력이 저 강인한 정신력이라는 것은 결코 부인할 수 없는 사실이었다.

사방에서 파도가 몰아치고 있다. 과연 그녀는 끝까지 살아서 헤쳐 나갈 수 있을 것인가? 남황은 그녀가 혼자서 살아나오길 바라고 있다.

그가 원하는 것은 강인한 후계자, 그 조건에 맞지 않는다면 언제든 예운향을 버릴 수 있을 것이다. 그만큼 남황은 무서운 사람이었다. 그는 약한 것을 죄악이라 여기고 있었다.

예운향의 사형제들인 마옥성과 유제옥, 관수림 등은 이미 자신들을 지지하는 세력을 등에 업고 훨씬 멀리 앞서가고 있었다. 현재 상황에서 예운향이 그들을 쫓아가는 것은 거의 불가능하게 느껴지고 있었다.

'결국 나의 선택은…….'

한청이 광산으로 도주하고 있다는 소식을 듣자 당천위의 미간이 절로 찌푸려졌다. 전혀 예상하지 못한 방향으로 움직이고 있었기 때문이다.

"광산 안에 금장혈괴 말고도 다른 무언가가 있다는 것인가?"

이곳에 오기 전 당천위는 철저하게 사전조사를 했다. 그 결과 이 마을에서 금장혈괴란 금속이 출현한 것은 철저한 우연이며, 마을 주민들은 무림이나 기타 그 어떤 세력과도 전혀 연관이 없다는 사실을 알아냈다.

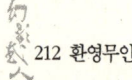

비록 한청이란 예상치 못한 존재가 튀어나오긴 했지만, 그 외의 돌발변수는 존재하지 않았다. 그런 상황에서 한청이 광산으로 질주하고 있다는 것은 무척 뜻밖의 일이었다.

"무언가 믿는 수가 있다는 것인가? 그도 아니면 최후의 발악인가?"

당천위의 눈이 반짝였다.

그는 예전의 한청의 모습을 떠올렸다. 한청은 피도 눈물도 없는 혈귀였다. 그리고 절대 남과 타협을 하지 않는 사람이었다.

강호를 종횡할 당시 그는 그 어떤 이의 손도 빌리지 않고 독보했다. 그런 그가 다른 누군가의 도움을 받기 위해 손을 벌린다는 것은 결코 상상할 수조차 없었다.

"십 년이란 세월이 비록 길기는 하지만 한 사람의 성격을 완전히 바꿔놓을 만큼 긴 것은 아니지. 그는 결코 다른 사람의 도움을 받으려 하지 않을 것이다. 그렇다면 무엇을 노리는 것인가?"

제아무리 자신의 본성을 숨기고 살려고 해도 한청은 무인이었다. 무인의 피가 어디로 가는 것은 아니었다. 그는 한청의 본성이 바뀔 리 없다고 생각했다.

"결국 혼자서 모든 것을 해결하겠다는 뜻인가? 하긴 그것이 혈루검에게 어울리는 방법일 수도 있겠군."

당천위는 그렇게 결론을 내렸다.

그가 등 뒤에 대기하고 있던 수하에게 말했다.

"월아는?"

"아직 소식이 없습니다."

"그깟 계집 하나 잡는데 이렇게 시간이 오래 걸린단 말인가? 하는 수 없군. 월아와 합류는 차후에 하기로 하고 먼저 움직이는 수밖에. 유문척은?"

"현재 빠른 속도로 한청을 추적하고 있는 것으로 파악됐습니다."

"금장혈괴도 아닌 한청을 추적해서 얻을 것이 뭐가 있다고?"

"그는 아마 한청이 금장혈괴의 비밀에 대해서 알고 있다고 생각하는 것 같습니다."

"하긴, 그럴 수도 있겠군. 어쩌면 그것이 더욱 설득력이 있을 수도 있겠어. 한청 같은 자가 아무런 이유도 없이 이런 곳에서 썩고 있었을 리는 없으니까."

그제야 당천위의 얼굴에 만족스런 빛이 떠올랐다. 스스로 생각해도 납득이 갔기 때문이다.

"우리도 한청의 추격전에 합류한다."

"알겠습니다."

수하가 고개를 숙였다.

당천위의 눈이 차갑게 빛났다.

"후후! 아무래도 당신의 운명은 여기까진 것 같군요. 나의

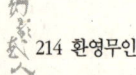

우상이시여."

＊　　　＊　　　＊

한청의 눈에 광산의 입구가 보였다. 그는 빠른 속도로 갱도
를 훑어보았다. 그의 시선이 그중에서 일곱 번째 갱도에 고정
되었다.

'저곳인가?'

금장혈괴가 발견되었다는 갱도다. 저곳에서부터 모든 재앙
이 시작되었다. 한청은 금장혈괴가 발견된 갱도를 향해 몸을
날렸다.

쿠왕!

"우하하! 이곳이냐?"

그 순간 앙천광소를 터트리며 그의 앞쪽으로 떨어져 내린
남자가 있었다. 갱도의 입구를 막은 채 살기어린 미소를 짓고
있는 남자는 광초자 유문척이었다.

"유문척 선배?"

"흐흐! 용케 나를 기억하고 있군. 애송이."

한청을 바라보는 유문척의 눈에는 진득한 살기와 탐욕이 함
께 어우러져 있었다.

"어디선가 본 기억이 있다고 했다. 얼굴이 너무 많이 변해
서 설마 했건만 정말 네 녀석이 천하오수의 일원이었던 혈루

그 남자, 그 여자 215

검이라니. 정말 많이 변했구나."

"세월은 사람을 변하게 하는 법이지요."

"후후! 네가 변해? 정말 개가 웃을 일이로구나. 예전의 살기 풀풀 날리던 얼굴은 어디로 숨겼느냐? 상대의 눈에서 반드시 피눈물을 뽑게 하던 너의 독심이 사라지기라도 했단 말이냐? 웃기지도 않는 소리다. 나는 인간이 그리 쉽게 변한다고 믿지 않는다."

"선배가 믿지 않아도 상관없소. 나는 분명 예전의 혈루검이 아니니까."

"네놈이 혈루검이든, 아니든 상관없다. 이제 나에게 금장혈 괴에 대한 비밀을 털어놓거라. 이 마을에서 오랫동안 있었으면 금장혈괴라는 금속에 대해서도 잘 알고 있을 터."

"나는 정말 금장혈괴에 대해 아무것도 모르오. 더 이상 이 마을에 분란을 일으키지 말고 돌아가 주시오. 이것은 부탁입니다."

한청이 고개를 숙여 부탁했지만, 유문척은 그의 말을 듣고 있지 않았다.

그는 이미 금장혈괴라는 금속에 매료가 된 상태였다. 그리고 한청이 그에 대한 비밀을 알고 있다고 생각했다.

"네놈이 금장혈괴에 대한 비밀을 가르쳐주면 나도 돌아가겠다. 내가 원하는 것은 단지 이곳 광산의 채굴권하고 비밀뿐이다. 그 두 가지만 준다면 내가 이 마을을 지켜주마. 그 어떤

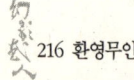

잡것들도 더 이상 이 마을에서 활보하지 못하도록 만들어 주마. 어떠냐?"

"불가(不可)."

"흐흐! 결국 권주를 마다하고 벌주를 택하겠다는 것이냐? 역시 네놈은 변하지 않았어. 그 오만방자함이라니."

"선배, 내 인내심은 여기까지요. 더 이상 나를 자극하지 마시오."

"흐흐! 그러면 어쩔 거냐?"

"힘으로라도 뚫어야겠지."

"크하하! 간만에 들어보는 오만방자한 말이구나. 좋다, 덤비거라."

쉬악!

유문척의 말이 채 끝나기도 전에 한청의 몸이 길게 늘어났다. 그는 순식간에 유문척의 턱밑에까지 접근했다. 일반 무인이었다면 반응조차 하지 못했을 정도로 섬전 같은 동작이었다. 그러나 유문척은 보통의 무인이 아니었다.

"음흉한 애송이."

촤르륵!

그가 양손을 활짝 펼쳤다. 그러자 막대한 경기(經氣)가 일어나 한청의 몸을 바깥으로 밀어냈다. 이어 그가 한청을 공격해 왔다.

카카카캉!

날카로운 검과 맨손이 부딪쳤는데 쇳소리가 울려 퍼졌다. 유문척이 익힌 철수공(鐵手功)의 위력이었다.

유문척은 철수공을 이용해 한청의 검을 빼앗으려 했고, 한청은 그런 유문척의 손을 피해 요혈을 검으로 찌르려 했다. 하지만 결판은 쉽게 나지 않았다.

유문척은 한청을 과소평가했고, 한청은 아직 몸이 완벽하게 돌아온 것이 아니었기 때문이다. 그 때문에 두 사람의 싸움은 길어질 수밖에 없었다.

'애송이 놈이 대단하구나. 이것은 오히려 십 년 전보다 훨씬 진보된 것 같지 않은가?'

'역시 광초자. 전대의 거마답게 한 치의 허점도 보이지 않는다. 이대로 시간이 흐른다면 내가 불리해진다.'

한청의 얼굴에 굳은 결심의 빛이 떠올랐다.

불행하게도 시간은 자신의 편이 아니었다. 벌써 뒤편이 시끌벅적해지고 있었다. 무인들이 벌써 추적해온 것이다.

뒤쪽에서는 무인들이 압박해 오고, 앞쪽에는 유문척이 가로막고 있었다. 그 한가운데 한청은 고립되어 있었다. 최악의 상황을 헤쳐 나가기 위해서는 단호한 결심이 필요했다.

결심을 굳히자마자 한청은 망설임 없이 유문척을 향해 몸을 날렸다.

"챠핫!"

휘류류류!

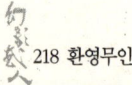

그의 검에서 날카로운 검기가 수없이 쏟아져 나왔다. 철검십이해(鐵劍十二海) 중 혈검해(血劍海)의 수법이었다. 혈검해는 철검십이해 중 가장 사납고 위력적인 초식 중 하나로 검기가 마치 붉은 해일처럼 밀려온다고 해서 붙여진 이름이었다.

"애송이! 끝까지 해보자는 거구나."

유문척이 폭갈을 터트리면서 광혈선풍(狂血颺風)의 초식을 펼쳐냈다.

콰콰콰!

그의 앞에 거대한 수벽(手壁)이 형성됐다. 수백 개의 수영(手影)이 중첩되어 벽을 만든 것이다. 유문척의 최강수비초식 중 하나였다.

티티팅!

한청의 검첨이 연방 수벽을 두드렸다. 하지만 예리한 검기는 굳건한 벽에 막혀 힘없이 튕겨나갔다. 그 모습에 유문척이 광소를 터트렸다.

"으하하! 애송이 소용없다. 이 몸은 이미 경지를 넘어서 무적에 근접했느니라."

그의 광소 속에 자신감이 담겨 있었다. 그는 한청이 어떤 수를 쓰더라도 자신의 수벽을 깨트리지 못할 거라 자신했다.

그 증거로 한청의 검첨이 수벽의 반탄력에 연방 뒤로 튕겨나고 있었다. 그러나 한청은 그런 사실을 알지 못한다는 듯이 계속 같은 곳에 같은 힘으로 검을 휘두르고 있었다. 마치 그것이 자신의 최선이기라도 한 듯이.

"어리석은!"

유문척이 짙은 조소를 흘렸다. 한청의 모습이 무모해 보였기 때문이다. 하지만 그 순간 그의 안색이 싹 바뀌고 말았다.

쩌적!

마치 빙판에 금이 가듯 불길한 소리가 수벽에서 울려 퍼졌기 때문이다. 그의 시선이 한청의 검첨이 두드리는 곳으로 향했다.

따다다다다당!

일점을 중심으로 거미줄이 번져가듯 실금이 번져가고 있었다. 일 검, 일 검의 위력은 유문척의 수벽에 비할 수 없었다. 하지만 일 검, 일 검이 중첩되어 일점(一占)을 두드리니 굳건하던 수벽에 금이 번져가고 있었다.

"크윽! 설마 이것을 노린 것이냐?"

유문척이 입술을 질근 깨물었다. 이미 수벽은 무너지기 일보직전이었다. 붕괴되는 제방에 힘을 더하는 것은 아무런 의미가 없었다. 그는 광혈선풍의 초식을 거둬들이며 다른 초식을 펼치려 했다.

초식이 바뀌는 그 순간 약간의 파탄이 생겼다. 한청이 그토록 원하던 순간이었다. 이 순간을 만들어내기 위해 그는 막대한 공력을 소모하면서까지 우직할 정도로 같은 초식을 펼쳤던 것이다.

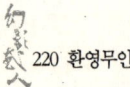

쉬아악!

한청의 초식이 바뀌었다. 빛살을 방불케 하는 쾌검, 유성해(流星海)의 초식이었다. 그의 검이 유문척의 가슴을 향해 쏘아져갔다.

"놈! 어림없다."

유문척은 등골이 서늘해져 옴을 느꼈다. 피하기는 이미 늦었다. 또한 애송이의 공세에 겁을 먹고 피하는 것은 그의 생리에 맞지 않았다.

콰아아!

그가 두 손을 하나로 합쳐 도끼처럼 한청의 머리를 향해 내리찍었다. 그의 두 손바닥에는 은은한 수영(手影)이 맺혀 있었다. 수강(手罡)이었다.

수강에 격중된다면 한청도 결코 무사하지 못할 것이었다. 그러나 한청은 수강이 자신의 머리를 향해 짖쳐오는 것을 보면서도 피하지 않았다. 대신 그는 집요하게 유문척의 가슴을 노렸다.

이대도강(李代桃僵)의 수법이었다. 살을 주고 뼈를 취한다. 그것이 현 상황에서 한청이 할 수 있는 최선이었다. 그리고 처음부터 그가 노렸던 바이기도 했다.

피핏!

유문척의 수강이 머리를 스치고 지나가 어깨에 격중했다. 머리카락이 바람에 흩날리고, 오른쪽 어깨의 쇄골이 부러져나가면서 엄청난 통증이 한청의 등골을 타고 뇌리로 전해졌다.

머릿속이 온통 타버리는 것 같은 엄청난 통증에 한청이 입을 딱 벌렸다. 그나마 내공을 끌어올려 어깨를 보호하지 않았다면 팔이 통째로 잘려나갔을 것이다.

전율적인 통증 속에서도 한청은 왼손에 더욱 힘을 집중했다.

스걱!

그의 검 끝에 유문척의 살과 뼈가 갈리는 느낌이 들었다. 그의 도박이 적중해 유문척의 가슴이 열린 것이다. 그 상태 그대로 한청은 더욱 공력을 끌어올렸다. 그러자 검첨이 더욱 깊숙이 유문척의 가슴을 파고들었다.

스가가각!

"크아아악!"

유문척이 외마디 비명을 지르며 급히 뒤로 물러났다. 그의 가슴에는 뼈가 보일 정도로 엄청난 상처가 입을 벌리고 있었다. 한청의 도박이 성공한 것이다.

무너지는 유문척을 뒤로 하고 한청이 광산으로 몸을 날렸다.

"크으으!"

유문척이 짐승 같은 신음성을 흘리며 자신의 가슴을 바라보았다. 엄청난 양의 피가 폭포수처럼 흘러내리고 있었다.

그는 떨리는 손으로 자신의 가슴을 지혈했다. 상처에 손가

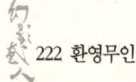

락이 닿는 것만으로도 엄청난 통증에 기절할 듯싶었다. 하지만 유문척은 겨우 지혈을 끝마칠 수 있었다.

"이 애송이 놈이······."

그가 지독한 고통 속에서 이빨을 뿌득 갈았다.

상처의 고통보다도 애송이라고 치부했던 한청에게 당했다는 사실이 분했다. 설마 그가 이대도강의 수법을 쓸 줄은 미처 예상하지 못했다. 그가 떨리는 다리를 간신히 세워 일어섰다.

그때였다.

"놈이 광산으로 들어갔다."

"저곳이 금장혈괴가 채굴된 곳이다."

"와아아!"

한청의 뒤를 쫓아온 무인들이 그를 지나쳐 갱도로 들어갔다. 그들의 눈에는 상처 입은 유문척의 모습은 보이지 않는 듯했다.

"이놈들!"

무너진 자존심에 유문척이 이빨을 뿌득 갈았다. 그는 엄중한 상처를 입은 상태로 갱도를 향해 걸음을 옮겼다. 다른 무인들은 대부분 갱도로 들어간 후였다.

이미 늦었지만 그래도 포기할 수는 없었다. 그는 푸들거리는 걸음으로 갱도로 향했다.

그 순간 낯익은 음성이 그의 귓전에 울려 퍼졌다.

"후후! 그 상태로 보물을 탐하려고 하다니. 욕심이 과하다고 생각하지 않으십니까?"

유문척의 시선이 음성이 들려온 방향을 향했다. 그곳에 그가 있었다. 오연하게 뒷짐을 지고 있는 사내, 그는 당천위였다.

"너?"

"후후! 금장혈괴는 인연이 있는 자만이 얻을 수 있습니다. 선배는 아무래도 인연자가 아닌 것 같습니다."

"내가 상처를 입었다고 우습게보는 것이냐?"

"잘 알고 계시는군요."

당천위가 히죽 웃었다. 그러나 얼굴 표정과 달리 그의 몸에서는 음습한 살기가 흘러나오고 있었다. 그제야 그의 의도를 알아차린 유문척이 나직한 음성을 흘렸다.

"더러운 모사꾼 자식. 상처 입은 나를 제거하겠다는 것이냐?"

"후후! 일말의 경쟁의 여지가 있는 자는 당연히 제거해야지요. 저는 경쟁을 별로 좋아하지 않거든요."

"비겁한 놈이구나."

"저는 이기는 싸움을 좋아합니다. 그리고 이번에도 제가 이길 것 같군요."

당천위가 품안에 손을 집어넣었다. 유문척 역시 상처의 고통을 뒤로 하고 손을 들어올렸다. 그의 손에는 예의 흐릿한 기운이 어렸다. 좀 전에 한청을 상대할 때에 비해 현격히 약화된 기운이었다. 그런 유문척을 당천위는 조소했다.

"당신이 처음입니다. 나의 이 수법을 보는 것은."

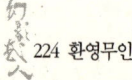

"내가 순순히 당할 줄 아느냐? 챠아앗!"

선공을 한 건 유문척이었다. 그가 양손을 풍차처럼 돌리며 당천위를 향해 장력을 발출했다. 당천위 역시 품속에 집어넣었던 손을 활짝 펼쳤다.

그 순간.

좌르르르!

하늘에서 비가 쏟아졌다. 엄청난 양의 암기가 비가 되어 쏟아졌다. 그 많은 암기가 도대체 그 몸 어디에 있었는지 불가사의할 정도였다.

유문척의 눈이 크게 치떠졌다. 그의 망막 가득 암기의 비가 맺혔다. 그 모습이 꼭 꽃잎이 떨어져 내리는 것 같았다. 유문척이 자신도 모르게 중얼거렸다.

"하늘 가득 꽃비가 내리는가?"

퍼버버벅!

그 순간 그의 몸에 암기의 비가 떨어졌다. 하늘에서 내리는 비를 어떻게 피할 것인가? 마치 고슴도치처럼 그의 몸 가득 암기가 꽂혔다.

쿵!

그의 몸이 그대로 무너졌다. 그 모습을 보며 당천위가 히죽 웃었다.

"하늘 가득 꽃비가 내린다? 죽는 그 순간에 나에게 좋은 영감을 주었구려. 앞으로 나는 이 수법을 만천화우(滿天花雨)라고 부르겠소. 그리고 만천화우는 앞으로 내가 만들어 갈 가문의 절기가 되어 대대로 전해질 것이오.”

만천화우는 이전에는 존재하지 않던 수법이었다. 당천위가 각고의 노력 끝에 개념을 만들고 실천해낸 새로운 암기수법이었다. 하지만 아직까지 보완해야 할 부분이 더욱 많았다.

유문척과 같은 고수들은 사냥할 수 있겠지만, 호신강기를 펼칠 수 있는 자들을 상대하기 위해서는 더욱 보완을 해야 했다.

“그 방법 중 하나가 바로 금장혈괴지. 절대고수를 사냥할 수 있는 그 금속으로 만든 암기로 만천화우를 펼친다면 세상 그 누가 이몸을 당해낼 수 있겠는가? 크하하하!”

당천위가 양손을 크게 벌리고 앙천광소를 터트렸다. 그의 광소는 바람을 타고 멀리 멀리 흩어졌다.

*　　　*　　　*

환사영은 무서운 속도로 내달렸다. 그가 한 발을 내딛을 때마다 사오 장씩 주변경관이 뒤로 밀려나갔다.

거센 풍압에 머리카락이 제멋대로 흩날렸다. 그래도 환사영은 머리를 정돈하지 않았다. 지금 그는 광산을 향해 질주하고 있었다. 매우 오랫동안 무공을 쓰지 않아 어색했다. 그러나 그런 그의 감정과 달리 그의 몸은 마치 오랫동안 익숙해 있었던 것처럼 무공을 구현해내고 있었다.

그의 손에는 한 자루 긴 창이 들려 있었다. 검붉은 색을 띠고 있는 창의 이름은 관천(貫天)이었다. 하늘을 꿰뚫는다는 광오한 이름, 관천은 그가 지은 것이 아니었다. 예전 그가 창을 쓰는 모습을 본 동료들이 붙여준 이름이었다.

한 자루 창만 있으면 두려울 것이 없었다. 단기필마로 수백, 수천의 적 사이에 뛰어들어 싸우는 그의 모습을 본 사람들은 누구나 할 것 없이 엄지손가락을 치켜들었다. 그와 함께 수많은 생사격전을 치러온 친구가 바로 관천이었다.

오랫동안 봉인되어 있었던 관천은 오랜만에 맛보는 피 때문에 흥분한 것인지 끊임없이 미세한 울음소리를 토해내고 있었다.

환사영은 조금 전 광경을 떠올렸다.

자신의 단 일 수에 월아를 비롯한 사내들이 모두 양단되어 쓰러졌다. 죽일 생각은 없었다. 그만큼 힘을 주지도 않았다. 그런데 월아와 사내들은 제대로 반항 한 번 하지 못하고 양단되고 말았다. 그것은 환사영이 결코 의도하지 않은 일이었다.

"나의 힘이 그만큼 커진 것인가? 그도 아니면 관천이 살기를 머금은 것인가?"

그의 얼굴이 어두워졌다. 두 번 다시 관천을 뽑아드는 일이 없기를 기원했다. 하지만 운명은 얄궂어 또다시 관천을 손에 쥐게 되었다. 지금 관천은 그의 손에서 얕게 흐느끼고 있었다.

"관천을 뽑았으니 그나마 억눌러두었던 극양지기가 다시 활동을 시작하겠군."

환사영이 극양지지에 머문 것은 결코 우연이 아니었다. 상유촌이 마음에 들어 정착한 그였다. 그러다 극양지기가 움직이는 것을 느꼈고, 최대한 활동을 억제하기 위해 관천을 이용해 지기를 제어했다.

하지만 그마저 한계에 달해 극양지기는 호수 주변의 늪지를 말리기 시작했다. 그것이 불과 얼마 전의 일이었다. 그나마 지기를 제어하던 관천을 뽑아냈으니 어떤 형태로 극양지기가 분출될지는 아무도 모르는 일이었다.

"이것도 운명인가?"

환사영이 입술을 질근 깨물었다.

아주 오래전 보았던 슬픈 눈동자가 떠올랐다. 두 번 다시 볼 수 없을 거란 생각을 했었다. 그러나 운명은 얄궂게도 이곳 상유촌에서 또다시 그녀의 눈을 보게 만들었다.

제아무리 천잠사로 짠 면사를 쓰고 있어도, 제아무리 오랜 시간이 흘렀다 해도 환사영은 한눈에 알아보았다.

아마 그보다 오랜 시간이 지나도 그는 알아볼 수 있을 것이다. 외모를 기억하는 것이 아니라 영혼의 느낌을 기억하고 있기 때문이다.

"그 아이는 내 원죄(原罪)의 유일한 흔적. 하늘은 너무나 잔혹하구나. 그 아이를 다시 내게 보내다니."

환사영의 눈빛이 더욱 어두워졌다.

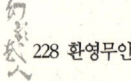

길을 따라 수많은 격전의 흔적이 펼쳐져 있었다. 이 길을 따라 한청이 달렸으리라. 길은 광산을 향해 이어져 있었다.

*   *   *

광기가 넘실대고 있었다.

"이곳이 금장혈괴가 나온 곳?"

"이곳이다. 이곳에서 금장혈괴만 얻을 수 있다면 나 역시 고수가 될 수 있다."

무인들이 광산을 둘러보며 흥분한 목청을 높였다.

광산이라고 해봐야 버팀목으로 천정을 받친 조그만 통로가 다였기에 무인들은 허리를 숙이고 다녀야 했다. 비좁은 통로에도 불구하고 무인들의 얼굴에는 흥분의 빛이 떠올라 있었다.

지금 이 순간 그들은 보물을 탐하는 사냥꾼이나 다름없었다. 평범한 갱도를 둘러보는 그들의 눈에는 짙은 탐욕의 빛이 떠올라 있었다.

갱도는 끊임없이 지하로 이어져 있었다. 간혹 천연동굴과 만나 넓어지는 부분이 있었지만, 대부분은 장정 한두 명이 어깨를 나란히 하고 들어가기도 힘든 비좁은 통로뿐이었다. 그런 통로를 비집고 무인들은 지하로, 지하로 내려갔다. 그곳으로 한청의 흔적이 이어져 있었기 때문이다.

무인들은 손에 횃불을 하나씩 들고 지하로 내려갔다. 완만

한 경사의 갱도는 지하로 끝도 없이 이어져 있었다. 하지만 지독한 어둠 때문에 사람들은 자신들이 얼마나 깊은 지하로 내려가는지 미처 느끼지 못하고 있었다.

그렇게 사람들은 갱도를 타고 내려갔다. 무인들이 앞장을 서고, 그 뒤를 당천위 일행이, 또 그 뒤를 운향 일행이 뒤따랐다. 그들은 일정한 거리를 유지한 채 지하로 내려갔다. 그들에게는 모두 금장혈괴라는 공통의 목표가 있었다.

지하로 내려갈수록 서늘할 거라는 사람들의 생각과 달리 기이한 열기가 넘실거리고 있었다. 그러나 욕심에 눈이 먼 사람들은 그런 사실을 알아차리지 못하고 있었다. 그것을 눈치챈 사람은 당천위와 예운향 정도뿐이었다.

반 시진 이상 걸어서 도착한 지하공간에 한청이 앉아 있었다. 사방이 꽉 막힌 공간, 이제까지 무인들이 지나쳐온 갱도보다 넓은 공간에 한청이 등을 기대고 앉아 있었다.

그를 알아본 무인들이 외쳤다.

"금장혈괴는 어디에 있느냐?"

"이곳에 금장혈괴가 있는 것이냐?"

그들의 목소리에는 숨길 수 없는 탐욕의 빛이 담겨 있었다. 그들의 반응은 이미 도를 넘어서 하나의 집단현상이 되어 있었다. 집단의 광기가 발현된 것이다.

한청은 벽에 등을 기댄 채 입을 열었다.

"이곳이 여러분들이 그토록 원하던 금장혈괴가 채굴된 곳이

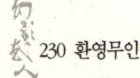

오. 여러분들의 눈으로 직접 확인해 보시오. 금장혈괴라는 금속이 또 존재하는지 말이오."

"이곳에서 금장혈괴가 채굴되었단 말인가?"

"이곳이……."

무인들이 웅성거리기 시작했다. 어떤 성급한 자들은 횃불을 들고 벽면을 살피기 시작했다. 그들의 눈은 어느새 붉게 충혈되어 있었다. 그러나 아무리 벽을 살피고 바닥의 돌을 뒤집어봐도 금장혈괴와 비슷한 금속은 발견되지 않았다. 그런 무인들에게 한청이 말을 이었다.

"금장혈괴는 그야말로 우연히 발견된 금속이오. 그런 금속이 또다시 존재한다고는 볼 수 없소. 여러분의 눈으로 직접 확인했으니 이제 알 것이오. 금장혈괴는 더 이상 없다는 사실을."

무인들이 스스로 납득할 수 있도록 한청은 그들을 이곳으로 유인해 왔다. 무인들은 자신의 눈으로 본 것만 믿는 족속이기에, 그들에게 직접 확인시켜주지 않으면 절대 믿지 않을 것이기에 굳이 이곳으로 데려오는 수고를 아끼지 않은 것이다.

"이제 믿을 수 있겠소? 여러분이 찾는 금장혈괴라는 금속은 더 이상 존재하지 않소. 그러니 더 이상 헛수고 하지 말고 여러분들의 문파로 돌아가시오."

그의 말에 대부분의 무인들이 실망하는 표정을 지었다. 그러나 어떤 이들은 도저히 납득하지 못하겠는지 오히려 한청에게 큰 소리로 물었다.

"이곳이 정말 금장혈괴가 나온 곳이란 말이오? 혹시 우리에게 거짓을 말하는 것은 아니오?"

"엉뚱한 갱도로 우리를 유인한 것은 아니겠지?"

"당신들도 조사해 봤으면 알 것 아니오. 이곳이 목 노야의 갱도에서 금장혈괴가 채굴된 유일한 곳이오. 다른 갱도에서는 금장혈괴가 채굴된 적도 없거니와 이곳에서도 그 이후로 또 다른 금장혈괴가 채굴된 적이 없소. 아마 금장혈괴는 신이 실수로 인간세계에 내려보낸 물건일 것이오. 그런 물건이 흔할 리 없소."

확신에 찬 한청의 말에 대부분의 무인들의 눈동자가 흔들렸다. 그들은 한청이 거짓을 말하지 않는단 사실을 느꼈다. 하지만 쉽게 인정할 수가 없었다. 이대로 인정을 한다면 그간의 모든 노력이 수포가 되기에.

"거짓말이다. 당신은 우리에게 거짓말을 하는 것이 분명하다."

"그렇다. 당신 혼자 금장혈괴를 독차지하려 하는 것이 아닌가?"

"우리가 직접 파보기 전에는 당신의 말을 믿을 수 없다."

그들은 오히려 살기를 드러냈다. 그런 그들의 반응에 한청이 눈을 감았다.

'무인들은 어떻게 이다지도 어리석단 말인가? 이것은 마치 과거의 나를 보는 것 같지 않은가? 아니, 나 역시 이랬던 것인

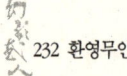

가? 정말 나는 쓸모없는 존재였구나.'

한청은 무인들의 모습에서 자신의 과거를 보았다.

과거 자신은 그 누구보다 탐욕스러웠고, 잔인했다. 그래서 한때 세상이 좁다고 날뛰기도 했다. 물론 그 대가는 너무나 혹독해서 십 년이란 세월을 세상에 나가지 못하고 이곳에서 은거해야 했다. 저들 역시 그런 대가를 치르게 될 것이다. 어떤 방식으로든 간에 말이다.

한청이 힘겹게 일어섰다.

"어떻게 해야 내 말을 믿을 수 있겠소? 어찌해야 이 한 모의 말을 믿어주시겠소?"

"당신의 목숨이라면 믿을 만하지요."

그 순간 무인들 속에서 들려오는 목소리가 있었다.

모두의 시선이 목소리의 주인을 향했다. 한청 역시 그를 바라보았다. 무인들을 가르고 나타난 남자, 그는 당천위였다.

그가 미소를 지으며 말했다.

"당신이 천하오수의 일원이었던 것을 알고 있습니다. 당시의 당신 말은 누구보다 믿을 만했지요. 하지만 지금 당신의 무얼 보고 말을 믿겠습니까? 당신은 이미 천하오수의 일원도 아니고, 한낱 무부에 불과한데 말입니다. 우리가 당신 말을 믿을 수 있도록 증명해 보십시오."

"어떡하면 내 말을 믿겠는가?"

"혈루검의 목숨이라면 믿을 수 있을 겁니다."

당천위의 말에 무인들이 웅성거리기 시작했다. 그들은 이미 당천위의 기이한 논조에 휘말려 있었다. 일단 한 번 분위기를 타기 시작하자 그들은 집단의 광기를 발현하기 시작했다.

"목숨으로 당신의 말을 증명하라!"

"당신의 목숨이라면 우리가 믿겠다."

무인들이 일제히 한청에게 목숨을 끊기를 강요했다. 그 모습에 당천위가 은밀히 미소를 지었다.

'후후! 머리가 빈 것들을 선동하는 것은 그리 어려운 일이 아니지. 혈루검, 당신이 죽어줘야겠소이다. 당신 말처럼 이곳에 금장혈괴가 없을지도 모르지만 난 결코 포기할 수 없소. 당신이 살아 있다면 나의 계획에 방해가 될 것이기에 이만 이곳에서 죽어줘야겠소.'

모두가 포기해도 당천위는 포기하지 않았다. 설령 금장혈괴가 모두 바닥났다고 하더라도, 땅 끝까지라도 파고들어 찾아낼 거라고 다짐했다. 그런 그의 계획에 가장 걸림돌이 되는 존재가 한청이었다. 한청은 그에게조차 부담이 가는 존재였다.

무공을 잃었다면 모르되, 좌수검을 익힌 혈루검을 무시할 존재는 세상에 없었다. 그것은 당천위 역시 마찬가지였다. 때문에 그는 이번 기회를 빌려 한청을 확실히 제거하려고 했다.

그가 다시 한 번 말했다.

"어쩔 겁니까? 당신의 목숨으로 당신의 말을 증명할 수 있겠습니까? 그렇지 못하겠다면 물러서십시오. 우리는 당신의

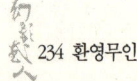

말을 믿지 못하겠으니까."

"그렇다! 당신은 당신의 말을 증명해라."

무인들이 당천위의 말에 찬동했다. 그들의 광기 어린 눈빛이 일제히 한청을 향하고 있었다. 비록 더 이상의 말은 없었지만, 그들의 시선은 한청에게 스스로 목숨을 끊기를 강요하고 있었다.

한청이 입술을 질근 깨물었다.

"나 스스로 목숨을 끊으란 말인가?"

"후후! 자신의 말을 증명하려면 그 정도는 해야 하지 않겠습니까? 어쩌시렵니까? 물러나시겠습니까? 아니면 자신의 말을 증명하기 위해 목숨을 끊으시겠습니까?"

당천위는 한청에게 스스로 목숨을 끊을 것을 강요하고 있었다. 무인들이 그에 동조해 한청을 압박하고 있었다.

"이건 아니야."

멀찍이 떨어져서 지켜보던 예운향이 고개를 저었다.

처음부터 모든 것을 지켜본 예운향이었다. 그 덕에 집단의 광기가 어떻게 폭발했는지 알고 있었다. 사람들의 탐심이 그들이 흡입하고 배출하는 공기를 타고 주변을 전염시키고 있었다.

모든 이들이 단 한 명을 핍박하고 있었다. 한 명을 핍박해 죽음을 강요하고 있었다. 그러면 믿어준다. 도무지 말이 되지 않는 광경이다.

도저히 이해할 수 없는 일이 벌어지고 있었다. 이런 일은 결코 있어서는 안 된다. 예운향은 지금 일어나고 있는 일의 중심에 당천위가 있음을 깨달았다.

'저 남자 때문이다. 이토록 무인들이 흥분하고 떠드는 것은.'

예운향은 모든 것을 합법적으로 처리하려 했다. 그래서 목노야에게 광산을 매입하려 했던 것이다. 하지만 이곳에서 한청이 목숨을 잃는다면 그런 그녀의 노력은 모두 물거품으로 돌아갈 것이 분명했다.

예운향이 한청에게 가려 했다. 그 순간 관지경이 고개를 저었다.

"그러지 마십시오."

"그럴 수는 없어요."

"안됩니다. 아가씨가 지금 개입하게 되면 남천련에 전혀 도움이 안 됩니다."

"벌써 한 번 참았어요. 하지만 두 번은 참지 못하겠군요. 이것은 결코 있어서는 안 되는 일이에요. 이 이상 방관한다는 것은 스스로를 짐승이라고 인정하는 것이나 마찬가지예요. 나를 막지 말아요. 나는 짐승이 아니니까."

"모두가 아가씨를 위해서 하는 말입니다."

그러나 예운향은 관지경의 말을 무시했다. 그녀는 한청에게 가려 했다. 그 순간이었다.

"결국 아가씨는 끝까지 저를 실망시키는군요."

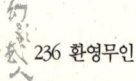

푹!

예운향은 등에 불같은 통증을 느꼈다. 그녀의 입술이 떡 벌어졌다. 그녀가 믿기지 않는단 눈으로 뒤를 바라보았다. 그러자 붉은 서광이 나는 비수를 자신의 등에 박아 넣은 흑풍대의 대원이 보였다.

자신을 호위하기 위해 차출된 대원이 자신의 등 명문혈에 비수를 박아 넣은 것이다. 명문혈은 약간의 충격만으로도 죽음에 이르게 할 수 있는 치명적인 사혈이었다.

그런 모습을 보면서도 관지경은 어떠한 행동도 하지 않았다. 오히려 안타깝다는 표정으로 말을 이었다.

"아가씨는 제가 모시기에는 너무 여린 분입니다. 이제 그 사실을 확실히 알았습니다."

"이, 이게 무슨 짓인가요?"

"이곳으로 오기 전 첫째 공자님을 만났습니다. 그분께서 그러더군요. 당신을 제거하고 자신의 측근이 되어 달라고. 차후 남천련을 다스릴 때 힘이 되어달라고 그러시더군요. 저는 갈등했습니다. 현재 제가 모시는 분은 아가씨이기에. 저는 당신이 차후 남천련을 이끌어갈 수 있다면 당신을 모시려고 했습니다. 하지만 이제까지 당신이 이곳에서 보인 모습은 저에게 실망만 안겨주는군요."

"그래서 배신하는 건가요?"

"저도 이제 입장을 정리할 때가 되었습니다. 련주님을 제외

한 모두가 아가씨의 죽음을 바라고 있습니다. 이제 아가씨는 이곳에서 무인들에게 죽임을 당한 것으로 기록될 겁니다. 그리고 복수는 제가 할 겁니다."

"그, 그런……."

예운향의 얼굴이 하얗게 질렸다.

자신을 둘러싼 기류가 심상치 않음을 느꼈었다. 그러나 자신을 호위하기 위해 파견된 흑풍대가 배신을 할 줄은 알지 못했다.

그녀가 등에 손을 돌려 비수를 뽑으려 했다. 비수는 그녀의 명문혈, 치명적인 요혈에 꽂혀 있었다. 손이 닿지 않았다. 그 모습을 보며 관지경이 고개를 저었다.

"소용없습니다."

"이……따위 비수로 내 목숨을 빼앗을 수 있을 거라 생각했나요? 나는 이미 절정을 넘어선 고수예요. 이 정도 상처로는 결코 나를 죽일 수 없어요."

"알고 있습니다."

"그런데도…… 설마?"

그 순간 예운향의 뇌리를 스쳐지나가는 생각이 있었다. 그녀의 안색을 살피던 관지경이 우울한 얼굴로 말했다.

"아가씨의 짐작이 맞습니다. 바로 금장혈괴로 만들었다는 비수입니다. 첫째 공자님께서 저의 손에 쥐어 주셨습니다."

"으음!"

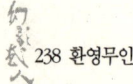

관지경의 말이 채 끝나기도 전에 예운향의 몸이 무너져 내렸다. 그녀는 한쪽 무릎을 꿇은 채로 관지경을 올려다봤다. 내공을 이용해 금장혈괴가 만든 상처를 억제하려 했다. 하지만 그럴수록 상처는 오히려 커져만 갔다. 그리고 찾아오는 전신이 해체되는 듯한 고통.

그녀의 안색은 유리처럼 창백해졌다. 그런 그녀를 향해 흑풍대가 다가왔다.

"용서를……."

"편안히 가시길."

그들의 손에는 각자의 무기가 들려 있었다. 그녀를 호위해야 할 자들이 그녀의 목숨을 노리고 있었다. 이 믿을 수 없는 상황 앞에서 그녀는 눈을 감았다.

'결국 이것이 나의 최후인가? 가문의 복수를 해보지도 못하고 이렇게 목숨을 잃어야 하는 것인가?'

천상예가 사람들의 얼굴이 그녀의 뇌리를 스치고 지나갔다. 죽음 앞에선 살아온 세월이 한번에 스쳐지나간다고 그랬던가? 지금 그녀의 상태가 그랬다.

어린 시절부터 지금까지의 모든 기억이 구슬을 꿰뚫은 실처럼 그녀의 머리를 관통하고 지나갔다. 문득 그녀의 기억이 멈췄다.

시리도록 슬픈 한 쌍의 눈동자. 자신을 바라보던 연민 가득하던 표정. 죽음을 앞두고서야 그 눈동자의 기억이 확실하게 살아났다.

"그였구나. 그였어."

그제야 모든 것이 선명하게 되살아났다. 봉인되었던 기억이 봇물 터지듯 한꺼번에 떠오르면서 자신도 모르게 눈물이 흘렀다. 그 모습을 보면서 흑풍대원들이 한마디 했다.

"우리들의 동정을 기대하지 마십시오."

"당신의 눈물은 우리에게 통하지 않습니다."

그들의 무기가 허공을 갈랐다.

쉬이익!

예운향이 눈을 감았다.

쾅!

커다란 폭음이 울리며 예운향의 몸이 들썩였다. 하지만 생각했던 만큼 엄청난 고통은 느껴지지 않았다. 그저 한 줄기 산들바람이 몸을 어루만지고 갔다는 느낌뿐이었다.

그녀가 살며시 눈을 떴다. 그러자 관지경과 흑풍대의 모습은 보이지 않고 처음 보는 낯선 등이 보였다. 그의 옷이 바람에 펄럭이고 있었다.

말도 없었고, 뒤도 돌아보지도 않았다. 그래도 예운향은 알 수 있었다. 자신의 앞을 가로막고 선 남자를. 육 년 전 그날 그랬듯이 오늘도 남자는 최악의 상황에서 나타났다. 마치 재앙을 몰고 다니는 사람처럼.

그녀는 남자의 몸에 손을 뻗으려 했다. 하지만 그녀의 손은

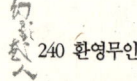

남자의 몸에서 불과 몇 치를 남겨두고 더 이상 나가지 못하고 애꿎은 허공만 잡고 말았다.

"아아!"

그녀의 몸이 더 이상 견디지 못하고 무너져 내렸다. 금장혈괴로 인한 상처의 통증이 척추를 타고 전신으로 퍼져 더 이상 견딜 수 없었기 때문이다. 그런 그녀의 허리를 붙잡아주는 억센 손길이 있었다.

그녀가 힘겹게 눈을 떴다. 그러자 그녀의 기억 속에 낙인처럼 새겨져 있던 남자의 눈이 보였다. 육 년 전과 변함없이 슬픈 눈동자. 예운향이 손을 뻗어 남자의 얼굴을 어루만졌다. 남자의 떨림이 손끝으로 느껴졌다.

그녀가 희미하게 웃었다.

"우린 드디어 만났군요."

"그렇구나."

"오늘도 그렇게 상황이 좋지는 않군요."

"그렇구나."

"알고 있나요? 내가 이제까지 당신을 찾아서 헤맸다는 것을."

"그랬더냐?"

"그래요. 당신을 죽이기 위해. 그날 내가 느꼈던 절망감과 슬픔을 당신에게도 느끼게 해주고 싶었거든요. 그런데 오늘 드디어 당신을 만났군요."

그녀의 얼굴에 처연한 웃음이 떠올랐다. 그녀의 웃음에 남자의 눈동자가 흔들렸다.

그의 망막에 비친 예운향의 모습은 힘든 삶에 지치고 상처 입은 작은 새와 다름이 없었다. 그에 자신이 일조했다는 사실을 남자는 참을 수 없었다.

무너지는 예운향의 허리를 잡고 있는 남자는 환사영이었다. 그의 한 손에는 관천이, 다른 손에는 예운향이 있었다.

주르륵!

예운향의 입가를 타고 검붉은 선혈이 흘러내렸다. 금장혈괴의 기운이 그녀의 내부를 파괴하기 시작한 것이다. 환사영은 그녀의 등에 박힌 비수를 뽑아냈다.

그러자 금색의 몸신에 붉은색의 서광을 뿜어내는 요사스런 녀석이 모습을 드러냈다. 환사영은 본능적으로 그것이 금장혈괴로 만든 비수라는 사실을 깨달았다.

환사영은 비수를 품안에 집어넣고 예운향의 혈도를 눌러 지혈하려 했다. 하지만 아무리 혈도를 눌러도 지혈은 되지 않고, 오히려 피가 더욱 많이 흘러나왔다. 결국 환사영은 혈도를 눌러 지혈하는 것을 포기하고 자신의 옷을 찢어 그녀의 환부를 감쌌다.

관지경은 그런 환사영의 모습을 유심히 살폈다. 솔직히 그는 환사영이 어떻게 나타나 예운향을 지킨 것인지 제대로 보지 못했다.

그것은 이곳에 있는 다른 흑풍대원들 역시 마찬가지였다.

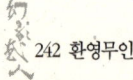

환사영이 예운향의 앞을 가로막고 나타난 그 순간부터 그들은 호시탐탐 기회를 노렸다. 예운향에게 신경을 쓰는 환사영이 무방비 상태라고 여겼기 때문이다. 하지만 그들은 환사영에게 쉽게 접근하지 못했다.

완벽한 무방비 상태였지만, 그의 몸에서 흘러나오는 분위기와 기운이 흑풍대를 위축시키고 있었다. 환사영은 흑풍대는 안중에도 없다는 듯이 오직 예운향에게만 집중하고 있었다.

"정신 차려라. 이대로 눈을 감으면 안 된다."

"드디어 당신을 만났는데 나에겐 당신을 죽일 능력이 없군요."

"살아라. 살아야 한다. 너는 결코 죽어서는 안 된다."

"하……하! 우습네요. 당신의 품에 안겨 있다는 사실이. 마지막 한 가지 부탁을 들어줄래요?"

"뭐든지."

"날 위해 죽어줘요."

제 8 장
그림자

　예운향의 눈빛이 꺼져가고 있었다. 그녀의 마지막 소원이었다. 환사영이 안고 가는 유일한 원죄의 흔적.

　이대로 그녀가 죽는다면 자신은 마음의 짐을 덜어낼 수 있을 것인가? 이대로 자신의 죄를 묻어버릴 수 있을 것인가?

　"나에겐 당신에게 복수할 힘이 없어요. 그러니 스스로 죽어줘요. 나를 위해서……."

　"미안하구나. 그 부탁은 들어줄 수 없구나."

　"나도 알고 있어요. 말도 되지 않는 소리라는 것을. 하지만 이것이 내가 부릴 수 있는 유일한 억지네요."

　주르륵!

예운향의 커다란 눈에서 눈물이 흘러내렸다. 그리고 점차 숨소리가 잦아들어갔다.

기력이 다한 것이다. 환사영은 서둘러 예운향의 몸을 들쳐 업었다. 겉옷을 벗어 그녀의 몸과 자신의 몸을 한 치의 틈도 없게 묶으며 말했다.

"너는 결코 죽지 않을 것이다. 그리고 나 역시 죽지 않을 것이다. 대신 널 위해 살아갈 것이다. 내가 죽지 않는 한 너 역시 죽지 않을 것이다. 네가 죽는다면 내가 먼저 죽을 것이다. 나는 그림자(幻影)가 되어 영원히 너를 지킬 것이다."

"……당……신?"

"너의 모든 염원이 이뤄졌을 때 내 스스로 목숨을 끊으마. 그때까지는 어떻게든 살아남을 것이다. 이것은 나의 약속이다."

스스로에게 하는 맹세였다.

더 이상 지킬 것이 없어 세상을 떠났었다. 가장 소중한 것을 지키지 못했기에 자신 역시 세상에 남을 필요가 없다고 생각했다.

그렇게 지난 세월을 살아왔다. 그러나 오늘 자신이 세상에 남긴 단 하나의 미련의 조각이 찾아왔다. 그녀에게는 자신의 힘이 필요했다.

예운향의 떨림이 등 뒤로 느껴졌다. 그녀가 뭐라 말했다. 하지만 그녀의 목소리는 너무나 미약해 들리지가 않았다. 대신 어깨 위로 축축한 느낌이 들었다. 예운향의 눈물이리라.

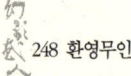

환사영은 오랫동안 억눌러두었던 기운을 끌어올렸다. 그의 몸에서 시작된 기운이 등 뒤의 명문혈을 거쳐 예운향의 몸에 전해졌다.

꺼져가는 그녀의 온기를 되살리기 위한 환사영의 극단적인 조치였다. 그의 내공이 유지되는 이상 예운향의 숨은 이어질 것이다.

예운향을 들쳐 업고 환사영은 관지경과 흑풍대를 바라보았다. 그를 바라보는 관지경의 눈동자에 숨길 수 없는 당혹스런 빛이 떠올라 있었다.

"누군지 물어봐도 되겠소?"

"환사영."

"당신은 그녀가 누군지 아시오?"

"현재의 모습은 모르지만, 과거는 알고 있소."

"그녀는 남천련주의 네 제자 중 하나이오. 그리고 남천련의 모든 이들이 그녀의 죽음을 바라고 있소. 그녀를 구한다는 것은 남천련을 적으로 돌리는 것이나 마찬가지요. 당신은 이 사실을 분명히 알아야 될 것이오."

"상관없소."

"후후! 남천련이 적이 된다 할지라도 말이오?"

"그렇소!"

"이유를 물어봐도 되겠소."

"그녀에게 커다란 빚을 지고 있기 때문이오."

"후후! 한낱 빚 때문에 목숨을 걸다니. 당신은 바보군."

"그럴지도."

환사영이 고개를 끄덕였다. 하지만 전혀 신경을 쓰는 표정이 아니었다. 관지경도 그 사실을 느꼈다.

"할 수 없군. 이제부터 당신은 우리의 적이오. 우리는 당신을 죽이기 위해 최선을 다할 것이오."

그는 남천련의 첫째 공자인 마옥성에게 충성을 맹세했다. 방금 전 예운향을 죽이려 시도했던 것만으로도 이미 되돌아올 수 없는 강을 건넌 것이나 마찬가지였다.

이대로 환사영을 보낸다면 마옥성의 명예에 치명적인 상처가 나는 것은 물론이고, 그들의 생명 역시 장담할 수 없었다. 그들만의 입장이 있는 것이다.

환사영은 고개를 끄덕였다. 그들의 입장을 이해하는 것이 아니라 지금 이 순간 벌어진 상황을 이해한 것이다.

흑풍대가 환사영을 둥글게 포위한 채 다가왔다. 그러나 환사영의 시선은 그들을 보고 있지 않았다.

그의 눈은 저 멀리 무인들에게 둘러싸여 있는 한청에게 향해 있었다. 예운향의 상황이 워낙 급박해 그녀를 먼저 구했지만, 한청의 상황이라고 그다지 나은 것은 아니었다.

무인들의 광기가 이곳까지 느껴지고 있었다. 그 한가운데 한청이 있었다.

"한청 형님."

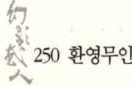

환사영이 그를 향해 걸음을 옮겼다. 하지만 흑풍대가 그의 앞을 가로막았다. 그들의 얼굴에는 절대 보내주지 않겠다는 의지가 담겨 있었다.

꾸욱!

환사영은 관천을 잡은 손에 힘을 주었다. 등 뒤로 점점 미약해져 가는 예운향의 호흡이 느껴졌다. 거기에 한청까지.

관지경이 그런 환사영을 보며 말을 이었다.

"말했잖습니까? 이제부터 당신은 남천련의 적이라고. 결코 쉽게 보내줄 수 없습니다."

"순순히 보내줄 수 없다면 강제로 뚫을 수밖에."

"그것이 가능하다고 보십니까? 우리는 흑풍대입니다."

관지경의 음성에는 숨길 수 없는 자부심이 담겨 있었다. 남천련의 정예 조직 중 하나로 이제까지 수많은 작전에서 혁혁한 전공을 세워왔다.

그렇기에 모두의 신뢰를 받는 조직이 바로 흑풍대였다. 그들이 가지는 자부심은 이루 말할 수 없는 것이었다.

그들은 검은 벽을 만들었다. 검은 벽이 환사영의 앞길을 가로막고 있었다.

저벅!

환사영이 그들을 향해 걸음을 내딛었다. 이미 결심을 굳혔다. 더 이상 그의 얼굴에는 어떤 표정의 변화도 나타나지 않았다. 전장에 서면 항상 그는 이런 표정을 지었다. 그리고 이제까지 그 표정을 보았던 자들은 예외 없이 목숨을 잃었다.

"큭! 끝까지 해보겠다는 것인가?"

"어리석은 놈! 끝까지 남천련을 적으로 돌리다니."

흑풍대의 얼굴에 노골적인 적대의 빛이 떠올랐다. 그들의 눈으로 보자면 환사영은 거대한 불꽃 속으로 스스로 뛰어드는 부나방과 전혀 다를 바가 없어 보였다.

그 어떤 기세도 없었다. 더 이상 말도 없었다. 하지만 한 걸음, 한 걸음 환사영이 발을 내딛을 때마다 그들이 느끼는 중압감은 상상을 초월할 정도로 커져갔다.

마치 산사태가 일어난 것처럼 아찔한 느낌이 그들의 전신을 짓눌렀다.

그들은 이렇게 가다가는 제대로 손 한 번 써보지 못하고 당할 거라는 것을 직감했다. 그들은 서로의 눈빛을 교환하다가 일제히 검을 휘둘렀다.

슈우우우!

동굴 가득 그들이 펼쳐낸 검기가 가득 찼다. 갑작스럽게 일어난 소동에 무인들이 일제히 고개를 돌렸다. 그 순간 그들이 볼 수 있었던 것은 엄청난 검기가 일제히 한 남자를 가로지르는 광경이었다.

모두가 남자의 몸이 양단되리라고 생각했다. 하지만 그 순간 남자가 창을 들어 앞으로 겨눴다. 그리고 모든 것이 변했다.

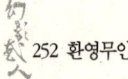

후웅!

그의 창끝이 떨린다 싶은 순간 창기(槍氣)가 토해져 나왔다. 좁은 갱도 안을 수십 다발의 창기가 휩쓸고 지나갔다.

콰콰콰콰!

"으아아악!"

"아악!"

흑풍대는 검을 들어 창기를 막으려 했다. 하지만 환사영의 창기는 그들이 감당할 수 있는 수준의 것이 아니었다.

환사영의 창기는 흑풍대의 검과 몸을 동시에 꿰뚫고 지나갔다. 그래도 위력은 감소되지 않아 모여 있던 무인들을 습격했다.

쿠──웅!

갱도가 금방이라도 무너질 듯 크게 흔들렸다. 하지만 무인들과 흑풍대가 받은 충격은 그에 비할 바가 아니었다.

환사영을 가로막았던 일곱 명 중 다섯 명이 즉사했고, 나머지 두 명도 바닥에 널브러진 채 팔다리만 꿈틀거리고 있었다. 입에서는 끊임없이 붉은 선혈을 게워내고 있었다.

모두가 환사영의 단 일 격에 의한 결과였다. 그 참혹한 모습에 모두가 숨을 죽였다.

흑풍대도, 무인들도.

한청에게 가는 길이 열렸다.

환사영은 그의 앞으로 열린 길을 걸었다.

아직도 그의 손에는 막대한 양의 공력이 꿈틀거리고 있었다. 아직 소화되지 못한 공력은 갈 길을 찾지 못하고 요동치고 있었다.

그가 익힌 폭렬창(爆裂槍)은 단지 살인을 위한 무공이었다. 폭렬창에 평범한 수법이라고는 존재하지 않았다. 그 때문에 아무리 힘을 적게 조절해도 수많은 이들이 죽었다.

지난 육 년의 세월동안 환사영은 폭렬창을 버리고자 했다. 실제로 그의 머릿속에서는 새로운 무리가 떠오르고 전혀 다른 방식의 창법과 무공이 만들어졌으나, 결국 손에 익은 수법을 자신도 모르게 펼치게 되었다. 그 참혹한 결과가 눈앞에 펼쳐져 있었다.

"아우?"

환사영의 등장에 한청이 목으로 가져가던 검을 멈췄다. 환사영이 나타날 거라고 믿고 있었다.

하지만 지금 환사영의 모습은 그가 막연하게나마 짐작하던 모습이 아니었다. 막연하던 상상을 뛰어넘어 괴물의 모습으로 환사영은 나타났다.

모두가 숨을 죽이고 그를 바라보았다. 환사영은 무인들은 안중에도 없다는 듯이 걸음을 옮겨 마침내 한청의 곁에 섰다.

"형님."

"환 아우."

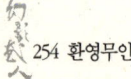

한청이 고개를 저었다. 지금 환사영의 모습은 오랫동안 그를 보아왔던 한청에게도 충격적이었다. 그러니 처음 그를 보는 다른 사람들은 어떻겠는가? 모두가 석상이라도 된 듯 굳어 있었다.

"괜찮으십니까?"

"자네를 볼 면목이 없네. 내가 오히려 일을 크게 벌인 것 같군."

"아닙니다. 제가 형님 입장이라도 그렇게 했을 겁니다. 잘 못은 저들이 한 거지요. 한 사람을 궁지에 몰아넣고 핍박을 한 이들이."

환사영이 무인들을 차례로 바라봤다. 그의 시선을 받은 자들이 분분히 고개를 돌렸다.

지은 죄가 있는 자들이었다. 수많은 이들이 한 사람을 핍박해 자결하게끔 만들려 했다.

그런 무인들을 바라보는 환사영의 눈에는 경멸의 빛이 담겨 있었다. 대부분의 사람들이 그런 환사영의 눈빛과 마주치는 것이 부담스러워 피했다.

그러나 수많은 사람들의 회피하는 눈빛 속에 유난히 노골적인 적개심을 드러내는 눈빛이 있었다.

환사영이 나타나는 그 순간부터 얼굴을 일그러트린 남자, 그는 무인들 한가운데 있던 당천위였다. 모든 것이 그의 의도대로 되어가고 있었다.

한청을 핍박해 스스로 자결하게끔 유도했고, 그런 그의 의도는 제대로 먹혀가는 것 같았다.

하지만 환사영이 나타나면서 그의 음모는 모두 물거품이 되고 말았다. 그 때문에 환사영을 바라보는 그의 얼굴 표정은 결코 편하지 않았다.

'크윽! 다 된 밥에 재를 뿌리다니. 놈, 결코 가만두지 않겠다.'

그가 이빨을 뿌득 갈았다. 하지만 그는 얼굴에 서린 웃음을 결코 지우지 않았다. 그는 무인들에 둘러싸인 채 크게 말했다.

"새로 나타나신 분께서는 또 어떤 분이시오? 그리고 등에 업으신 분은 분명 남천련의 운 소저가 아니오? 왜 운 소저를 등에 업고 계신 것이오? 혹시 운 소저를 납치하시려는 거요? 그게 아니라면 정체를 밝히시오."

그의 음성에는 사람들을 선동하는 묘한 힘이 담겨 있었다. 그 때문에 사람들은 미처 의식하지 못하는 사이에 그의 뜻대로 행동하게 되었다. 벌써 몇몇 사람들이 그의 말에 찬동해 외쳐댔다.

"맞다! 정체를 밝혀라."

"남천련과 천하를 적으로 돌리려는 것이냐?"

비좁은 갱도가 금세 시끄러워졌다. 그들은 언제 위축되었냐는 듯이 다시금 소리쳤다.

주위에 자신과 같은 이들이 함께 있다는 것이 그들에게 용

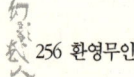

기를 준 것인지도 몰랐다.

무인들이 다시 술렁이기 시작했다. 그 중심에 당천위가 있었다. 환사영은 그 사실을 한눈에 꿰뚫어보았다.

'저자다. 저자가 숨어서 이들을 조장하고 있다.'

지금 이 순간 무인들 속에 몸을 숨긴 당천위는 은밀한 미소를 짓고 있었다. 수많은 무인들을 방패삼아 자신은 안전한 곳에 숨어서 선동하는 당천위야말로 가장 위험한 자였다.

"당신은?"

환사영이 처음으로 입을 열었다. 그러자 당천위가 더욱 비릿한 미소를 지으며 말을 이었다.

"후후! 본인의 이름이 중요한 것은 아니지요. 중요한 것은 당신의 의도지요. 당신도 금장혈괴를 혼자서 독식하려는 것이오?"

또다시 금장혈괴란 단어가 나왔다. 그러자 무인들의 눈이 다시 벌겋게 달아올랐다.

당천위가 의도적으로 내뱉은 것이다. 그는 무인들을 움직이게 할 수 있는 여러 가지 방법을 알고 있었고, 실제로 훌륭하게 사용하고 있었다.

"금장혈괴는 무림인의 것이다. 누구 한 명이 독식할 수 없는 것이다."

"맞다. 금장혈괴는 모두가 공유해야 한다."

"우리는 이곳에 금장혈괴가 숨겨져 있다는 사실을 알고 있다. 더 이상 기만하지 마라."

당천위의 선동에 넘어간 무인들이 다시금 기세등등하게 외쳐댔다. 그들은 방금 전 환사영의 신위를 잊은 듯했다.

당천위는 무인들의 기세가 가라앉을 만하면 교묘하게 한 마디씩 해서 그들을 선동했다. 그 때문에 무인들의 기세가 갈수록 거세졌다.

"아우!"

한청이 환사영을 불렀다. 방금 전 자신 역시 저들의 광기를 경험해 봤기에 환사영이 느끼고 있을 중압감을 짐작할 수 있었다.

그는 환사영 역시 자신이 느꼈을 중압감을 느낄 거라 생각했다. 그러나 환사영은 전혀 중압감을 느끼지 않는 듯 표정의 변화가 없었다.

그는 당천위의 선동과 그에 동조하는 무인들보다 등 뒤에 업힌 예운향의 상세가 더욱 신경이 쓰였다. 이렇게 시간이 흘러가는 중에도 그녀의 기식은 더욱 엄엄해지고 있었다. 언제까지 이렇게 시간을 보낼 수는 없었다.

이 순간에도 무인들은 각자 목소리를 높이고 있었다. 그들의 눈에는 살기마저 감돌고 있었다. 그들의 모습에서 환사영은 과거의 편린을 떠올렸다.

상황은 달랐지만 인간의 광기가 발현되는 모습은 놀라울 정도로 닮아 있었다. 일단 한 번 발현된 광기에 휩쓸리면 인간은 이성을 잃고 자신의 본성을 드러내기 마련이다. 바로 지금처

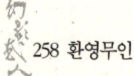

럼 말이다.

환사영이 창을 높이 치켜들었다. 그러자 이제까지 맹렬하게 떠들던 무인들이 움찔해 입을 다물었다. 그것은 당천위 역시 마찬가지였다.

"나에게 할 말이 있는 자는 앞으로 나와서 하시오. 비루먹은 강아지새끼처럼 다른 사람들의 등 뒤에 숨어서 소리치지 말고."

"큭! 너는 우리를 지금 개새끼라고 욕하는 것이냐?"

당천위가 다시 무인들의 뒤에 숨어서 소리쳤다.

위잉!

그 순간 환사영의 손이 허공을 가르더니 섬광이 번쩍였다. 이어 터져 나오는 한 줄기 신음성.

"큭!"

단말마의 비명성은 당천위의 입에서 흘러나온 것이었다. 그의 어깨에는 어느새 붉은 서광이 흘러나오는 금색의 비수가 꽂혀 있었다.

그가 또다시 무인을 선동하는 그 순간 환사영이 비수를 날린 것이다. 만일 당천위가 불길함을 느끼고 고개를 돌리지 않았다면 비수가 박힌 곳은 어깨가 아니라 이마 한가운데였을 것이다.

"여러분들이 그토록 애가 타게 찾던 금장혈괴로 만든 비수요. 금장혈괴는 더 이상 없으니 먼저 차지하는 사람이 임자가 될 것이오."

"금장혈괴?"

"금장혈괴다."

사람들의 시선이 일제히 당천위의 어깨로 향했다. 과연 그의 어깨에는 범상치 않은 서광을 뿜어내는 비수가 꽂혀 있었다.

당천위는 상처의 고통으로 얼굴이 일그러져 있었으나, 사람들은 아랑곳하지 않았다. 그들의 눈에는 오직 금장혈괴로 만든 비수만 보이는 듯했다.

"크윽! 오, 오지 마."

사람들의 시선을 알아차린 당천위가 얼굴이 하얗게 질린 채 외쳤다. 하지만 무인들은 아랑곳하지 않았다.

방금 전까지만 하더라도 그가 무인들을 선동했지만, 이제는 상황이 달라졌다. 이제는 그가 무인들의 목표가 된 것이다.

"금장혈괴를 내놓아라."

"와아아!"

당천위의 근처에 있던 자들이 먼저 움직였다. 당천위는 그들을 향해 암기를 뿌리려고 했으나 오른팔에서 느껴지는 엄청난 통증에 마음대로 움직이지 못했다.

결국 그는 금장혈괴로 만든 비수를 뽑지도 못한 채 갱도 밖을 향해 몸을 날렸다. 그런 그를 수많은 무인들이 추적하기 시작했다. 상황이 역전된 것이다.

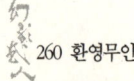

그래도 광산에 미련이 남았는지 주저하는 이들이 있었다. 눈앞에 확연한 증거가 있자 더욱 이곳에 탐을 내는 사람들.

환사영은 들었던 창을 그대로 대지에 내리꽂았다.

푹!

"하합!"

그가 기합과 함께 관천을 통해 어마어마한 경력을 토해냈다. 그의 몸에 잠재되어 있던 어마어마한 공력은 창을 타고 대지로 파고들었다.

환사영이 얼마나 경력을 토해냈을까? 갑자기 대지가 용트림을 하기 시작했다.

쿠르르!

금방이라도 무너질 듯 광산 전체가 흔들리기 시작했다. 한청은 한눈에 환사영이 무엇을 했는지 알아차렸다.

내기를 응집해 발출하여 땅속의 극양지기를 자극하는 수법. 이곳이 극양지기를 품고 있기에 가능한 수법이었다. 그 역시 환사영을 통해 한 줄기 극양지기가 이곳에까지 연결되었음을 알고 있었다.

'하지만 그렇다고 해도 저 어마어마한 공력은……'

밑바닥을 알 수 없는 어마어마한 공력을 환사영은 품고 있었다.

"무슨 짓이냐?"

"설마 이곳을 무너트리려는 것이냐?"

무인들이 그 사실을 알아차렸을 때는 이미 환사영의 공력이 극양지기를 충분히 자극한 뒤였다.

콰르르르!

그 순간에도 대지의 울림이 더욱 심해졌다. 자극을 받을 대로 받은 극양지기가 용트림을 시작한 것이다.

환사영과 한청은 누가 먼저랄 것도 없이 몸을 날렸다. 그들 앞을 무인들이 가로막았다.

"가지 못한다."

"어딜!"

그 순간 앞으로 나선 이는 한청이었다.

쉬아악!

그의 소검에서 눈부신 빛줄기가 뻗쳐 나와 부챗살처럼 퍼져 나갔다. 이제까지 당했던 것을 분풀이라도 하듯이 그의 손속에는 인정이 없었다.

"큭!"

"아악!"

그의 검기에 휘말린 무인들이 단말마의 비명과 함께 나가떨어졌다. 광검해(光劍海)의 수법이었다.

길이 열렸다. 그러나 빈 곳을 다시 메우는 자들이 있었다. 관지경을 비롯한 흑풍대의 생존자들이었다. 그들은 단호한 표정으로 환사영과 예운향을 노려보고 있었다.

이미 자신들과 환사영의 역량 차이를 깨달았는데도 그들의

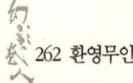

기세는 결코 꺾이지 않았다.

이대로 예운향을 밖으로 내보냈다가는 남천련이 타격을 입는다. 그리고 자신들 역시 불의를 저질렀다는 강호의 지탄을 피할 수 없게 된다.

그들은 절실했다. 그렇기에 상대가 되지 않는단 사실을 알면서도 환사영을 막아선 것이다.

"절대 밖으로 나갈 수 없다."

"차라리 우리 모두 이곳에서 같이 죽는 거다."

그들이 자신들의 생명을 도외시하고 환사영을 향해 달려들었다. 그 속에 관지경도 있었다. 그가 허리에 찬 백검을 뽑아 들었다.

"챠핫! 혈리역천(血鯉逆川)."

붉은 잉어가 강물을 거슬러 올라간다는 뜻의 관지경의 무공 초식이 펼쳐졌다.

좁은 갱도가 온통 붉은빛으로 물들었다. 그 모습에 한청이 순수한 감탄사를 터트렸을 정도였다. 하지만 환사영의 반응은 달랐다.

좌르르!

그의 손에 들려 있던 창이 마치 살아 있기라도 한 듯이 맹렬히 회전을 시작했다. 그 상태 그대로 환사영은 관천을 내질렀다.

츄화하학!

관천이 검붉은 색의 강기를 토해냈다. 마치 포격이라도 한 듯이 한 줄기 강기가 앞으로 쭉 뻗어 나갔다. 그 속에 관지경과 흑풍대가 있었다.

관지경은 미증유의 어마어마한 힘이 자신을 덮쳐오는 것을 느꼈다. 그 거대한 힘 앞에서 자신이 펼친 초식은 그저 무의미한 몸짓에 불과했다.

백검이 산산이 부서져 나갔고, 그보다 앞서 달려들던 흑풍대원들의 몸이 폭풍에 휩쓸린 낙엽처럼 으스러져 나갔다. 뒤이어 그를 덮쳐오는 강렬한 충격.

쾅―!

온몸을 거대한 쇠절구로 찧는 듯한 엄청난 통증이 느껴지며 의식이 아득해졌다.

'그래도 다……행이야. 당신을 내 손으로 죽이지 않아서.'

그 역시 예운향에게 한 가닥 연민을 가지고 있었다. 죽는 그 순간에 그녀보다 자신이 먼저 가게 돼서 다행이라는 생각이 들었다.

바닥에 떨어졌을 때 이미 관지경은 숨이 끊어져 있었다. 바닥을 나뒹구는 그의 얼굴에는 은은한 미소가 걸려 있었다.

탁!

환사영은 예운향을 등에 업은 채 그의 시신을 뛰어넘었다.

우르르!

그 순간 갱도가 붕괴되기 시작했다. 그와 함께 엄청난 먼지

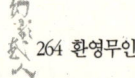

와 가공할 열기가 갱도 밖으로 분출됐다.

*　　　*　　　*

갱도 밖 입구에는 치열한 격전의 흔적이 남겨져 있었다. 인부들이 잠시 쉬어가는 모옥은 물론이고, 주변의 모든 기물이 철저하게 파괴되어 있었다. 뿐만 아니라 수많은 이들의 시신이 바닥에 널브러져 있었다.

그 모두가 금장혈괴 쟁탈전에 의한 결과였다. 사람들은 탐욕에 눈이 멀어 금장혈괴를 빼앗으려 했고, 그 속에서 당천위는 살아남기 위해 몸부림을 쳐야 했다. 눈앞의 광경은 그 처절한 몸부림의 흔적이었다.

환사영과 한청은 바닥에 널브러져 있는 누군가의 오른팔을 하나 발견했다.

어깨에서부터 잘린 오른팔은 아직도 신경이 살아 있는 듯 간혹 파르르 떨리고 있었다.

그 모습을 보며 한청이 눈살을 찌푸렸다.

"이것은 당천위의 팔이 틀림없다. 그 녀석, 스스로 팔을 자르고 달아난 것인가?"

"그리 멀리 가지는 못했을 겁니다. 무인들이 가만 내버려두지 않았을 테니까요."

"그렇겠지."

한청이 고개를 끄덕였다. 하지만 그의 얼굴에는 못내 아쉬운 빛이 담겨 있었다. 당천위의 시신을 눈으로 확인하지 못한 것이 마음에 걸리는 것이다. 하지만 그는 이내 아무렇지 않다는 얼굴로 고개를 들었다.

지옥 같은 밤이 지나갔다. 하룻밤의 악몽이라고 치부하기에는 너무나 많은 사람들이 죽었다. 그간 평화를 유지해 왔던 상유촌의 사람들이 감당하기에는 너무나 큰 상처를 남기고 만 것이다.

광산은 철저하게 무너지고 말았다. 환사영이 극양지기를 자극한 탓에 붕괴되고 만 것이다. 마을의 유일한 수입원이 사라졌다.

하지만 이로써 무림인들도 더 이상 금장혈괴라는 금속을 찾기 위해 광산을 뒤지는 일은 할 수 없을 것이다. 금장혈괴를 찾기 위해서는 산 하나를 통째로 드러내야 할 테니까.

환사영은 자신이 무너트린 갱도를 바라보았다.

'일단 극양지기에 자극을 주어 분출시켰으니 몇 년 동안은 안전하리라. 하지만 몇 년이 흐른 후 또다시 극양지기가 포화 상태가 된다면 다시 위험해지리라. 최악의 상황에는 화산이 터질 수도…….'

당장은 응급조치를 한 것에 지나지 않는다. 언제고 다시 자극이 주어진다면 화산은 폭발하리라.

한청이 무너진 광산을 보며 한숨을 내쉬었다.

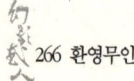

"결국 이주가 최선의 대책이란 말이군."

환사영은 대답하지 않았다. 하지만 그 역시 한청의 말에 동의하고 있었다. 상유촌 사람들이 평화롭게 살기 위해서는 이주가 최선이었다.

"후!"

눈앞의 처참한 광경에 한청이 한숨을 내쉬었다. 그러나 환사영은 더 이상 눈앞의 갱도에 신경을 쓸 수 없었다. 지금 이 순간에도 등 뒤에 업힌 예운향의 상세가 계속 악화되고 있었기 때문이다.

"먼저 제 모옥으로 가겠습니다."

"알겠네. 나는 뒷수습을 위해 목 노야에게 갔다가 뒤따라가겠네. 그곳에서 보세."

"그럼."

환사영은 예운향을 업은 채 몸을 날렸다.

"설마 이곳에서 당신을 보게 될 줄이야."

광산이 내려다보이는 청등산 중턱에 일단의 무리가 있었다. 그들의 시선은 저 멀리 사라져 가는 환사영에게 고정되어 있었다. 멀어져 가는 환사영을 보는 그들의 눈동자에는 하나같이 격정의 빛이 떠올라 있었다.

그들은 스스로 누구보다 냉정하다 자부했다. 그러나 멀어지는 환사영의 모습 앞에서는 냉정을 유지하지 못했다. 그러기에는 환사영이란 존재가 안겨주는 충격이 너무나 컸기 때문이다.

이미 환사영은 사라지고 없었다. 그러나 아직도 그의 모습은 강한 여운으로 그들의 가슴에 남겨져 있었다.

그들은 한동안 말을 잇지 못하고 환사영이 사라진 방향을 바라보았다.

"이것도 운명인가? 또다시 이렇게 조우하게 되다니."

"크큭! 그러게 말이야. 내 인생에서 가장 상대하기 싫은 사람을 꼽으라면 단연 그를 선택할 거야. 과거의 그는 정말 끔찍하도록 강했으니까."

한 남자가 생각만 해도 끔찍하다는 듯이 진저리를 쳤다. 그것은 그들 모두의 공통된 감정이기도 했다. 환사영을 생각하는 그들의 머릿속에는 한 줄기 경외감과 공포, 두려움, 그리고 질시와 반목이 존재하고 있었다.

환사영은 언제고 넘어야 할 커다란 산이었다. 단지 그 산이 예상치 못하게 먼저 나타났을 뿐이었다.

"이로써 금장혈괴를 이용하겠다는 우리의 계획은 물거품이 되었군. 만일 그가 이딴 산골마을에 은거하고 있는 줄 알았다면 절대로 이런 계획 따위는 세우지도 않았을 거야."

"후후! 대장의 반응이 궁금하군. 누구보다 그를 증오하면서도 그리워했던 이 역시 대장이니까."

"새로운 계획이 필요하겠어. 그가 관계된 이상 이제까지의

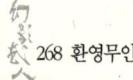

방식은 통하지 않을 거야. 몇 년의 시간이 흘렀어도 그는 여전하니까. 나는 아직도 북해에서의 그의 모습을 생각하면 두려워지거든."

마지막 사내의 말에 모두가 침묵을 지켰다.

비록 말은 없었지만 그들 역시 인지하고 있었다. 그가 관계된 이상 모든 것이 바뀔 거라는 사실을. 이제까지 그들이 계획하고 실행해 왔던 모든 일이 한 사내로 인해 어긋나기 직전인데도 그들은 당연하게 받아들이고 있었다.

그만큼 환사영이 그들에게 남긴 잔향은 거대했다. 아직도 많은 이들이 그의 잔향에서 벗어나지 못하고 있었으니까.

제 9 장
빙정(氷晶)

모옥으로 돌아온 환사영은 백수경과 목경화를 내보내고 예운향을 급히 자신의 침상에 눕혔다. 예운향의 얼굴은 이미 시커멓게 죽어 있어 기식이 엄엄한 상태였다.

환사영은 예운향의 상처를 동여맨 천을 조심스럽게 풀었다. 새까만 피딱지가 더덕더덕 묻은 천은 살에 붙어 쉽게 떨어지지 않았다. 환사영이 천을 떼어낼 때마다 예운향이 고통스러운지 몸을 움찔거렸다.

예운향의 등에는 비수에 찔렸던 자국이 선명하게 남아 있었다. 뿐만 아니라 상처 주위로 괴사가 진행되고 있었다. 예운향이 소유한 내공은 결코 작지 않았다. 그런데도 금장혈괴가 만든 상처를 억누르지 못하고 괴사가 진행되고 있었다.

그것은 금장혈괴의 성질이 내공이 강력할수록 반발력이 강한데다 기본적으로 자연치유력이 아닌 인위적인 모든 힘을 거부하기 때문이다. 그 때문에 시간이 흐를수록 예운향의 상처는 커져만 갔다.

환사영은 자신의 내공을 예운향에게 주입하다가 그런 사실을 깨달았다. 자신이 내공을 강하게 주입하면 할수록 예운향의 상처가 더욱 벌어지고 있는 것이다. 그것을 깨닫자마자 환사영은 예운향의 몸에 내공을 주입하는 것을 멈췄다.

의식을 잃은 예운향은 무척이나 고통스러운 듯 미간을 찡그리고 있었다. 그런 그녀의 모습을 보며 환사영은 고심에 잠겼다.

"결국 자연치유력이 아니면 도울 수 없단 말인가? 하지만 지금 그녀의 몸 상태로 자연치유력을 기대하는 것은 무리다. 그녀의 상처가 스스로 재생되기도 전에 상처가 악화되어 죽고 말 것이다."

이제야 왜 무림인들이 그토록 금장혈괴를 찾으려고 하는지 이유를 확실히 알 수 있었다. 이런 효능을 지니고 있다면 내공이 극에 달한 절대고수일수록 조그만 상처만으로도 치명상을 입을 수 있었다.

지금 이 순간 예운향은 죽어가고 있었다. 그녀의 자연치유력보다 금장혈괴가 남긴 상처의 괴사가 더욱 빠르게 진행되고

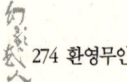

있었다. 이 상태라면 새로운 밤이 되기 전에 그녀의 숨이 끊어지고 말 것이다.

천하제일미로 세상에 알려져 있었지만 환사영의 눈에 예운향은 언제까지나 벽장 속에 숨어 있던 불쌍한 여자아이였다. 삼백 명의 천상예가 식솔들 중 오직 그녀만이 살아남았다. 환사영은 자신의 손으로 살린 아이가 죽는 모습을 그냥 지켜볼 수 없었다.

환사영은 자신의 머릿속에 잠재하는 수많은 기억을 더듬었다. 그는 보통 사람들이 가진 것보다 훨씬 많은 경험을 가지고 있었다.

일반 사람들이라면 한 번 경험하는 것만으로도 영혼이 깨져버릴 만큼 엄청난 일을 수도 없이 겪었다. 그런 경험들은 소중한 지식이 되어 그의 머릿속에 잠재해 있었다.

그는 쉴 새 없이 자신의 기억을 뒤지고, 예운향을 살릴 방도를 생각했다. 그리고 마침내 한 가지 결론에 도달했다.

"지금 이대로는 그녀를 살릴 방법이 없다. 하지만 그곳에만 갈 수 있다면……."

환사영의 얼굴에 고통스러운 빛이 떠올랐다. 기억을 떠올리는 것만으로도 고통스러웠기 때문이다. 그의 기억은 먼 과거를 되짚고 있었다.

"으음!"

정신을 잃은 예운향이 고통에 겨운 신음성을 흘렸다. 그녀의 신음성이 환사영의 정신을 현실로 되돌렸다.

환사영은 자신의 모옥 한켠에 두었던 상자를 예운향의 곁으로 가져왔다. 상자를 열자 각종 물건들이 아무렇게나 놓여 있는 모습이 보였다. 환사영은 상자를 뒤져 조그만 수정함을 찾아냈다.

수정으로 만든 함에는 기이한 문양이 새겨져 있었다. 어떻게 수정에 그런 세밀한 문양을 새긴 것인지는 알 수 없지만, 그로 인해 수정함이 더욱 현묘하게 보이는 것은 사실이었다.

환사영이 수정함을 열자 어린아이 손톱만한 투명한 구슬이 보였다. 눈부실 정도로 영롱한 빛과 함께 뼈가 시릴 정도의 한기를 발산하는 구슬은 분명 빙정(氷晶)이었다.

빙정을 바라보는 환사영의 시선에 오만 가지 감정이 복잡하게 교차했다. 빙정을 얻기 위해 북해에 갔던 것은 아니었다. 하지만 의도야 어쨌건 그는 빙정을 얻었고, 이제까지 소중하게 보관해 왔다.

환사영은 수정함에 들어 있던 빙정을 꺼내들었다. 단지 가볍게 쥔 것만으로도 엄청난 한기가 느껴졌다. 환사영은 빙정을 예운향에게 복용시켰다. 그러자 빙정을 복용한 그녀의 몸이 순식간에 서리가 내린 듯 새하얗게 변했다.

천하에서 가장 극음한 기운을 품고 있는 것이 바로 빙정이었다. 빙공을 익힌 고수가 빙정을 복용한다면 단번에 엄청난 내공과 함께 굉장한 위력의 빙공(氷功)을 얻는다고 전해졌다.

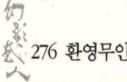

하지만 빙공을 익히지 않은 자가 빙정을 복용하면 단숨에 얼음으로 변해 절명한다고 알려져 있었다.

환사영은 빙정을 복용시킨 후 번개처럼 손을 움직이기 시작했다.

타다다다닥!

그의 손이 예운향의 전신 대혈을 두드렸다. 그때마다 예운향의 몸이 격렬하게 경련을 일으켰다. 하지만 환사영은 손을 멈추지 않았다.

본래 빙정을 복용한 이후에는 독문의 심법으로 운기를 해야 정상이지만, 예운향은 빙공을 알지도 못했을 뿐더러 심법을 운용할 수 있는 상태가 아니었다. 그 때문에 환사영은 강제로 그녀의 대혈을 자극해 빙정의 기운을 제어하려 했다.

환사영은 빙정의 기운을 예운향의 등 뒤 명문혈 근처로 몰아갔다.

츠으으!

그녀의 상처에서 김이 치솟아 올랐다. 빙정과 금장혈괴의 기운이 충돌한 것이다. 자연치유력이 아니면 절대로 낫지 않는 것이 금장혈괴로 인한 상처다.

빙정은 빙공을 익힌 자의 인체를 재구성하는 효력을 가지고 있었다. 환사영은 빙정의 기운이라면 금장혈괴에 의한 상처의 괴사를 막을 수 있을 거라 생각했다.

그리고 빙정의 힘은 인위적인 것이 아니었다. 빙정 역시 자연지기가 응축된 보물이었다. 그렇기에 모험을 한 것이다.

빙정의 기운이 예운향의 상처 주위로 몰려들었다. 그러자 그녀의 상처가 하얗게 얼어붙으며 괴사의 진행이 멈췄다. 그의 의도대로 상처가 악화되는 것을 막은 것이다. 하지만 이것이 얼마나 불완전한 조치인지 환사영은 잘 알고 있었다.

불을 끄기 위해 더 큰 불길을 끌어온 것이나 다름없었다. 금장혈괴로 인한 상처의 괴사는 멈췄지만 그보다 더욱 큰 위험성을 몸 안에 내재하게 되었다. 빙공을 익히지도 않은 사람이 빙정을 복용했으니 당연한 결과였다.

"백 일이다. 백 일 이내에 북해빙궁(北海氷宮)으로 가서 그들 비전의 심공을 익히면 살아날 수 있을 것이다. 나는 결코 네가 죽도록 내버려두지 않을 것이다."

환사영이 차가운 예운향의 얼굴을 내려다보며 말했다.

그녀에게 주어진 시간은 단 백 일이었다. 백 일이 지나면 빙정이 그녀의 심맥을 얼려 죽일 것이다.

* * *

한 사내가 있었다. 천하에서 가장 고귀한 혈통을 받고 태어나, 천하에서 가장 강한 자에게 무공을 배운 자. 현재 그의 성취가 어느 정도인지는 오직 그 자신만이 알 뿐이었다.

육 척 장신을 휘어감은 백색의 장포와 머리에 쓴 하얀 영웅건이 너무나 인상적인 사내. 사내답게 각진 얼굴에 송충이처럼 짙은 눈썹과 굳게 다문 입술이 사내가 굳은 의지의 소유자라는 것을 말해주고 있었다.

사내의 이름은 마옥성이라고 했다. 그리고 그에게는 남천련주의 첫 번째 제자라는 또 다른 이름이 있었다. 남천련의 근간을 이루는 열 개의 문파 중 네 개가 그에게 충성을 맹세했으며, 나머지 세력들마저 그의 눈치를 살핀다고 한다.

차기 남천련주의 자리에 오를 것이 확실한 사내. 그는 강력한 존재감과 무공으로 오늘날의 자리를 스스로 쟁취했다.

많은 이들이 그를 두려워하고, 가까이 하기를 꺼려했다. 그에게는 사람을 두렵게 하는 묘한 분위기가 존재하기 때문이다.

마옥성의 앞에는 삼십 대 초반의 서생으로 보이는 자가 고개를 숙이고 있었다. 그를 향해 마옥성이 입을 열었다.

"그러니까 실패했다고요?"

"예! 아무래도 그런 것 같습니다."

"그런가요? 이건 아무래도 예상 밖이군요. 관지경과 흑풍대라면 그래도 매우 유능한 자들인데."

"그러게 말입니다. 저도 이럴 줄은 몰랐습니다. 허허허!"

서생이 사람 좋은 얼굴로 너털웃음을 터트렸다. 그의 얼굴에는 전혀 죄송하다거나, 자책의 빛이 떠올라 있지 않다. 마옥성 앞에서 이렇게 아무렇지 않은 얼굴을 할 수 있는 자는 단

한 명밖에 없었다.

청와서생(靑蛙書生) 만상효.

마옥성의 심복이자 지낭으로 알려진 자였다. 실제로 마옥성이 남천련에서 행하는 모든 일이 그를 통해 이뤄진다고 알려져 있었다.

금장혈괴를 이용해 예운향을 제거하는 작전을 입안한 것도 만상효였다. 만상효는 마옥성의 앞길에 가장 큰 걸림돌이 될 존재를 예운향으로 봤다.

아무런 연고도 없고, 능력도 가장 떨어지지만 남황의 가장 큰 총애를 받고 있는 제자가 바로 그녀였다. 그녀는 마옥성이 차기 남천련주가 되는 데 변수가 될 가능성이 다분했다.

그래서 이번 기회에 제거하고자 했던 것이다. 그러나 뜻밖에도 들어온 소식은 실패했다는 것이었다.

"흑풍대와 금장혈괴로 만든 비수가 동원되고도 실패할 만큼 그녀가 특별했던가?"

"하하! 송구스럽습니다. 제가 일일이 확인을 했어야 하는데, 너무 수하들을 믿었나 봅니다."

"후후! 좋은 경험이야. 이번 기회에 자네도 실패라는 단어를 알게 됐으니."

"그러게 말입니다. 원, 이런 망신살이 뻗쳐서 고개를 들고 다닐 수가 없습니다."

자신의 실패를 이야기하는데도 만상효는 넉살좋게 웃음을

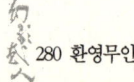

터트렸다. 마옥성 또한 그런 그의 모습을 믿지 않게 보고 있었다. 그만큼 만상효를 믿고 있다는 뜻이었다.

한 번의 실패는 있을지언정 똑같은 실패를 하지 않는 사람이 만상효였다. 그는 이번 실패를 발판으로 또 다른 도약을 할 것이다. 마옥성은 만상효를 거느릴 수 있는 그릇이었다.

"실패한 이유는?"

"지금 알아보고 있습니다. 아마 제 예상에서 벗어난 돌발 변수가 있었던 것 같은데 금방 알아낼 수 있을 거라고 봅니다."

"그런가?"

"후후! 주군께서는 신경 쓰실 필요 없는 일입니다. 주군께서는 남천련의 후계자로서 경력만 쌓으시면 됩니다. 구정물은 제가 묻힐 테니까요."

만상효의 눈이 반짝였다.

별 볼일 없는 낙척서생으로 전전할 때 맨 처음 그를 알아준 이가 마옥성이었다. 그날 이후 마옥성은 그가 충성을 다할 존재가 되었다. 그는 마옥성을 위해서라면 어떠한 오욕이라도 뒤집어쓸 준비가 되어 있었다.

"그 아이는 여러모로 신경에 거슬리는 존재야. 사부가 각별히 그녀를 아낀다는 사실 하나만으로도 수많은 사람들의 심기를 불편하게 하지."

"그녀를 암중에서 아끼는 사람들이 많습니다. 그리고 그들 대부분은 련의 대소사에 막대한 영향을 끼칠 수 있는 사람들이지요. 그녀가 건재한 이상 그들은 련에 자신들의 목소리를 내려고 할 겁니다. 그것은 결코 좋은 일이 아니지요."

만상효는 탁자 위에 놓인 찻잔을 들었다. 향긋한 내음이 코를 자극하자 그의 얼굴에 만족스런 미소가 떠올랐다. 그는 차를 마시며 말을 이었다.

"앞으로는 다른 두 분의 견제도 만만치 않을 겁니다. 어떤 상황에서도 주군은 그들에게 흔들리는 모습을 보이시면 안 됩니다. 주군께서 틈을 보이는 그 순간, 그들은 먹이를 노리는 들개처럼 사정없이 달려들 테니까요."

"그렇겠지. 그들 역시 남천련의 주인이 되고자 하는 욕심이 있으니까."

마옥성이 아무렇지 않다는 듯이 빙긋 웃었다.

그는 자신의 사제인 유제옥과 관수림이 각자 그들을 지원하는 세력을 등에 업고 호시탐탐 자신을 노리고 있다는 사실을 알고 있었다. 그래도 그는 개의치 않았다.

그들이 제아무리 자신을 노린다고 할지라도 결국 최후의 승자는 자신이 될 거라고 믿어 의심치 않았기 때문이다. 예운향을 처단하는 것을 시작으로 그는 같은 무공을 배운 사제들과 본격적인 권력다툼에 들어갈 생각이었다.

"그들이 제아무리 욕심이 많고 능력이 있다고 해도 결코 남천련주의 자리에는 오르지 못할 겁니다."

"왜 그렇게 생각하지?"

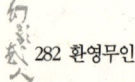

"후후! 그들에겐 저 같은 존재가 없기 때문입니다."

"후후후!"

만상효의 광오한 말에도 마옥성은 황당하다는 표정을 짓지 않았다. 그가 아는 만상효는 실제로 그 정도의 능력이 있는 인물이었다. 진흙 속에서 발견한 이 보석은 오직 자신을 위해서만 빛을 발했다.

항상 푸른 옷을 입고 다니는 그 모습이 꼭 청개구리 같다고 해서 사람들은 그를 청와서생이라고 불렀다. 하지만 그의 장점은 그런 겉모습이 아닌 그 조그만 머릿속에 있었다. 지금 이 순간에도 그의 머릿속에는 수십, 수백 가지의 책략이 살아서 꿈틀거리고 있을 것이다.

"어떻게 할 계획이지?"

"후후! 운향 소저를 미끼로 둘째 공자님과 셋째 공녀님을 끌어들여야겠죠."

"가능하겠는가?"

"후후! 운향 소저는 훌륭한 미끼입니다. 그들이 물지 않고는 견딜 수 없을 겁니다. 특히 그녀를 향한 셋째 공녀님의 증오심은 이루 말로 표현할 수 없을 정도로 지독하죠. 이후의 모든 일은 제가 진행하겠습니다. 주군께서 신경 쓰실 일은 더 이상 없을 것이옵니다."

만상효가 자신 있는 미소를 지어보였다.

*　　*　　*

그날 이후 사람들은 하나둘씩 상유촌을 떠나기 시작했다. 많은 사람들이 정이 든 상유촌을 떠나는 것을 꺼려했으나, 한청과 백수경의 설득에 현실을 직시했다.

이곳에 오래 남아 있으면 있을수록 피해를 입는 것은 그들이었다. 비록 금장혈괴가 채굴된 광산이 무너졌지만, 언제고 무인들은 다시 찾아올 것이다. 그때가 되면 오늘처럼 모든 일이 좋게 끝나지는 않을 것이다.

간밤에 무림인들의 잔혹함을 두 눈으로 확인한 사람들은 생각만 해도 끔찍하다는 듯이 진저리를 쳤다. 사람이 사람을 아무렇지도 않게 죽일 수 있다는 사실 자체가 두려웠다.

상유촌 밖에 연고가 있는 사람들이 제일 먼저 떠났고, 연고가 없는 사람들도 짐을 꾸리기 시작했다. 그런 상황이 되었을 때 의외의 모습을 보여준 이가 목 노야였다.

그는 상유촌 사람들이 정착할 때까지 자신이 뒤를 돌보겠다고 천명했다. 사실 상유촌에서 제일 큰 타격을 입은 이가 바로 목 노야였다.

그의 소유인 광산이 무너짐으로써 그가 입은 타격은 그야말로 엄청난 것이었다. 그의 재산은 대부분이 광산의 철광석을 팔아서 쌓은 것이었기 때문이다. 그 때문에 타격 역시 제일 많이 받았다.

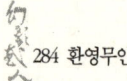

그런 목 노야가 나머지 마을 사람들의 정착을 돕겠다고 했을 때 제일 많이 놀란 사람이 그의 딸인 목경화였다. 늘 구제 못할 욕심 많은 늙은이라고 치부했던 아비의 행동에 그녀는 그만 펑펑 울고 말았다. 그런 목경화를 다독이며 목 노야는 그렇게 말했다.

"나도 스스로의 그릇이 작다는 것을 안다. 눈앞에 있는 이득에 급급해 앞을 못 볼 때가 많지. 그래도 조상대대로 내려온 가훈만큼은 기억하고 있다. 돈은 스스로 버는 게 아니라 사람이 벌어주는 것이야. 비록 지금은 흔들리지만 이제까지 나와 함께한 사람들만 같이 한다면 나는 근일 간에 또다시 일어설 수 있을 것이야. 이들은 나의 가장 큰 재산이다."

목 노야는 족히 십 년은 더 늙어 보였다. 그만큼 마음고생이 심했다는 뜻이었다. 자신이 욕심을 내서 채굴한 금장혈괴가 얼마나 큰 파장을 가져왔는지 잘 알고 있었다. 그 잔혹한 참상과 그간 사람들이 겪었을 심적 고통을 너무나 잘 알기에 수없이 반성하지 않을 수 없었다.

"애비 걱정은 하지 말거라. 우리 조상이 그랬듯 나 역시 우리 마을 사람들이 정착할 새로운 곳을 훌륭하게 개척할 수 있을 테니까."

"정말 괜찮으시겠어요? 이곳을 버리고 또 다른 곳으로 이주할 수 있으시겠어요?"

"힘들겠지. 어쩌면 후회도 하겠지. 그래도 어찌하겠느냐?

그가 말하지 않았느냐? 어차피 몇 년 후면 이곳은 땅속의 열기가 올라와 사람이 살 수 없는 죽음의 대지가 된다고. 그렇다면 무얼 망설이겠느냐?"

"그들의 말을 모두 믿으세요?"

"내가 세상 헛살았다는 것을 알았다. 내 곁에 그렇게 무서운 사람들을 두고 헛짓을 했으니. 그들이 나를 속여서 얻을 게 무엇이 있겠느냐?"

"아버지."

"그런 눈으로 보지 말거라. 이제야 나도 내 눈을 가리고 있던 꺼풀을 벗은 기분이다. 나는 지금 기분이 매우 좋다."

하룻밤 사이 목 노야는 득도한 얼굴을 하고 있었다. 하지만 그 과정에서 그가 얼마나 많은 심적 고통을 겪었을지 알고 있기에 목경화는 마냥 웃을 수 없었다.

"아버지."

"밖에서 정착하게 되면 네 혼인식을 치르자꾸나."

뜻밖의 말에 목경화의 눈이 동그랗게 떠졌다. 그러자 목 노야가 허허로운 미소를 지으며 말을 이었다.

"무얼 그리 놀라는 것이냐? 네가 그토록 원하던 것이 아니었더냐?"

"왜 그런 생각을 하셨어요?"

"글쎄다. 그냥 이런 험한 일을 겪고 보니 손주를 보고 싶단 생각이 드는구나. 죽기 전에 손주를 안아보고 싶어."

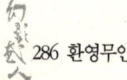

"아버지."

목경화가 목 노야를 껴안았다. 오랜만에 아비의 따스한 품이 느껴졌다. 고진감래(苦盡甘來)라고 했던가? 한 차례 환란이 지나가자 새로운 행복이 찾아왔다. 드디어 목 노야가 백수경을 인정한 것이다.

"대신 약속할 것이 있다."

"뭐든지 말만 하세요."

"그놈 보고 안에 들어와서 살라고 그래. 이건 결코 양보할 수 없어."

"그도 흔쾌히 승낙할 거예요. 제가 어디 가서 살겠어요?"

"그래, 그래!"

목 노야가 고개를 끄덕였다.

그가 쓸쓸한 눈으로 주위를 둘러봤다. 평생을 살아온 아름다운 마을이었다. 한때는 이곳을 답답하다 여겼을 때도 있었으나, 이렇게 막상 떠나게 되니 그렇게 아쉬울 수 없었다.

*　　　*　　　*

"으음!"

예운향은 이틀 만에 정신을 차렸다. 그녀가 눈을 떠서 제일 먼저 본 광경은 낡고 허름한 모옥의 내부였다.

일상에 꼭 필요한 물품들만 간단히 구비된 삭막한 모옥의 벽면에는 커다란 천이 걸려 있었다. 검붉은 색으로 물든 큰 삼각형의 천에는 의미를 알 수 없는 기묘한 문양이 가득 새겨져 있었다.

타닥 타닥!

한쪽에서 모닥불이 타오르는 소리가 들렸다. 그녀의 시선이 자연스럽게 모닥불을 향했다. 그곳에 그가 등을 돌리고 앉아 있었다.

그는 타오르는 불꽃을 향해 잘 마른 나뭇가지를 집어넣고 있었다. 예운향이 일어나려고 했다. 그 순간 그의 목소리가 모옥 안에 울려 퍼졌다.

"아직 상처가 낫지 않았다. 무리하게 움직이면 그나마 나아가던 상처가 다시 벌어질 것이다."

"당신?"

예운향이 인상을 찡그렸다. 그녀는 그의 말을 무시하고 몸을 일으키려 했다. 하지만 그녀가 움직이는 순간 엄청난 통증이 그녀를 엄습했다. 마치 몸이 천 갈래, 만 갈래 해체되는 듯한 느낌에 그녀는 비명조차 지르지 못했다.

통증은 한참 후에 잦아들었다. 그제야 그녀는 멈췄던 숨을 겨우 몰아쉴 수 있었다. 어느새 그녀의 얼굴은 식은땀으로 흥건히 젖어 있었다.

이제까지 등을 돌리고 있던 환사영이 그녀에게 다가왔다. 그는 소맷자락으로 예운향의 땀을 닦아주려 했다. 하지만 그

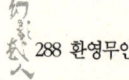

녀가 고개를 돌려 거부했다. 그 모습을 보며 환사영은 나직하게 한숨을 내쉬었다.

이미 짐작을 하고 있었지만 그녀와 자신의 사이에는 결코 메울 수 없는 깊은 골이 존재하고 있었다.

환사영을 바라보는 예운향의 눈에는 한 줄기 적개심이 담겨 있었다. 그럴 수밖에 없었다. 어떤 변명을 해도 그녀의 가문인 천상예가를 무너트리는 데 자신 역시 일조를 한 것은 결코 변하지 않는 사실이니까.

환사영은 그녀의 눈빛을 묵묵히 받아들였다. 그는 어떠한 변명도 용서도 구하지 않았다. 어차피 그가 감당해야 할 일이었다.

"당신이 나를 살린 건가요?"

"응급조치만 했을 뿐이다. 우리는 이제부터 먼 길을 가야 한다. 어쩌면 고달픈 길이 될 수도 있겠지."

"무슨 말인가요?"

"너에게 빙정을 복용시켰다. 빙정의 힘으로 저승길에 반쯤 발을 들여놓은 너의 숨을 붙잡아 놨다."

"빙정을……."

예운향이 망연히 중얼거리며 자신의 손을 바라봤다. 그러고 보니 몸 안에서 한 줄기 차가운 기운이 느껴지고 있었다. 예전에는 결코 느낄 수 없었던 기운이었다.

"그것이 빙정의 기운이다."

"이것이 빙정의 기운?"

"그렇다. 당장은 너의 숨을 유지시켜 주는 소중한 기운이다. 하지만 시간이 흐르면 흐를수록 빙정은 너의 심맥을 얼려 결국은 죽음으로 이끌 것이다."

"그럼 어떡해야 하나요?"

"북해빙궁으로 가서 그들의 심법을 익혀야 한다. 그들의 심법을 익힐 수 있다면 너는 회생할 수 있을 뿐만 아니라 엄청난 힘을 얻을 수도 있을 것이다."

"그들의 무공을 익힌다면 당신을 죽일 수도 있나요?"

"어쩌면……."

"그렇다면 가겠어요."

예운향은 망설이지 않고 그렇게 말했다. 그녀는 똑바로 환사영을 노려보았다. 환사영은 그녀의 시선을 피하지 않고 담담히 받아들였다. 그의 얼굴만으로는 도저히 무슨 생각을 하는지 알 수 없었다.

예운향은 자신의 입술을 질끈 깨물었다. 환사영은 천상예가를 무너트릴 때 난입한 자들 중 하나였다.

무슨 이유로 그가 자신을 구했는지는 알 수 없지만, 그렇다고 해서 원수라는 사실이 변하는 것은 아니었다. 때문에 환사영을 바라보는 그녀의 시선에는 노골적인 적개심이 담겨 있었다.

"당신이 나의 생명을 구해줬다고 해서 내가 당신을 용서할

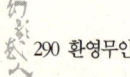

거라고는 생각하지 마요."

"물론 나는 그런 생각을 하지 않는다."

"한 가지만 물어보겠어요. 대답해 주시겠어요?"

"내가 답할 수 있는 거라면."

"왜 나를 구했죠?"

환사영은 그와는 아무런 상관도 없는 자신을 두 번이나 구했다. 그 이유가 못내 궁금한 예운향이었다. 그러나 환사영은 예운향의 물음에 답하지 않았다.

그가 자리에서 일어서며 말했다.

"내가 너를 구한 이유는 중요한 것이 아니다. 중요한 것은 너의 목숨을 구하기 위해서는 아직 많은 난관이 기다리고 있다는 것이다. 우리는 내일 북해로 갈 것이다. 그때까지 최대한 몸을 추슬러 놓도록 해라."

그는 예운향의 대답을 듣지도 않고 밖으로 나왔다. 밖에 나오자 눈발이 흩날리는 모습이 보였다. 이제 겨울이 시작된 모양이었다. 차가운 입김이 흘러나왔다.

환사영은 눈을 맞으며 마당으로 걸어 나왔다. 그는 허공을 올려다보았다. 회색의 눈구름이 하늘을 가득 덮고 있었다.

"또다시 겨울이 되었군. 그날 그때처럼……."

제 10 장
북로(北路)

　다음날 환사영은 짐을 챙기기 시작했다. 그는 마른 곡물가루를 주머니에 나눠 담았고, 숫돌과 간단한 금창약을 챙겼다. 노숙할 때 필요한 그릇과 물건들을 꼼꼼히 챙겼고, 예운향으로서는 생전 처음 보는 물건들을 보따리 속에 넣었다.

　모옥 안에 있던 대부분의 물건이 그의 보따리 안에 들어갔다. 그제야 예운향은 깨달았다.

　환사영이 언제고 이곳을 떠날 준비를 하고 있었단 사실을. 그렇지 않았다면 이렇게 최소한의 물품만을 구비하고 있었을 이유가 없었다.

　모든 짐을 챙긴 후 환사영은 방 한쪽에 놓여 있던 관천을 집어 들었다. 관천은 길이가 거의 일 장에 달하는 거대한 창이었다. 그러나 환사영이 내공을 이용해 관천의 창신을 자극하자 거짓말처럼 줄어들었다.

촤르륵!

창날이 창신으로 들어가고, 창신은 다시 삼분의 일로 줄어들었다. 허리에 차도 좋을 만한 단봉 크기로 줄어든 것이다. 만일 예운향이 그것을 직접 보지 않았다면 창이 단봉으로 변할 거라고는 생각조차 하지 못했을 것이다.

관천은 고대의 명장이 만든 이기였다. 수많은 사연을 가진 관천은 여러 주인의 손을 거쳐 환사영의 손에까지 전해졌고, 그의 손에서 빛을 발했다. 이제까지 관천의 주인들 중 누구도 환사영만큼 관천이 가진 힘을 끌어낸 자는 없었다.

관천이 환사영의 손 안에서 기분 좋은 울림을 토해냈다. 오랜만에 주인의 품으로 돌아오니 만족스런 모양이었다.

환사영은 한 손으로 관천을 어루만지며 벽으로 다가갔다. 그는 벽에 걸린 허름한 천을 끌어내렸다. 천을 어루만지는 그의 눈빛에 수많은 감정이 교차하고 있었다.

잠시 동안 천을 어루만지던 그가 이윽고 천을 활짝 펼쳤다. 그러자 천에 새겨진 기묘한 문양이 예운향의 눈에 한가득 들어왔다. 그 상태 그대로 환사영은 천으로 자신의 몸을 감쌌다. 마치 피풍의처럼.

환사영이 예운향을 바라봤다.

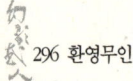

"움직일 수 있겠느냐?"

"물론이에요."

예운향은 망설임 없이 고개를 끄덕였다. 아직도 상처는 아물지 않았다. 그리고 움직일 때마다 엄청난 고통이 그녀를 엄습했다. 그런데도 그녀가 고개를 끄덕인 것은 환사영에게 결코 약한 모습을 보여주고 싶지 않아서였다.

환사영이 자신을 도와주는 이유도 알지 못했고, 자신 역시 그를 의지할 수밖에 없는 상황이었지만, 죽어도 약한 모습을 보여주기는 싫었다. 어쩌면 그것이 그녀의 마지막 자존심이었는지도 몰랐다.

그녀는 조심스럽게 한 발씩 움직였다. 환사영은 그녀의 걸음에 맞춰 보폭을 조절했다.

그녀가 한 발 움직이면, 그도 한 발 움직였다. 그녀가 움직이는 만큼 그도 움직였다. 그는 마치 그녀의 그림자가 된 듯했다.

밖으로 나오자 뜻밖의 사람들이 보였다.

"환 아우."

"형님."

"오라버니."

한청과 백수경, 그리고 목경화였다.

아직도 상처가 치유되지 않은 한청의 등에는 조그만 봇짐이 걸려 있었고, 목경화의 눈에는 벌써부터 커다란 눈물방울이 그렁그렁 매달려 있었다. 그녀 역시 환사영이 떠날 것이란 사실을 알고 있는 것이다.

백수경이 환사영의 곁에 다가왔다.

"떠나실 건가요?"

"해야 할 일이 있다."

"돌아오실 건가요?"

"반드시."

"그럼 되었습니다. 돌아오십시오. 저희는 이 근처에서 마을을 다시 일굴 생각입니다. 형님이 돌아오시면 언제든 쉴 수 있도록."

"고맙구나."

백수경의 말에 환사영이 고개를 끄덕였다. 백수경 역시 고개를 끄덕였다.

그들은 신뢰 어린 눈빛을 교환했다. 세상이 어떻게 변해도 서로를 믿을 수 있는 사이, 그들이 그랬다.

목경화가 다가와 고개를 푹 숙이며 말했다.

"빨리 돌아오셔야 해요."

"그래!"

"오라버니가 돌아오실 때쯤이면 조카를 볼 수 있을 거예요. 드디어 아버지가 가가와의 혼인을 허락했거든요."

"잘 되었구나."

환사영이 빙긋 미소를 지었다. 그는 진심으로 기뻐해 주고

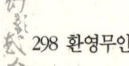

있었다. 그는 두 사람이 잘 되길 예전부터 기원했었다.

　목경화는 환사영의 곁에 있는 예운향에게도 고개를 꾸벅 숙여 보였다. 예운향은 말없이 마주 고개를 숙였다.

　그렇게 두 사람이 환사영과 인사를 끝내자 한청이 말없이 환사영의 곁으로 다가왔다. 그의 등에 걸린 봇짐을 본 환사영의 눈이 빛났다.

　"형님도 떠나시는 겁니까?"

　"어차피 정체가 드러났으니 내가 떠나주는 것이 마을을 위해 좋은 일이겠지."

　"어디로 가실 생각입니까?"

　"우선은 자네를 배웅할 생각이네. 북해로 간다고 했지? 내 장성까지 바래다줌세."

　"그러실 필요는 없습니다."

　"내가 그리하고 싶어서 그래."

　"알겠습니다."

　환사영은 굳이 한청을 거절하지 않았다.

　한청은 환사영의 곁에 서서 예운향에게 눈인사를 했다. 예운향은 어색한 표정으로 그의 인사를 받았다.

　환사영은 백수경과 목경화 두 사람에게 작별의 인사를 한 후 북쪽으로 걸음을 옮겼다. 그의 뒤를 예운향과 한청이 따랐다.

　환사영의 시선이 북쪽으로 향했다.

　'이제 구십칠 일.'

*   *   *

　그들이 떠나는 날에도 상유촌에는 눈이 왔다.

　환사영은 상유촌이 내려다보이는 언덕에서 잠시 마을의 모습을 바라보았다. 육 년 동안 정을 붙였던 마을이다.

　그의 인생에서 가장 평화로웠던 시기가 바로 상유촌에서의 육 년이었다. 어쩌면 두 번 다시 그런 평화는 찾아오지 않을지도 몰랐다. 그런 사실을 잘 알기에 환사영은 상유촌의 전경을 하나하나 마음에 담아 두었다. 어쩌면 두 번 다시 보지 못할 광경일지도 모르기에.

　한청은 그런 환사영의 모습을 물끄러미 바라보았다. 자신보다 나이는 어리지만 그의 강함은 끝을 알 수 없었다. 단순히 무력이 강한 것이 아니라, 그라는 인간의 내면과 정신력은 그 끝을 알 수 없을 만큼 강했다. 그런 정신력이 있기에 지금의 무력을 얻었는지도 몰랐다.

　잠시 후 환사영이 몸을 돌렸다. 이제는 북쪽으로 출발해야 할 때였다. 그는 예운향과 함께 걸음을 옮겼다. 한청 역시 그들의 뒤를 따랐다.

　예운향은 말이 없었다. 간혹 환사영을 보는 눈길에 적의가 담겨 있었지만, 그 외에는 거의 앞만 보고 말없이 걸을 뿐이었다. 궁금한 것이 많았지만, 그녀는 입을 꾹 다물었다.

　그녀의 머릿속은 복잡하기 그지없었다. 마치 헝클어진 실타

래처럼 모든 것이 꼬여 버렸다. 사형제들은 그녀를 버렸고, 관지경은 그녀를 배신했다.

아무도 믿을 수 없는 최악의 상황이었다. 이대로 남천련으로 돌아갈 수도 있지만, 그리하면 어떻게 될지 너무나 명약관화했다.

지금 그녀는 힘을 대부분 잃은 상태였다. 금장혈괴로 만든 비수는 그녀의 명문혈을 손상시켰다. 비록 빙정의 힘으로 구사일생 살아났으나, 명문혈의 손상은 그녀의 진원지기를 크게 상하게 했다.

현재 그녀는 본래 무위의 십분지 일도 채 발휘할 수 없었다. 이런 상태로 남천련에 복귀한다면 제대로 힘 한 번 써보지 못하고 암살을 당할 것이 분명했다.

남천련의 암투에서 살아남기 위해서는 강한 힘이 필요했다. 그렇기에 그녀는 환사영을 따라 북해로 나섰다. 북해에 도착하면 강한 힘을 얻는다고 했다. 그녀가 거부할 이유는 하나도 없었다.

그녀는 환사영의 옆모습을 흘깃 훔쳐봤다.

매우 뚜렷한 이목구비에 구릿빛 피부가 인상적이었다. 강인한 인상과 대조적으로 부드러운 눈매 때문에 매우 선해 보였다. 그러나 예운향은 환사영의 겉모습을 믿지 않았다. 저 선해보이는 모습 뒤에는 악귀보다 무서운 본모습이 숨어 있을 터였다.

그녀는 아직도 똑똑히 기억하고 있었다. 검붉은 갑주를 입고 지옥에서 올라온 악귀처럼 날뛰던 그의 모습을. 천상예가의 무인들 중 그 누구도 그의 한 수를 막은 자가 없었다.

그가 검붉은 창을 휘두를 때마다 죽음의 숨결 같은 창기(槍氣)가 토해져 나와 모든 것을 휩쓸어 버렸다. 그가 지나간 자리에는 오직 죽음과 파괴의 흔적만이 남았을 뿐이다.

그런 그의 과거를 알고 있기에 지금 환사영의 모습이 모두 의도된 거짓이라고 생각하는 예운향이었다. 그래서 그는 환사영을 더욱 증오했다. 그리고 그런 자신의 감정을 숨기지 않았다.

전혀 어울리지 않는 세 사람은 그렇게 각자의 마음을 숨긴 채 길을 걸었다. 그들은 상유촌을 나와서 허름한 마차 한 대를 구했다. 이곳에서 북해까지는 물경 칠천 리가 넘었다. 대륙을 횡단하는 일이었다. 최대한 체력을 보존해야 했다.

예운향이 마차 안에 탔고, 환사영과 한청이 번갈아 말을 몰았다. 한청이 환사영과 교대해 마차 안으로 들어왔다. 그 순간 예운향은 창밖을 보면서 주변의 경관을 바라보고 있었다.

잠시 어색한 시간이 계속되었다. 결국 참다못한 한청이 먼저 입을 열었다.

"예 소저라고 하셨소?"

"예운향입니다. 한 대협."

"대협은 무슨? 그냥 편하게 부르시오."

"아닙니다. 십 년 전에 천하오수의 일원이셨던 분이 아닙니까?"

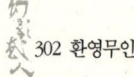

"이미 지나간 과거의 일이오. 혈루검은 십 년 전에 꺾였소."

한청의 음성에는 쓸쓸한 기운이 담겨 있었다. 그의 시선이 자신의 오른손을 향했다. 커다란 흉터가 뱀처럼 꿈틀거리고 있었다.

한때 방종의 대가로 얻은 상처이다. 이 상처를 입지 않았다면 자신은 아직까지 세상에서 자신이 제일 잘난 줄 알고 날뛰고 있었을지도 몰랐다.

"아직도 세상은 혈루검을 기억한답니다. 그만큼 한 대협의 무위가 인상적이었단 말이겠죠."

"예 소저도 그렇게 생각하오? 내가 정녕 과거의 혈루검 같소?"

"저야 알 수가 없지요. 한 대협이 한창 강호에서 활동할 때 소녀는 그저 코흘리개 어린아이에 불과했으니까요."

"혈루검은 죽었소. 상유촌에 들어올 때 이미 혈루검은 죽었소. 혈루검이라는 이야기는 두 번 다시 듣고 싶지 않구려."

"알겠습니다. 그럼 그 이야기는 하지 않도록 하지요."

"고맙소. 그런데 예 소저는 환 아우와 어떻게 아는 사이오? 내 북해로 간다는 이야기는 들었지만, 그간의 사정에 대해서는 아는 바가 하나도 없어서."

"원수입니다."

"원수?"

"아버지가 그의 손에 죽었습니다."

"그런……."

예운향의 말에 한청의 미간이 찌푸려졌다.

이어서 예운향의 목소리가 담담하게 흘러나오기 시작했다.

"육 년 전의 일이었어요. 그때 우리는……."

　"내 딸을 부탁하네."

　피투성이의 노강호가 그의 팔을 붙잡은 채 그렇게 말했
다. 그의 얼굴에 떠오른 표정은 절박함 그 자체였다.

　"왜 저에게 그런 부탁을 하는 겁니까?"

　"자네라면 믿을 수 있으니까. 자네 같은 적이라면 나는
언제라도 목숨을 내놓을 수 있네. 자네라면……."

환사영은 감았던 눈을 떴다.

　그의 의식은 현실로 돌아왔지만, 그의 머릿속에서는 그때
그의 음성이 아직도 남아서 메아리치고 있었다.

　그는 무얼 믿고 자신에게 그런 부탁을 한 걸까? 그리고 자
신은 왜 그의 말을 거절하지 못한 것일까?

　그를 만났던 사람들은 한결같이 말한다. '당신이라면', '자
네라면', '너라면'. 그들은 도대체 자신의 무얼 보고 그런 말
을 하는 것일까?

　환사영은 멍하니 허공을 바라보았다.

　눈발이 흩날리는 하늘은 칙칙하기 그지없었다. 그의 마음도
하늘과 같은 회색이었다. 언젠가부터 그의 마음은 회색으로

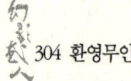

물들어 버렸다.

마차는 북으로 향하고 있었다. 상유촌에서 그리 멀리 오지 않았지만, 길은 점점 험해지고 있었다. 그 때문에 마차가 덜컹거리는 일도 잦아졌다. 마차가 덜컹거리는 느낌에 환사영은 상념에서 깨어났다.

그의 눈에 저 멀리 커다란 마을이 보였다.

*　　　*　　　*

평범한 마을이었다. 마을 한쪽으로 제법 커다란 개울이 흐르고 있었고, 개구쟁이 동네 아이들이 뛰어놀고 있었다. 마을 아낙네들은 개울가에서 빨래를 하고 있었고, 젊은 사람들은 일을 하러 갔는지 잘 보이지 않았다.

마을에 낯선 마차가 들어서자 아이들이 제일 먼저 호기심 어린 시선으로 바라봤고, 마을 아낙들도 자기들끼리 수군거리기 시작했다. 어디서나 볼 수 있는 자연스런 풍경이었다.

환사영은 마을의 대로 한쪽에 있는 객잔을 향해 마차를 몰았다. 태평루(太平樓)라는 이름의 객잔 정문 양쪽에는 조그만 등이 걸려 있었다.

대부분의 주점이나 객잔이 홍등을 걸어놓는 데 반해 이곳은 특이하게 검은색의 등을 걸어놓고 있었다. 그러나 등이 워낙 작아 그것을 눈여겨보는 사람은 아무도 없었다.

환사영은 태평루의 마굿간에 마차를 세워두고 예운향 등과 함께 내렸다. 태평루에 들어서자 안에 있던 사람들의 시선이 일제히 그들에게 향했다.

그러나 세 사람은 아무렇지 않게 그들을 지나쳐 이층으로 올라갔다. 이층은 일층보다 덜 붐볐다. 그들은 창가에 자리를 잡았다. 그러자 이제 열서너 살쯤 되어 보이는 점소이가 다가왔다.

"어서 오십시오. 오늘 처음 뵙는 분들 같은데 저희 태평루에 잘 오셨습니다. 저희 태평루는 이곳에서 벌써 삼 대째 영업을 하고 있는 유서 깊은 객잔으로 대표적인 음식으로는……."

"인석아, 그리 떠들지 말고 회과육과 수자어, 그리고 소면이나 한 그릇씩 내오거라."

점소이의 말을 끊고 주문을 한 사람은 한청이었다. 그는 예전에 강호에서 풍부한 경험을 쌓았다. 때문에 객잔에서 음식을 시키는 일에 매우 익숙했다. 한청의 주문에 점소이는 입을 다물고 물러났다.

예운향은 끈적끈적한 시선을 느꼈다. 어느새 객잔 안에 있는 대부분의 남자들이 그녀의 모습을 훔쳐보고 있었다. 어떤 이들은 아예 노골적으로 예운향을 바라보고 있었다.

예운향의 날카로운 시선이 향했는데도 그들은 아랑곳하지 않고, 오히려 잇몸까지 드러낼 정도로 흉측한 미소를 지어보였다. 그 모습에 예운향의 미간이 찌푸려졌다.

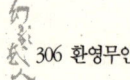

그녀의 얼굴에는 천잠사로 만든 면사가 걸려 있었다. 그런데도 불구하고 사내들은 그녀를 보면서 집요하게 탐욕의 빛을 드러내고 있었다.

그녀는 이런 눈빛에 매우 익숙했다. 어린 시절부터 그녀를 보던 대부분의 이들이 이와 같은 눈빛을 보였다. 비록 이들처럼 노골적으로 드러내지 않았지만, 그녀가 보기에는 모두가 똑같은 부류였다. 그래서 그녀에게 사내란 부류는 경멸의 대상이었다.

예운향이 고개를 돌리자 그녀를 보던 사내들이 아쉽다는 눈빛을 했다. 하지만 어떤 이들은 아직도 미련을 버리지 못하고 그녀의 육신을 따라 끈적한 시선을 주고 있었다.

"이곳은 기분 나쁜 곳이군요."

"그럴 수밖에. 이곳은 평범한 곳이 아니니까."

"그게 무슨 말인가요? 한 대협."

"아직도 눈치채지 못하셨소? 객잔 밖에 걸려 있는 검은 등을 보고서도. 천하에 수많은 객잔과 주루가 있지만 정문에 검은 등을 걸어놓는 곳은 천하에 단 한 곳밖에 없소."

"한 대협은 설마 흑암루(黑暗樓)를 말하는 건가요?"

한청이 말없이 고개를 끄덕였다. 그러자 예운향의 미간에 패인 골이 더욱 깊어졌다.

당금 무림에 존재하는 수많은 문파들 중 가장 은밀하면서도 비밀에 가려진 문파가 바로 흑암루였다. 남천련의 정보에 따르면 흑암루는 수많은 범죄자들이 모여 만든 단체라고 했다. 하지만 흑암루의 우두머리가 누구인지, 목적이 무엇인지는 전혀 알려져 있지 않았다.

흑암루에 대해 알려진 사실은 단지 지금 이 시간에도 수많은 범죄자들이 자신을 지키기 위해 흑암루에 몰려들고 있다는 것뿐이었다. 흑암루는 세상에서 쫓기는 범죄자들이 의탁할 수 있는 단 하나의 의지처였다. 그리고 흑암루의 지부는 한 쌍의 검은 등을 매달아 자신들의 존재를 알렸다.

남천련을 비롯해 수많은 문파들이 흑암루를 정벌하려 했다. 정도를 표방하는 자들에게 흑암루처럼 범죄자들이 모여 만든 문파는 눈엣가시 정도가 아니라 반드시 징벌해야 할 대상이었다. 그러나 흑암루를 징벌하려 했던 문파 중 성공한 곳은 하나도 없었다.

검은 등이 걸려 있는 지부는 얼마든지 습격해서 지워버릴 수 있었다. 하지만 문제는 총타였다. 흑암루의 총타는 그야말로 완벽한 비밀에 가려져 있었고, 그 누구도 총타의 위치를 알지 못했다.

남천련 등이 지부 하나를 없애면 그 다음날 또 다른 지부가 세워졌다. 마치 그들을 비웃기라도 하듯이 말이다.

아무리 짓밟아도 되살아나는 잡초처럼 흑암루는 그렇게 끈질기게 생명력을 이어갔다. 그런 세월이 십 년 넘게 이어지다 보니 사람들은 이제 흑암루를 결코 없애지 못할 존재로 인식

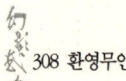

하기 시작했다. 세상의 범죄자들이 모두 사라지지 않는 이상 흑암루도 사라지지 않는 것이다.

그에 남천련을 비롯한 정도 문파는 어느 정도 흑암루를 인정했다. 아예 없애버릴 수 없다면 자신들의 영역에 일정 부분은 인정해 주고 통제하려 한 것이다. 그렇게 그들의 묘한 공존이 시작됐다.

예운향의 시선이 환사영을 향했다.

태평루로 들어온 것은 그의 결정이었다. 그렇다면 그가 이곳이 흑암루의 지부라는 것을 알고 들어온 것인지 궁금한 것이다. 그러나 예운향의 시선에 아랑곳하지 않고 환사영은 자신의 앞에 놓인 찻잔을 들고 있었다.

여전히 많은 이들이 환사영 일행을 주시하고 있었다. 한청의 말대로 이곳은 흑암루의 지부였고, 손님으로 있는 자들 중 상당수가 흑암루 소속의 무인들이었다. 그리고 너무나 당연하게도 그들은 모두 세상에서 범죄자로 이름을 날리던 자들이었다.

가벼운 도둑질부터 강도, 방화, 살인을 일삼던 자들이 다수 있었고, 그들 중에는 여염집 아낙들을 강간한 자들도 섞여 있었다. 그들은 모두 흑암루의 엄격한 규율 아래 자신의 욕망을 억제해 왔다. 그런 그들이 예운향의 등장과 함께 동요하고 있었다.

예운향은 그들의 상상을 뛰어넘는 미인이었다. 면사로 얼굴의 대부분을 가리고 있었지만, 드러난 부분만으로도 사내들의 넋을 혼미하게 만드는 힘이 있었다. 그렇기에 그들은 예운향에게서 시선을 떼지 못하고 있었다.

탁!

결국 그런 자들 중 한 명이 더 이상 참지 못하고 일어섰다. 칠 척 장신에 험상궂은 얼굴 전체를 문신으로 도배한 거한이었다. 가죽 옷 사이로 드러난 그의 팔뚝은 마치 거대한 통나무를 보듯 울퉁불퉁하기 그지없었다.

그가 예운향이 있는 탁자로 다가왔다. 그가 팔을 휘두를 때마다 거친 바람소리가 울려 퍼졌다.

쿵!

거한이 탁자 위에 양손을 올리고 누런 이를 드러내며 웃었다. 그는 다른 이들은 안중에도 없다는 듯이 오직 예운향만을 바라봤다.

"흐흐! 소저, 여행을 하는 모양인데 이렇게 비실한 자들을 대동하고 어디 안심하고 돌아다닐 수 있겠는가? 적어도 호위라면 나 정도의 남자를 대동해야지. 어떤가? 소저만 원한다면 내 무료로도 호위를 서줄 수 있는데. 덤으로 밤에 황홀경도 맛보여주고."

"흐흐흐!"

"천하의 대력귀왕이라면 충분히 그런 말을 할 자격이 있지."

거한의 말에 곳곳에서 음소가 터져 나왔다. 객잔 안에 있는

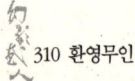

사내들이 대력귀왕이라는 거한의 말에 동조하고 있는 것이다. 객잔 안에는 금세 끈적끈적한 기운이 가득 찼다. 대력귀왕의 말이 도화선의 불씨가 된 것이다.

"흐흐! 어떤가? 소저. 이들처럼 비리한 것들보다는 나처럼 우람한 덩치를 가진 남자가 진짜 남자라고 할 수 있지."

"당신의 입에선 냄새가 나는군요. 구정물을 들이켰나 보군요."

"뭣이?"

예상 밖의 예운향의 말에 대력귀왕의 얼굴이 시뻘겋게 달아올랐다. 설마 예운향과 같은 미인에게서 그런 소리를 듣게 될 줄 몰랐기에 충격은 더했다.

콰—앙!

그가 거대한 두 손으로 탁자를 내리쳤다. 그러자 나무로 만든 탁자가 힘없이 두 쪽으로 부서졌다.

"흐흐! 좋은 말로 하려고 했는데 스스로 벌주를 택하려 하는가? 계집, 이들을 믿고 있는 거라면 잘못 생각했다. 나는 이들을."

"내 말이 끝나기 전에 당신이 물러가지 않는다면 아마 당신의 이마에는 한 줄기 혈화가 피어날 거예요."

"그래도 이 계집이!"

쉬악!

예운향의 말에 대력귀왕이 노성을 터트리려 했다. 하지만

그 순간 한 줄기 섬광이 피어나더니 조그만 소검이 검집 채 그
의 미간 사이에 멈춰 있었다.

꿀꺽!

대력귀왕은 자신도 모르게 마른침을 삼키고 말았다. 자신의
미간 앞에 소검이 나타날 때까지도 그는 움직임조차 감지하지
못했기 때문이다.

한청이었다. 그의 소검이 어느새 스스로를 대력귀왕이라 자
처했던 사내의 미간을 겨누고 있는 것이다.

'엄청난 고수.'

그제야 그는 자신이 상대를 잘못 건드렸다는 사실을 깨달았
다.

한청이 대력귀왕의 미간에 소검을 겨눈 채 말을 이었다.

"그녀의 말은 결코 거짓이 아니라오, 친구. 만일 셋을 셀 때
까지도 물러서지 않겠다면 나는 당신이 스스로 죽고 싶어 한
다고 생각하겠소."

"크윽! 감히 흑암루에 와서 행패를 부리겠다는 것이냐? 너
희들이 그러고도 살아나갈 수 있을 듯싶으냐? 흑암루를 건드
린 자에게는 반드시 복수가 뒤따른다."

"후후! 과연 흑암루주가 규율을 어긴 채 난동을 부린 자를
위해 척살령을 내릴까?"

"그걸 어떻게?"

"비록 흑암루가 범죄자들로 이뤄진 단체지만, 흑암루주 자

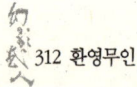

신은 수하들이 외부의 사람들과 말썽을 일으키는 것을 그다지 좋아하지 않지. 그는 특히 힘없는 여자들에 대한 범죄를 일으킨 자들에게는 가차 없이 단죄의 벌을 내리지."

한청의 말에 대력귀왕의 얼굴이 새하얗게 질렸다. 한청의 말이 사실이었기 때문이다.

무슨 사연이 있어서인지 모르지만 흑암루주는 수많은 범죄자들을 받아주었지만, 강간범들에겐 특히 엄격했다. 그들에게 더욱 엄격한 규율을 적용하고, 만일 어길 시에는 그 어떤 범죄보다 혹독한 대가를 치르게 했다.

스스로를 대력귀왕이라고 칭하는 사내. 이제까지 그는 자신의 거대한 덩치를 믿고 상대를 노려보는 것만으로 대부분 뜻을 이룰 수 있었다. 하지만 한청은 진짜 무림인이었다. 험악한 얼굴이나 외적인 분위기에 짓눌릴 사람이 아닌 것이다.

주르륵!

대력귀왕의 뺨을 따라 한 줄기 굵은 땀방울이 흘러내렸다. 여전히 그의 눈앞에 한청의 소검이 존재했다.

스르릉!

그때 곳곳에서 무기를 꺼내드는 소리가 들렸다. 대력귀왕이 핍박받는 모습에 보다 못한 자들이 도우려는 것이다. 하지만 그 순간 절묘하게 환사영의 목소리가 울려 퍼졌다.

"천환귀(千換鬼)가 아직도 이곳에 지부장으로 있소?"

"……"

순간 장내에 침묵이 찾아왔다.

지부장의 신분은 극비 중의 극비였다. 천환귀는 이곳의 지부장이었고, 그 사실은 절대 외부로 알려져서는 안 되는 극비였다.

그의 신분이 외부로 노출되는 순간 정도를 표방하는 문파들의 집중적인 감시와 견제를 받을 것이다. 어쩌면 암살될 가능성도 있었다. 그 사실을 잘 아는 흑암루 무인들의 눈에는 한 줄기 살기가 어렸다.

그러나 환사영은 아랑곳하지 않고 점소이를 불렀다. 점소이가 쭈뼛거리며 다가왔다.

"그에게 전하거라. 잃어버린 땅에서 사람이 찾아왔다고."

"네? 잃어버린 땅?"

"그렇게만 전하면 될 것이다. 걱정하지 말거라. 내 말대로 전하면 그는 절대로 너에게 뭐라 하지 못할 것이다."

환사영이 점소이에게 미소를 보여주었다. 순간 점소이는 자신도 모르게 고개를 끄덕였다. 왠지 환사영의 얼굴을 보는 순간 마음이 놓였기 때문이다.

점소이가 안으로 달려갔고, 사람들은 그 모습을 바라보며 무기의 손잡이를 잡았다. 여차하면 손을 쓰겠다는 의지의 표현이었다. 장내를 뒤덮고 있던 정념의 기운은 이미 온데간데없이 사라지고 없었다.

후륵!

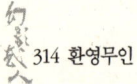

환사영은 찻물을 들이켰다. 탁자가 박살났지만, 그가 들고 있는 찻잔은 온전한 형태를 유지하고 있었다.

'이 남자.'

너무나 평온한 환사영의 모습에 예운향의 눈이 반짝였다. 이곳에 있는 모든 이들이 환사영의 상대가 되지 않음을 예운향은 잘 알고 있었다.

그래서 그는 대력귀왕이 자신에게 치근덕거릴 때 환사영이 예의 살수를 펼칠 줄 알았다. 천상예가를 습격할 때처럼 말이다. 그러나 그녀의 예상과 달리 환사영은 그 어떤 무력도 사용하지 않았다. 그 모습이 오히려 예운향의 머릿속을 혼란스럽게 만들었다.

잠시 후 점소이가 상기된 표정으로 달려 나왔다.

"루주님께서는 세 분을 안으로 모시라고 하셨습니다. 그리고 대력귀왕의 죄는 차후에 묻겠다고 하셨습니다."

순간 대력귀왕의 얼굴이 새하얗게 질리더니 이내 체념한 듯 고개를 떨어뜨렸다. 그 순간을 기점으로 무기를 반쯤 꺼내들었던 자들이 모두 제자리에 앉았다. 그들은 아무 일도 없었다는 듯이 이내 서로 어울려 떠들기 시작했다.

환사영이 점소이에게 말하며 자리에서 일어섰다.

"음식은 갖다 와서 먹겠다. 알아서 식탁에 차려놓으려무나."

"네!"

점소이가 힘차게 대답하며 환사영 일행을 안내했다.

'아우는 흑암루의 지부장도 알고 있는가? 도대체 그의 정체가 뭐기에.'

모든 것이 비밀에 쌓여 있는 환사영이었다. 그제야 한청은 자신이 그에 대해 아는 것보다 모르는 것이 훨씬 많다는 사실을 절감했다.

점소이는 그들을 태평루의 뒤쪽에 있는 별채로 데려갔다. 높다란 담장으로 둘러싸인 별채는 외부에서는 절대 안을 들여다볼 수 없는 구조로 되어 있었다. 별채 안에 들어가자 잘 가꿔진 가산과 아름다운 전각의 모습이 보였다.

"제가 모셔다 드릴 수 있는 곳은 여기까지입니다. 저기 문을 열고 들어가셔서 복도 끝에 있는 방으로 가시면 됩니다. 헤헤! 이야기를 마치고 나오시면 바로 음식을 드실 수 있도록 준비할게요."

"고맙구나."

점소이는 활짝 웃음을 지어 보이고는 태평루로 돌아갔다.

환사영은 점소이가 알려준 대로 문을 열고 전각 안으로 들어갔다. 전각의 복도를 따라 걸어가자 끝에 다른 곳과 달리 화려한 문양이 새겨진 문이 나타났다.

끼이익!

환사영은 거침없이 문을 열고 안으로 들어갔다. 그러자 화려한 장식의 실내가 모습을 드러냈다. 각종 화려한 문양이 들

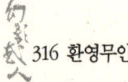

어간 벽지부터, 한눈에 보아도 범상치 않아 보이는 장신구들까지. 그야말로 방을 화려하게 만들 수 있는 모든 물건이 다 이곳에 있는 것 같았다. 특히 인상적인 것은 벽면 한쪽에 쓰여 있는 제세(濟世)라는 글자였다.

'세상을 구제한다라……. 누군지 모르지만 꽤나 위험한 사상을 갖고 있군.'

한청의 눈이 빛났다. 그는 '제세'라는 단어에서 위험한 냄새를 맡았다. 보통 이런 단어는 혹세무민하는 무리들이 즐겨 사용했다. 세상을 구한다는 명분 아래 도의에 어긋나는 일조차 자신들의 논리에 맞춰버리는 존재들이야말로 가장 위험한 부류였다.

그때 한청의 상념을 깨는 목소리가 있었다.

"어서 오세요. 귀하신 분들이 왔는데 대접이 소홀했던 것 같군요."

목소리가 들려온 그곳에 그녀가 있었다.

얼굴을 반쯤 가리는 가리개를 뒤집어쓰고 있는 유군 차림의 여인이 의자에 앉아 있었다. 허리를 꼿꼿이 세우고 앉아 있는 그녀의 모습에서는 감히 범접하지 못할 기품이 흘러나오고 있었다. 가리개가 얼굴을 대부분 가리고 있다는 사실이 안타까울 정도였다.

"오랜만이군."

"그러게요. 공자님께서는 영원히 은퇴하신 줄 알았는데 제가 잘못 안 모양이군요."

환사영과 여인은 이미 오래전부터 알고 있는 사이인 듯 자연스럽게 대화를 나누었다. 하지만 한청은 그들의 대화에서 무언가 날이 선 듯한 느낌을 받았다. 하지만 두 사람의 사정을 알지 못하기에 입을 꾹 다물었다.

여인의 시선이 한청과 예운향을 향했다.

"두 분은 누구신가요? 소녀의 견문이 넓지 않아 그러니 소개시켜 주시겠어요?"

"한 분은 혈루검, 다른 한 사람은 남천련주의 넷째 제자."

"악운을 몰고 오셨군요."

여인이 한숨을 내쉬었다. 허나 그것도 잠시, 이내 그녀가 두 사람을 향해 자신을 소개했다.

"흑암루의 태경지부장 소은진이라고 해요. 두 분을 이리 뵙게 되어 영광이에요."

"한청입니다."

"운향이에요. 이렇게 폐를 끼치게 되어 죄송해요."

"사실 곤란하군요. 설마 두 분이 저희 흑암루를 찾아오실 줄은 몰랐거든요."

"무슨 말인가요?"

"글쎄요."

소은진이 묘한 미소를 지으며 말끝을 흐렸다. 그녀의 모습에서 두 사람은 무언가 심상치 않은 느낌을 받았다. 그러나 소

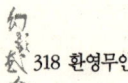

은진은 더 이상 두 사람을 바라보지 않았다. 어느새 그녀의 시선은 환사영을 향해 있었다.

"무슨 용건인가요? 육 년 만에 그냥 오지는 않으셨을 것 아니에요?"

"남천련과 천하의 움직임을 알고 싶다."

"하아! 역시 그 때문에 오셨군요."

소은진이 다시 한숨을 토해냈다. 환사영은 묵묵히 그녀를 바라보았다.

육 년의 시간이 흘렀지만 그는 여전히 변한 것이 없었다. 외모는 물론이거니와 사람의 심혼을 꿰뚫어보는 눈빛까지 모든 것이 육 년 전과 똑같았다.

"운향 소저 때문인가요?"

"그것도 이유 중의 하나겠지."

"한 마디로 좋지 않아요."

"자세히 듣고 싶군."

"운향 소저가 곁에 있어도 되나요?"

"그녀 역시 당사자니까."

"할 수 없군요."

소은진이 또다시 한숨을 내쉬었다. 평소 한숨이라고는 쉬는 법이 없는 그녀였지만, 환사영을 만나고 나서 나오는 것은 연방 한숨뿐이었다.

"천하의 남천련이 움직였어요. 남천련이 움직이면 그들의 영향력이 미치는 문파들까지 움직여요. 한 마디로 남천련의 영향력이 천하를 움직이는 셈이죠. 보통 남천련은 련주인 남황의 명 없이는 움직이지 않죠. 하지만 이번에는 달라요. 남천련주의 제자들이 움직이기 시작했어요. 남황은 현재 일선에서 물러나 오직 개인의 무공을 닦는 것에만 집중하고 있어요. 그는 자신이 그랬던 것처럼 강한 자만이 남천련을 이어받을 수 있다고 생각하고 있어요. 그 때문에 제자들 사이의 암투를 묵인하고 있죠."

네 명의 제자는 모두 남황의 후계자가 될 자격을 갖췄다. 비록 첫째 제자인 마옥성이 가장 앞서 나간다고 하지만 나머지 제자들도 그리 녹록한 상대는 아니었다. 그들 역시 각자의 영향력을 바탕으로 남천련주가 되기 위해 경쟁을 하고 있었다.

현재 후계자들의 경쟁구도 중 가장 뒤처져 있는 자가 바로 예운향이었다.

오직 그녀만이 남천련 내부에 자신의 세력을 만들지 못하고 홀로 고립되어 있었다. 하지만 그녀 역시 후계자 중의 한 명인 것은 부인할 수 없는 사실이었다.

"어딜 가나 가장 약한 자가 가장 먼저 먹잇감이 되요. 남천련의 후계자들은 돌발 변수를 제거하기 위해 우선 운향 소저를 치기로 암중합의를 한 상태예요. 더구나 그들에겐 명분이 있어요."

"그게 뭐지?"

"바로 운향 소저가 금장혈괴를 확보하는 데 실패했다는 거

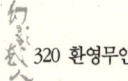

죠. 사실 그것은 그리 대단한 명분은 아니지만, 이용하는 자에 따라 얼마든지 크게 부풀릴 수 있는 일이죠. 그들은 결코 이번 기회를 놓치지 않으려 할 거예요."

소은진의 음성은 확신에 차 있었다.

환사영의 시선이 예운향을 향했다. 그 순간 예운향의 얼굴은 더할 나위 없이 어두워져 있었다. 이미 짐작은 하고 있었지만, 다른 이의 입을 통해 사실을 확인한다는 것이 그리 유쾌한 경험은 아니었을 것이다.

자신의 무공마저 온전히 쓸 수 없는 상황. 정해진 시일 안에 북해빙궁 안에 도착하지 못하면 그녀의 생명을 건질 수 없었다. 그런 상황에서 다른 제자들이 움직였다는 소식은 그야말로 최악의 상황이라 할 만했다.

예운향은 사면초가의 상황에 놓여 있었다. 그녀를 노리는 적들만 가득할 뿐 우군은 존재하지 않았다. 아니, 단 한 명 있었다. 창을 무기로 쓰는 환사영이란 남자. 하지만 예운향은 그를 믿지 않았다.

환사영은 굳이 그녀에게 자신을 믿어 달라 하지 않았다. 그저 묵묵히 예운향을 지킬 뿐이었다. 그에게 변명이란 무의미한 일이었다.

그 순간에도 소은진의 이야기는 이어지고 있었다.

"마옥성 휘하의 척살조직이라는 적혈당(赤血黨)이 나섰고, 유제옥은 최강의 살수조직이라는 흑야접(黑夜蝶)에 청부를 넣었어요. 그리고 셋째 제자인 관수림도 몇 개의 조직을 움직인 것으로 알고 있어요. 게다가 그들은 모두 운향 소저의 흔적을 추적하고 있어요. 이것이 내가 아는 정보의 전부예요. 이젠 당신이 말할 차례예요. 당신은 어떻게 하려는 건가요? 설마 당신 혼자 운향 소저를 지키려고 하는 것은 아니겠죠?"

"그녀는 내가 지켜야 할 사람이다."

"……"

소은진이 입을 다물었다. 그녀는 환사영의 눈을 뚫어져라 바라보았다. 환사영 역시 더 이상 입을 열지 않았다.

방 안에 한동안 어색한 정적이 계속됐다. 두 사람의 사정을 알지 못하기에 한청이나 예운향 모두 어떤 말도 할 수 없었다. 그래도 한 가지만은 확실히 알 수 있었다. 두 사람 사이에 심상치 않은 사연이 있다는 사실이었다.

예운향은 묘한 시선으로 환사영을 바라보았다. 어떻게 보면 그저 아무렇지 않게 내뱉은 말일 수도 있었다. 그런데 환사영의 한 마디가 그녀의 가슴을 온통 뒤흔들고 있었다.

"그녀는 내가 지켜야 할 사람이다."

예운향의 시선이 환사영을 향했다.

그는 왜 이런 이야기를 하는 것일까? 도대체 아무런 연관도 없는 자신을 왜 이렇게 돌보려 하는가? 그가 자신의 원수라는 사실을 잊어버리기라도 했던가?

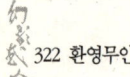

예운향의 어지러운 마음을 아는지 모르는지 환사영은 자리에서 일어났다. 그의 뒤를 따라 한청과 예운향이 일어났다. 그 순간 소은진이 예운향을 불렀다.

"운향 소저, 잠시 이야기를 할 수 있을까요?"

그녀의 말에 예운향이 환사영을 잠시 바라보았다. 환사영이 그녀에게 고개를 끄덕여 보인 후 밖으로 나갔다. 이야기를 나눠도 괜찮다는 뜻이리라.

"무슨 일인가요?"

"당신은 환 공자님과 어떤 관계인가요?"

"아무런 사이도 아니에요."

"아무런 사이도 아닌데 환 공자가 당신을 돕는단 말인가요?"

"내가 원한 것은 아니에요."

"그렇다면 당신은 행운아군요. 하지만 한 마디만 충고해 줄게요. 그를 너무 의지하지 마세요. 그는 바람 같은 존재, 그에게 의지해서 자신을 잃어버렸다가는 언젠가 큰 낭패를 면치 못할 거예요."

"왜 내게 그런 말을 하는 거죠?"

예운향의 물음에 소은진이 손을 자신의 머리에 가져갔다. 그리고는 이제까지 얼굴을 가리고 있던 가리개를 벗었다. 그러자 드러나는 얼굴.

백옥처럼 하얀 피부에 오밀조밀한 이목구비를 갖추고 있는 이십 대 후반의 아름다운 여인이었다. 그런 여인의 오른뺨에는 섬뜩한 자상이 낙인처럼 새겨져 있었다.

그녀가 자신의 상처를 가리키며 말을 이었다.

"당신도 나처럼 될 수 있으니까요."

"그 상처는?"

"후후! 나는 그에게 죽길 바랐어요. 하지만 그는 나에게 이런 모습을 하고도 살라고 하더군요. 그것이 내가 속죄할 수 있는 유일한 방법이라고."

"무슨 말인가요?"

"시간이 지나면 알게 될 거예요. 단지 내가 해주고 싶은 말은 이것 하나뿐이에요. 그에게 자신을 빼앗기지 말라는 것. 그에게 빠지면 빠질수록 불행해지는 것은 운향 소저, 자신이 될 거예요."

소은진의 말에 가뜩이나 혼란스러웠던 예운향의 머릿속이 더욱 복잡해졌다. 그녀는 인사도 하는 둥 마는 둥 밖으로 나갔다.

홀로 남겨진 소은진이 다시 의자에 앉았다.

"그는 아직도 나를 용서하지 못하는가? 차라리 그 손으로 이 저주받은 목숨을 끊어주었으면……."

깊은 한숨 속에 그녀의 얼굴이 족히 몇 년은 더 늙어보였다.

예운향이 다시 태평루로 돌아왔을 때는 주문한 음식이 이미 차려져 있었다. 회과육과 수자어, 그리고 소면이 먹기 좋게 담

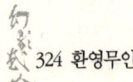

겨 있었다. 그녀가 자리에 앉자 그들의 식사가 시작되었다.

그들이 식사하는 동안에도 사람들은 흘깃 그들을 바라봤다. 하지만 조금 전과는 의미가 다른 시선이었다. 예운향을 향한 열망의 시선은 사라지지 않았지만, 그보다는 호기심이 더욱 강하게 나타났다.

천환귀 소은진. 여인의 몸으로서 범죄자들이 모여 있는 흑암루의 지부장에 오른 여걸이었다. 이제까지 수많은 범죄자들이 그녀를 우습게보고 덤벼들었다가 목숨을 잃었다.

그녀는 자신의 권위에 도전한 자들을 결코 용서하지 않았다. 그 손속이 얼마나 사납고 잔혹한지 태평루에 있는 범죄자들은 감히 그녀에게 덤빌 생각을 하지 못했다.

소은진을 만나고도 멀쩡하게 나왔다면 그녀가 인정했다는 의미였다. 이제까지 소은진이 인정한 자는 거의 존재하지 않았다. 그런 사실을 잘 알기에 환사영 일행을 보는 사람들의 시선에는 호기심이 담겨 있을 수밖에 없었다.

환사영은 자신의 앞에 놓인 소면을 들었다. 그런 그의 모습을 바라보던 예운향이 마침내 궁금증을 참지 못하고 입을 열었다.

"그녀는 어떤 사람인가요?"

"불쌍한 사람이다."

"단지 그뿐인가요?"

"한순간의 욕심에 눈이 멀어 자신의 모든 것을 파멸시킨 불쌍한 여인이다. 그녀는 지금도 속죄를 하고 있는 중이지."

"당신과는 어떻게 알고 있는 거죠? 보통 사이가 아닌 것 같던데."

"아직 인연의 끈이 이어져 있는 사이다."

그 말을 끝으로 환사영은 입을 다물었다. 그런 환사영의 모습을 예운향은 물끄러미 바라보았다.

모든 것이 비밀 속에 가려진 남자였다. 그의 과거도, 그의 정체도, 그의 목적도, 어느 것 하나 명확한 것이 없다. 그는 마치 존재하지 않는 사람 같았다. 분명 자신의 눈앞에 존재하건만 어떤 때는 그의 존재감조차 느낄 수 없었다.

천하의 모든 무인이 모여 있다는 남천련에도 이런 남자는 존재하지 않았다. 환사영은 보면 볼수록 미궁에 빠지게 하는 남자였다. 결국은 이 남자의 모든 것이 혼돈이었다.

휘릭!

예운향은 신경질적으로 소면그릇을 휘저었다.

한청이 환사영에게 물었다.

"앞으로 어떻게 할 건가?"

"북쪽으로 가야죠."

"아까 들었던 이야기가 사실이라면 가는 길이 결코 녹록하지 않을 것이네. 그들은 무슨 일이 있더라도 예 소저를 척살하려 할 테니까."

"다른 길이 없습니다. 현재로서는 그저 정면으로 돌파하는

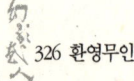

수밖에."

빙정이 예운향의 목숨을 붙잡아놓을 수 있는 시간은 불과 백 일. 그중 벌써 며칠이 지났다. 추적하는 자들을 피해 돌아갈 수 있다면 좋겠지만, 그렇게 된다면 도저히 시간을 맞출 수 없었다.

예운향은 빙정을 복용했으나, 자신의 목숨이 불과 백 일밖에 남지 않았다는 사실을 알지 못했다. 그녀는 단지 목숨을 구하기 위해서는 북해빙궁으로 가야한다는 사실만 알고 있을 뿐이다.

지금도 그녀는 소면을 신경질적으로 휘젓고 있었다. 그녀가 느끼는 복잡한 심경만큼 환사영의 머릿속도 복잡했다.

도대체 어디까지 말을 해줘야 하는가?

과연 그녀는 자신의 말을 얼마나 받아들일 수 있을 것인가?

수없이 많은 상념이 그의 머릿속을 교차했다. 하지만 환사영은 어떤 결정도 쉽게 내릴 수 없었다. 어떤 말을 하건 그 후폭풍이 결코 작지 않기 때문이다.

한청이 탄식어린 음성을 내뱉었다.

"지금으로서는 천운이 깃들길 빌 수밖에 없군."

"저는 천운 따위는 믿지 않습니다. 인간의 일은 인간이 개척하는 수밖에 없습니다."

"자네가 그런 이야기를 하는 것은 처음인 것 같군. 어쨌거나 한결 인간적으로 보이네."

한청이 빙그레 웃었다. 환사영 역시 그와 비슷한 미소를 지어 보였다.

*   *   *

무인에는 몇 가지 부류가 있다. 수양을 위해 무공을 닦는 이가 있는가 하면 입신양명을 위해 무공에 매진하는 부류가 있다.

그리고 그런 이들과 달리 자신들의 원초적인 욕망을 위해 무공을 익히는 부류도 있었다. 그런 이들은 단지 무공을 익히는 것만으로 만족하지 못하고, 자신의 힘을 과시하고 남들 위에 군림해야 만족을 한다.

그 대표적인 예가 바로 용병이었다. 대가를 받고 다른 이들을 위해 싸워주는 존재. 자신의 무력을 팔아 생을 이어가는 존재, 그들이 바로 용병이었다.

천하에는 대가를 받고 무력을 대신 행사하는 용병 조직이 다수 있었다. 그중에서 가장 대표적인 곳이 무영살막(無影殺幕)과 흑호대(黑虎隊)였다.

그중 무영살막은 천하육주(天下六主) 중 한 명인 살왕(殺王) 사도욱이 이끄는 곳으로 가장 광범위한 조직을 구축했다고 알려졌다. 조직의 방대함이 이루 말로 표현할 수 없어, 주로 국가 단위의 싸움에 동원되었다.

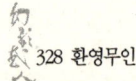

무영살막이 국가 단위의 싸움에 동원되는 광대한 조직이라면 흑호대는 반대로 소수의 정예로 이루어져 있고 개인적인 은원에 가장 많이 동원되는 조직이었다.

　구성원의 신분이나 수는 정확하게 알려지지 않았지만 열 명은 넘지 않으리라는 것이 세상의 통설이었다. 하지만 그들의 임무수행력은 정말 대단해서 이제까지 맡은 의뢰 중 단 한 번도 실패한 적이 없다고 했다.

　세상 사람들은 자신들이 감당할 수 없는 사안이나, 드러낼 수 없는 일을 처리해야 할 때 그들을 이용했다. 하지만 그들에게 의뢰를 하기 위해서는 그야말로 막대한 비용이 필요했다. 특히 임무가 위험할수록 그들에게 의뢰하는 비용은 기하급수적으로 늘어났다.

　흑호대가 조직구성원을 비롯해 모든 것이 비밀에 가려져 있는 데 반해 무영살막은 조직구성도가 어느 정도 세상에 알려져 있었다.

　살왕 사도욱이 막주(幕主)의 자리를 차지하고 있었고, 그 밑에 세 명의 남자가 각기 천무단(天武團)과 지영단(地影團), 인황단(人皇團)을 맡고 있었다.

　천무단의 인원은 모두 이천 명으로 주로 국가 단위의 싸움에 용병으로 팔려 다녔고, 지영단은 오백 명으로 이루어져 있으며 성(省) 단위의 전투에 무력을 팔았다.

　마지막으로 인황단은 매우 특별한 임무에 동원되는 것으로 알려져 있었다. 하지만 그들이 정확히 어느 임무에 동원되는 지는 전혀 알려지지 않았다.

각 단주들은 각자 의뢰를 받을 수 있는 권한을 가지고 있었다. 그들이 어떤 임무를 받아들이든 상관없었다. 무영살막의 위상에 해가 되지 않는다면 그들은 어떤 임무라도 받아들였다.

남강환은 이제 사십 대 초반의 남자였다. 그는 오 척 반의 평범한 체구를 하고 있었다. 그는 평범한 얼굴에 항상 허름한 옷을 입고 다녔다.

그 어떤 사람을 만나더라도 항상 사람 좋은 미소를 지어 보였다. 그러나 사람들은 모두 그를 두려워했다.

평범한 사람처럼 옷을 입고, 행동해도 그를 알고 있는 사람들은 모두 그를 귀신 보듯 두려워했다. 제아무리 평범한 척 행동을 하더라도 그가 무영살막의 지영단주라는 사실은 결코 변하지 않았기 때문이다.

소면광살(笑面狂殺) 남강환.

웃는 얼굴 뒤에 광기 어린 살기를 머금고 있는 남자. 그래서 별호도 소면광살이었다.

그는 항상 웃었다. 그리고 웃는 얼굴로 사람을 죽였다. 그래서 모두가 그를 두려워했다.

남강환은 길을 나섰다. 그는 말을 천천히 몰며 주위 경관을

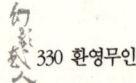

음미하는 여유까지 보였다. 그런 그의 등 뒤로 오백 명에 이르는 엄청난 수의 사내들이 따르고 있었다.

오백 명의 사내, 오백 필의 말, 그리고 그들을 수행하는 종자들까지 합하면 물경 육백 명에 이르는 엄청난 인원이었다.

그 모든 것이 며칠 전에 찾아온 한 여인의 부탁 때문에 벌어진 일이었다. 그녀는 남강환에게 한 가지 의뢰를 했다. 그녀는 의뢰의 대가로 엄청난 보상을 제시했고, 남강환은 흔쾌히 받아들였다.

현재 남강환의 기분은 매우 좋았다. 의뢰가 그리 어려운 것도 아니었고, 그리 먼 길을 가는 것도 아니었기 때문이다. 그가 받게 될 엄청난 보상에 비하면 이 정도의 노력은 그리 크다 볼 수 없었다.

본래 그는 백여 명 정도의 수하만 움직일 생각이었다. 그러나 의뢰를 한 여인은 그에게 만전을 기하기 위해 반드시 전 인원을 모두 동원해야 한다고 했다. 그리고 남강환이 직접 임무에 나서줄 것을 요구했다.

남강환은 그녀의 뜻을 받아들여 수하들 모두를 임무에 동원했다. 하지만 그의 마음은 가볍기 그지없었다. 며칠간의 외유는 심신의 건강에도 좋기 때문이다.

남강환의 곁에는 세 명의 부단주가 함께하고 있었다. 그들은 모두 남강환의 심복들로 벌써 십 년째 호흡을 맞추고 있는 사이였다. 굳이 남강환이 명령을 내리지 않더라도 눈빛만으로도 의중을 읽을 수 있는 이들이 바로 그들이었다.

세 명의 부단주 중 유경천이 입을 열었다.

"아무래도 곧 눈이 올 것 같습니다. 최대한 빨리 임무를 끝내고, 겨울을 나야 할 것 같습니다."

"후후! 올해는 이것이 마지막 의뢰가 될 게야. 겨울에는 수하들을 쉬게 해줘야 하니까."

"그렇습니다. 대대로 겨울은 휴식기였습니다. 만일 의뢰자가 특별한 사람이 아니었다면 그냥 쉬는 것도 괜찮았을 겁니다."

"그렇겠지. 허나 이번 임무는 막주님께서도 각별히 관심을 가지고 있어. 휴식기 때문에 임무를 포기할 수는 없지."

살왕 사도욱은 이번 임무에 각별히 신경 쓸 것을 명령했다. 그만큼 사도욱이 가지는 관심이 크다는 뜻이었다. 그리고 꼭 사도욱의 관심 때문이 아니더라도 그는 이번 임무를 포기할 수 없었다.

"후후! 천하제일미라는 계집의 얼굴을 보는 일 아닌가? 그녀는 우리에게 천하제일미에게 천하에서 가장 지독한 수모를 주라고 의뢰했네. 그것이 무슨 뜻인 줄 알고 있겠지?"

"물론입니다."

유경천의 눈이 반짝였다.

여인이 겪을 수 있는 가장 큰 수모가 무엇이겠는가? 특히 천하제일미라는 염명을 날리는 미녀가 겪을 수 있는 수모가.

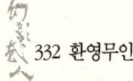

비록 말은 안 했지만 유경천을 비롯한 세 명의 부단주는 그런 순간이 오길 간절히 기원하고 있었다.

사내로 태어나 천하제일미를 안아보는 것만큼 짜릿한 순간도 없을 것이다.

"그것도 그렇지만 참으로 지독한 여인입니다. 비록 경쟁자라고는 하지만 그래도 자신의 사매인데 그런 의뢰를 하다니."

"그만큼 맺힌 한이 크다고 봐야겠지. 사실 여인으로서 바로 지척에 천하제일미가 있다는 것은 그다지 반길 만한 일은 아니지. 모든 것에서 사사건건 비교당할 테니까. 그런 일들이 그녀에겐 커다란 굴욕으로 작용했겠지. 그래서 이번 기회에 반드시 제거하려 드는 것일 테고. 어쩌면 여자들의 그런 질투심이야말로 세상에서 가장 무서운 감정일지도."

"여하튼 저희에게는 잘된 일입니다. 임무도 수행하고, 덤으로…… 흐흐흐!"

유경천의 입에서 절로 음소가 흘러나왔다. 그런 유경천의 모습을 보며 남강환이 피식 웃었다. 사실 표현은 안 했지만 그도 그런 순간을 고대하고 있었다.

전장의 승자에게는 항상 전리품이 따르기 마련이었다. 그들은 이제까지 항상 전리품을 챙겨왔다. 이번에는 전리품이 천하제일미라는 것이 다를 뿐이었다.

그들의 목표는 예운향이었다. 그들은 이미 예운향의 행로를 예상하고 추적하고 있었다.

"그녀의 흔적이 발견되었습니다."

그때 또 다른 부단주인 이정록이 입을 열었다. 그의 팔뚝에는 방금 전에 날아온 매가 앉아 있었다.

전서구 대용으로 훈련시킨 매였다. 그리고 이정록의 손에는 매의 다리에서 떼어낸 쪽지가 들려 있었다.

"그들은 이곳으로부터 백이십 리 북쪽으로 떨어진 태경에 있다고 합니다."

"태경?"

"예! 흑암루의 지부가 있는 곳으로 인구수 칠백 명의 조그만 마을이라고 합니다. 아마 그곳에서 하루를 묵을 생각 같습니다."

"백이십 리라…… 부지런히 달리면 내일 정오쯤이면 도착할 수 있는 거리군."

"그렇습니다."

대답하는 이정록의 입가에 비릿한 미소가 떠올랐다. 그는 벌써부터 짜릿한 흥분을 느끼고 있는 듯했다.

그는 전투를 하기 전이면 항상 이런 감정을 느꼈다. 이정록이 웃자 다른 이들도 비슷한 웃음을 흘리기 시작했다.

"좋아! 모두에게 전하라. 최대한 빠른 속도로 달린다. 낙오하는 자는 용서하지 않는다."

"존명!"

남강환의 명령에 부단주들이 일제히 대답했다.

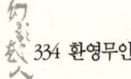

뿌우우!

뿔 고동이 크게 울려 퍼졌다. 그러자 먼저 전마로 키워진 말들이 흥분을 하기 시작했다. 말들도 이제까지의 경험으로 알고 있었다. 뿔 고동이 울리면 머지않아 전투가 시작된다는 사실을.

히히힝!

먼저 전마가 앞발을 들어올리며 투레질을 했고, 그 뒤를 이어 사람들이 흥분했다.

"흐흐! 전투다."

"전속 전진이다."

그들의 눈이 번들거리고 있었다.

심장이 두근거리며 피의 흐름이 빨라졌다. 눈동자는 붉게 충혈되고, 거친 숨이 코와 입을 통해서 흘러나왔다.

"단숨에 임무를 완수한다."

그때까지만 해도 남경환은 임무에 대해 대수롭지 않게 생각하고 있었다. 그것은 그의 수하들 역시 마찬가지였다.

두두두!

그들은 전력으로 태경을 향해 질주하기 시작했다.

〈2권에서 계속〉

흑마법사 무림에 가다

박정수 판타지 장편 소설

FUSION FANTASY STORY & ADVENTURE

『마법사 무림에 가다』의 박정수!
이번에는 흑마법으로 무림을 평정한다.
마교에서 부활한 대흑마법사 마현의 무림종횡기!

무림인들은 자기 실력의 3할은 숨겨 둔다고?
그렇다면 내가 숨겨 둔 비장의 3할은 바로 흑마법이다!

dream
books
드림북스

2009 새봄맞이 신무협 베스트 2인
드림 출간 기념 이벤트!

제 1 탄!

『전왕전기』,『십전제』의 작가 우ㄱ

그가 호방한 필치로 그려낸 십지신마록(十地神靈錄) 3부작

그 태초의 시작이자 두 번째 이야기!

환영무인 幻影武人

나는 그림자[幻影]가 되어 영원히 너를 지킬 것이ㄷ
이것은 나의 약속이ㄷ

제2탄, 몽월 작가의 신무협 『천마봉』(4월 출

푸짐한 사은품 증정!!

EVENT ONE

이벤트를 진행하는 2종의 책을 '모두 구입하신 분들 중' 추첨을 통해 사은품을 드립니다.

[사은품]
1명 : <삼성 YEPP YP-P3C (8G)> + 2종의 3권(작가 친필사인)
('EVENT ONE에 참여하신 분들 중 20명'에게 작가 친필사인이 들어 있는 2종의 3권을 드립니다.)

[응모요령]
1,2권 띠지에 부착된 응모권 4개를 오려 드림북스로 보내주세요.

EVENT TWO

이벤트를 진행하는 2종의 책을 '개별적으로 구입하신 분들 중' 추첨을 통해 사은품을 드립니다.

[사은품]
2명 : <백화점 상품권(10만원)> + 구입한 도서의 3권(작가 친필사인)
(『환영무인』(1명), 『천마봉』(1명))

[응모요령]
1,2권 띠지에 부착된 응모권 2개를 오려 드림북스로 보내주세요.

EVENT THREE

책을 읽고 감상평을 올리시는 분들 중 11명을 추첨하여 사은품을 드립니다.

[사은품]
으뜸상(1명) : 외장하드 320GB SATA HDD + 서평을 쓴 도서의 3권(작가 친필사인)
우수상(10명) : 문화상품권(1만원) + 서평을 쓴 도서의 3권(작가 친필사인)

[응모요령]
1. 이벤트 진행 도서들 중 하나를 읽고 인터넷 서점(YES24)리뷰란에 감상평을 올려주세요.
2. 그 감상평을 복사하여 웹 게시판(개인 블로그 및 홈페이지)에 올려주신 후, 게시물의 URL을 '드림북스 편집부 이메일'로 보내주세요.

[보내주실 곳] (우)142-815 서울시 강북구 미아8동 322-10
(주)삼양출판사 2층 드림북스 이벤트 담당자 앞
드림북스 편집부 e-mail : sybooks@empal.com

[이벤트 기간] 2009년 3월 30일~2009년 5월 15일

[당첨자 발표] 2009년 5월 25일(당사 홈페이지 및 장르문학 전문 사이트에 발표합니다.)

드림북스 홈페이지 http://www.sydreambooks.com
드림북스 블로그 http://www.blog.naver.com/dream_books
문피아 사이트 http://www.munpia.com/출판사 소식/드림북스
조아라 사이트 http://www.joara.com/출판사 소식

※ 응모권을 보내주실 때는 '이름, 연락처, 주소'를 정확히 기입해 주세요.
※ 사은품은 이벤트 진행도서 2종의 3권의 책이 모두 출간된 직후 일괄 배송합니다.
※ 사은품은 상기 이미지와 다를 수 있습니다.